W0021881

Tod in Bronze

PIERRE MAGNAN

Tod in Bronze

Roman

Aus dem Französischen von
Irène Kuhn

SCHERZ

Die Übersetzerin dankt den Studentinnen des Studiengangs
Literaturübersetzen der Universität Straßburg,
insbesondere Alessandra Kartheuser, Katrin Lunau,
Simone Moyen und Musica Schmidt,
für ihre tatkräftige Mitarbeit.

Pierre Magnans Website: www.lemda.com.fr

Die französische Originalausgabe erschien unter dem Titel
«Le tombeau d'Hélios»
bei Librairie Arthème Fayard, Paris.

www.scherzverlag.de

Erste Auflage 2003
World copyright © Librairie Arthème Fayard, 1980
Alle deutschsprachigen Rechte beim Scherz Verlag, Bern
Alle Rechte der Verbreitung, auch durch Funk, Fernsehen,
fotomechanische Wiedergabe, Tonträger jeder Art und
auszugsweisen Nachdruck, sind vorbehalten.

ISBN 3-502-10431-X

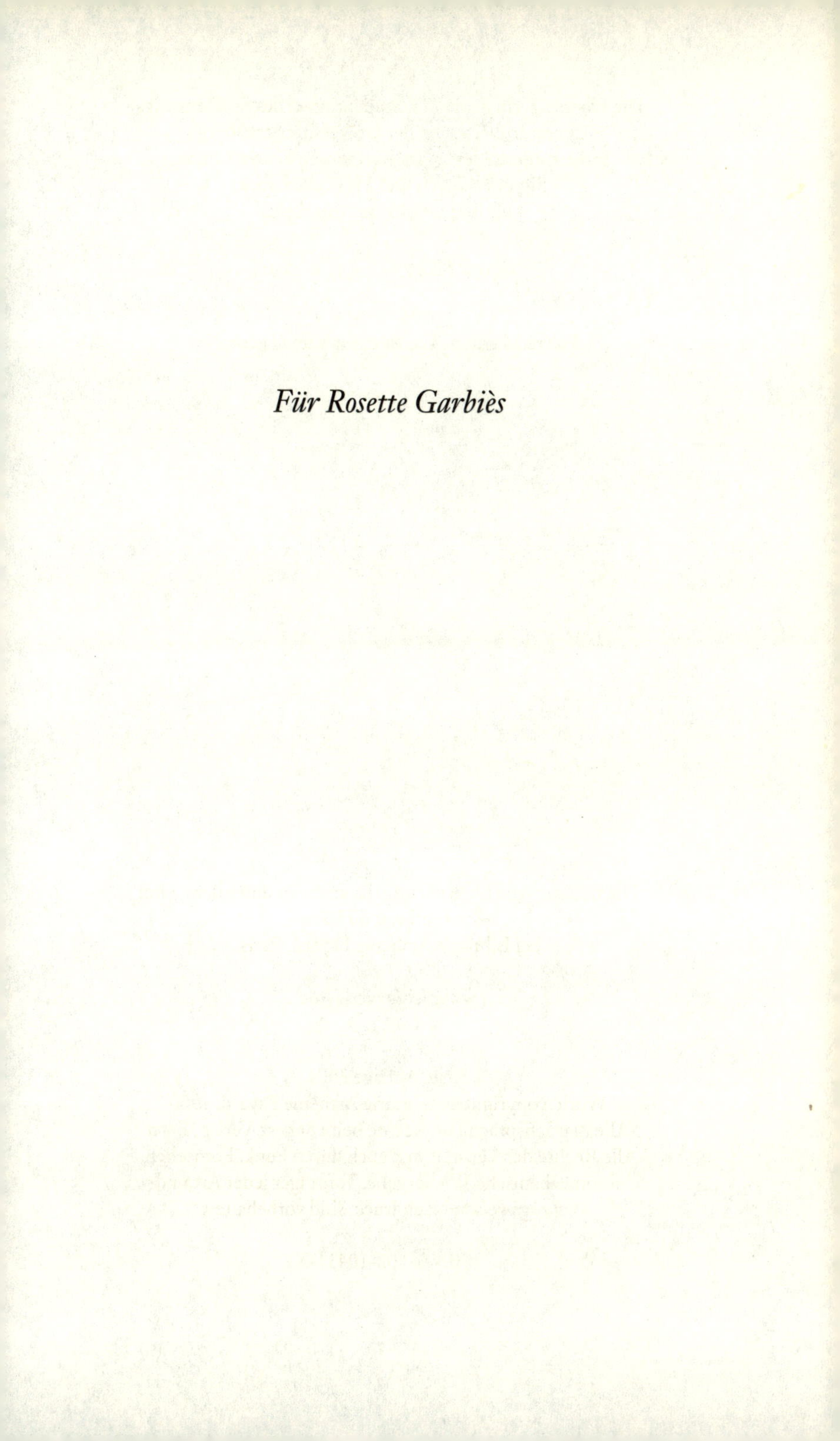

Für Rosette Garbiès

~ 1 ~

PATERNE LAFAURIE spritzte seine Apfelbäume mit der für die Winterzeit reservierten Pestizidmischung. Der feine, zart irisierende Regen verteilte sich auf den beschnittenen Ästen und auf dem spärlichen, vom Unkrautvertilger verschonten Gras. Er rann auch über den plastikbeschichteten Kapuzenanzug, der den Fahrer vor dem gefährlichen Nass schützen sollte.

Diese Verkleidung trug er seiner alten Mutter zuliebe, aber so weit, dass er auch eine Gesichtsmaske getragen hätte, ging er nicht. Denn er war Kettenraucher, und wie sollte man rauchen, wenn man schon einen Filter vor dem Mund hatte? Im Übrigen glaubte er nicht an die Legende von den Pestiziden. Seine Nachbarn waren vorsichtig und wagten es selten, die vorgeschriebenen Mengen zu überschreiten. Er selbst erhöhte sie grundsätzlich um zwanzig Prozent.

Paterne Lafaurie war von Natur aus aufbrausend. Aber an jenem Tag war sein Gesicht dauerhaft verzerrt vor Wut. Und es gab auch Anlass dazu… Zunächst einmal hatte sich der Wind, der bislang Ruhe gegeben hatte, mitten in der etwa zweihundertfünfzig Meter langen Baumreihe eingemischt. Er blies voll aus Süden. Die Sprühwolke vor dem Traktor umhüllte auf einmal den Fahrer, legte sich wie Nieselregen auf sein Gesicht. Bei jedem Zug aus seiner Zigarette nahm er auch einen kräftigen Schluck des wohl dosierten Cocktails zu sich, mit dem er den Spritzbehälter gefüllt hatte.

Als ob das noch nicht genug wäre: Kaum war er am oberen Ende der Baumreihe angelangt, hatte er Jean-Lucs Auto erspäht, das schlecht geparkt an der Böschung stand. Dieser Faulpelz, Sohn eines angeblichen Biobauern, scharwenzelte um Léone, seine Tochter herum.

Und damit war es noch immer nicht getan: Er hatte alles stehen und liegen lassen und seine nordafrikanischen Tagelöhner anbrüllen müssen, die das Beschneiden unterbrochen hatten, um sich an einem Feuerchen aufzuwärmen. Bei dem Stundenlohn! Nein, das Bauerndasein war nicht beneidenswert, gewiss nicht! Zumal er, nachdem er Gift und Galle gespuckt und wütend den Weg zurück zum Traktor angetreten hatte, ganz deutlich zu sehen glaubte, dass hinter dem Gewirr der Äste eine Gestalt mit rotem Motorradhelm davoneilte. Doch das musste Einbildung gewesen sein. Dass man ihn so aus der Nähe, zu Hause gewissermaßen, provozierte, das konnte einfach nicht sein... Zum Glück würde das alles bald ganz anders, alle Schwierigkeiten würden wie weggefegt sein, freundlichere Aussichten würden ihm winken, das Leben würde ihm Revanche bieten.

Aber der Gedanke stimmte ihn nicht fröhlicher. Verbissen grübelte er weiter über all die Widrigkeiten, die wie geschaffen waren, um seine Wut und seine zweihundertzwanzig Blutdruck aufrechtzuerhalten.

Er warf seine Zigarettenkippe weg und schaltete auf Selbststeuerung, womit er die Hände frei hatte, während der Traktor weiter geradeaus fuhr. Er wühlte in seinen Innentaschen, schob sich endlich eine neue Zigarette zwischen die giftfeuchten Lippen. Die Flüssigkeit hatte heute einen merkwürdigen Geschmack. Am Ende der Apfelbaumreihe, weit vor ihm, begrenzte die Mauer der Strohscheune seinen Blick. Auf einmal kam ihm diese Mauer näher vor als sonst. Die Luft schien ihm plötzlich stickig. Er riss den Mund auf wie ein Fisch auf dem Trockenen. Die Zigarette fiel ihm auf den triefenden Schutzanzug.

Der Traktor fuhr brav geradeaus weiter. Unbeirrt seine Giftwolke ausspuckend, ließ er die Baumreihe hinter sich, überquerte den Dreschplatz vor den Wirtschaftsgebäuden. Er rammte einen Riesenstapel Apfelkisten, die am Abend zuvor aus dem Kühlraum herausgenommen worden waren. Sie warteten darauf, zur Mülldeponie gebracht zu werden; dort würde man sie mit Dieselöl übergießen und verbrennen. Die Pumpe des Traktors war noch immer in Betrieb und setzte die gesamten Apfelkisten unter Giftflüssigkeit. Ein Pfau, der gerade sein Rad schlug, wurde in einen aschgrauen Totenvogel verwandelt und begann herzzerreißend zu schreien.

In seiner Irrfahrt rammte der Traktor nun auch einen Berg leerer, grün angestrichener Giftfässer, die mit Weltuntergangsgetöse auseinander kullerten. Schließlich landete er in den Strohballen, die vor der Scheune aus Wellblech aufgebaut waren.

An dieser Stelle, beziehungsweise dahinter, waren Léone und Jean-Luc gerade dabei, sich miteinander zu vergnügen. Der Wall aus Stohballen öffnete sich vor ihnen und brach auseinander. Sie sahen direkt auf die Schnauze des Traktors, dessen Motor nun abgewürgt wurde. Sie sahen Paterne Lafaurie in einem Heiligenschein aus Kupfervitriol, den die von hinten scheinende Sonne in einen Strahlenkranz verwandelte. Das für ihre momentane Tätigkeit günstige Schatteneckchen war nun in Licht getaucht. Hilflos knieten sie da, halb nackt, den Hintern an der Luft, die Augen weit aufgerissen.

«Scheiße! Mein Vater!», rief Léone.

«Wenn ich dich je mit Jean-Luc oder einem andern im Stroh erwische, dann kriegst du Dresche!», hatte er ihr angekündigt. Kaum fielen ihr die drohenden Worte des Vaters ein, da war Léone wieder bei klarem Verstand. Jean-Luc machte sich so klein wie möglich in seiner Ecke; er versuchte, seine Kleider in Ordnung zu bringen und den Anschein zu wahren.

Starr beäugten sie Paternes giftüberströmtes Gesicht unter der Kapuze; ein böses Grinsen verzog ihm die Wangen bis hinauf zu der Stirn mit den unerbittlichen Falten. Dann erst entdeckten sie, dass er ganz langsam zur Seite glitt, dass seine Augen glasig waren.

«Scheiße! Er ist tot!», rief Léone ungläubig.

«Der Aprikosenbaum blüht!», schrie Jean-Luc.

«Halt die Klappe, Idiot! Und hau ab! Schnell, hau ab!»

Sekundenschnell wurde ihr ihre neue Situation klar.

Ein Vater, auch wenn er kein guter Vater war, bedeutete ein Dach über dem Kopf. Und das war soeben davongeflogen. Wer würde von nun an den Boden um die Apfelbäume pflügen? Wer würde die harten Verhandlungen mit den Großeinkäufern führen? Wer würde sich gegen die anzugtragenden Herren vom Crédit Agricole durchsetzen? Léone ging das Bild ihrer Mutter durch den Kopf: eine blonde, elegante Frau, die ihr Leben damit verbrachte, Autotüren zuzuschlagen. Sie kam, sie ging. Die übrige Zeit verbrachte sie mit allerlei Kursen, Körpersprache oder Ausdruckstanz, wenn es nicht gerade transzendentale Meditation war. «Zu nichts zu gebrauchen», fasste Léone ihre Meinung zusammen. Und der Onkel! Der Onkel! Léone lief es kalt den Rücken hinunter. Der Onkel würde antanzen: ein Abklatsch seines Bruders, unersättlich, ein Mann, der dreihundert Hektar besaß und der gierig genug gewesen wäre, noch mal so viel zu schlucken.

«Mistkerl!», zischte Léone.

«Der Aprikosenbaum blüht!», wiederholte Jean-Luc, der mit weit geblähten Nasenflügeln noch immer dakauerte und die Leiche nicht aus den Augen ließ.

Mit großer Entschlossenheit rückte Léone ihre Brüste in den Büstenhalter. Mit dem Ellbogen schob sie Jean-Luc beiseite, als hätte sie ihn nie gekannt.

«Pack dein Zeugs zusammen und zieh Leine», flüsterte sie. «Ich kann keinen Skandal gebrauchen.»

Sie beobachtete, wie er sich am Bewässerungskanal entlang davonmachte. Als er verschwunden war, durchwühlte sie sich das Haar, und erst dann begann sie, laut schreiend ihrer Verzweiflung Ausdruck zu geben, wie es eine Tochter tut, die gerade ihren Vater verloren hat.

Mit sechzig Stundenkilometern, wie es sich für diejenigen gehört, die mit gutem Beispiel vorangehen müssen, tuckerte

Laviolettes Auto von Volx nach Manosque. Neben ihm saß Untersuchungsrichter Chabrand und starrte auf die Fahrbahn.

Sie waren noch ganz benommen vom sonderbaren Ausgang des Rätsels von Ganagobie, das sie gerade gelöst hatten.*

Hinter ihnen fanden sich fünfzig Fahrzeuge wohl oder übel mit diesem majestätischen Tempo ab.

«Äpfel!», sagte der Richter plötzlich. «Hier gibt es Äpfel zu kaufen. Schauen Sie doch mal!»

Am Straßenrand sah Laviolette ein Schild: «Äpfel zu verkaufen». Ein Sack Obst lehnte an einer alten Holzkiste, aber der Verkaufsstand, der aus zwei Holzböcken bestand, war unbesetzt.

«Sie sehen doch, dass da niemand ist!», antwortete er dem Richter.

«Egal», sagte Chabrand. «Ich brauche Äpfel. Biegen Sie in diesen Weg da ein, rechts. Der führt bestimmt zum Bauernhof…»

«Moment! Erst mal langsamer fahren, den Blinker einstellen, und strecken Sie doch bitte sehr den Arm waagerecht nach außen. So, ja! Und bewegen Sie ihn auf und ab!»

Der Richter zuckte die Schultern.

«Glauben Sie nicht, dass der Blinker genügt?»

Nun holperte der Wagen über einen jener landwirtschaftlichen Zufahrtswege, auf denen die Traktoren tiefe Spurrillen hinterlassen haben.

«Was macht denn der da?», fragte Chabrand.

Ein langer, hagerer Bursche lief über ein brachliegendes Feld. Der Richter schaute ihm nach und sah, wie er sich in einen roten Wagen schwang und losfuhr.

«Warum, zum Teufel, diese plötzliche Lust auf Äpfel?», fragte Laviolette.

«Nicht plötzlich», antwortete der Richter, «vernünftig! Mein Vorrat ist aufgebraucht, und Sie wissen doch, nach meiner Hepatitis…»

* Anspielung auf «Das Zimmer hinter dem Spiegel», 2000 (A. d. V.)

«Ach ja, stimmt», brummelte Laviolette. «Ihre Hepatitis!»

Er sah ihn von der Seite an. Die Gesichtsfarbe des Richters erinnerte ihn in der Tat an jene Quitten, die im Dezember auf irgendeinem ländlichen Kaminsims allmählich von Grün nach Gelb wechseln.

«Vorsicht!», rief der Richter und packte Laviolette am Arm. «Sie fahren sie gleich um!»

Ein blondes, zerzaustes Mädchen von etwa achtzehn Jahren rannte auf sie zu, so schnell wie ihre robusten Beine sie trugen.

Sie sank dem Richter in die Arme, der wie auf Kommando gerade ausgestiegen war.

«Mein Vater!», rief sie. «Mein Vater! Er ist tot! Kommen Sie schnell, er ist tot!»

«Jäh! Jäh! Jäh! Jäh! Jäh!»

Hinter dem Mädchen versuchte ein aschgraues Pfauengespenst mit seinem Geschrei die Umgebung aufzuscheuchen. Das Gift, von dem es eine Dusche abbekommen hatte, war dabei einzutrocknen und machte seine Schwanzfedern steif. Es gelang ihm nicht mehr, sein Rad zu schließen.

«Wo ist er denn, Ihr Vater?», fragte der Richter.

Mittlerweile war auch Laviolette ausgestiegen. Er betrachtete das Durcheinander, das der Traktor auf seiner Irrfahrt angerichtet hatte; nun stand er in unsicherem Gleichgewicht auf den linken Rädern an die Strohballen gelehnt, die ihn in seinem Schwung aufgehalten hatten.

Ein Mann hing mit dem Fuß an der Kupplung, die Arme und der Kopf berührten den Boden. Er war offensichtlich tot.

Das Geschrei des Pfaus und das Gebrüll des Mädchens, das sich mit beiden Händen den Kopf hielt, hatten gewirkt. Landarbeiter tauchten zwischen den Apfelbäumen auf und liefen herbei. Aus dem modernen Einfamilienhaus abseits der Wirtschaftsgebäude kam eine alte Frau, ihr Strickzeug in der Hand. Sie lief, so schnell ihre alten Beine es erlaubten, und als sie die Szene erfasste, öffnete sich ihr Mund zu einem langen, unartikulierten Schrei.

«Großmutter! Mein Vater! Mein Vater!», schrie das Mädchen.

Inzwischen stand eine Gruppe Menschen dicht um den Toten. Man packte ihn und schleppte ihn weg, trug ihn ins Haus. Das junge Mädchen war vorneweg gelaufen, und hinter den Scheiben des Erdgeschosses sah man sie nun telefonieren.

Niemand achtete auf den Kommissar und den Richter. Laviolette nahm Chabrand beim Arm.

«Auf Ihre Äpfel müssen Sie nun wohl verzichten, denk ich mal. Wir haben eine Verabredung zum Essen um halb eins, und hier braucht uns sicher niemand…»

Sanft hatte er den Richter in das Auto geschoben. Er hatte den Motor angelassen.

«Aber ist das nicht ein wenig unfreundlich, was wir da machen? Das sieht ja ganz nach Flucht aus…»

«Mein lieber Chabrand», sagte Laviolette, nachdem er den Wagen gewendet hatte, «das letzte Mal, als ich neben einer Leiche gewartet habe – das war in Sisteron –, hat es drei Monate gedauert, bis ich wieder wegkam…»

«Armes Kind!», flüsterte der Richter.

«Wie rührend, dass die Verzweiflung dieses hübschen Mädchens Ihre Aufmerksamkeit viel mehr erregt hat als die der Großmutter mit dem Wackelgebiss. Aber irgendetwas bei dieser traurigen Szene stimmte nicht ganz. Ich weiß übrigens nicht was…»

«Könnten Sie Ihren Gedanken nicht ein wenig präziser formulieren?»

«Ach, im Grunde ist es ganz einfach… Die Mutter, die Tochter, die Tagelöhner… Man hatte irgendwie den Eindruck, dass sie seit langem auf so was gefasst waren…»

Ein Notarztwagen bog in den Feldweg ein, als sie ihn gerade verließen. Hinter ihm her kam ein silbergraues Cabrio geschossen mit einer blonden Frau am Steuer.

«Ich fresse einen Besen, wenn das nicht die Ehefrau ist», sagte Laviolette. «Die kriegt gleich einen Schock ab.»

~ 2 ~

«MIR SCHEINT», sagte der Mann von der Hauptverwaltung der Versicherungsgesellschaft zum Filialleiter, «dass wir im vorliegenden Fall nicht ohne weiteres grünes Licht bekommen werden...»

«Das kann doch nicht Ihr Ernst sein! Ein Kunde seit Jahren! Was sag ich! Seit Generationen! Sein Großvater hatte schon all seine Versicherungen bei meinem abgeschlossen. Und Sie können in der Kartei nachsehen: Er hatte niemals auch nur einen einzigen Schadensfall! Keinen Brand, keinen Autounfall. Überhaupt nichts!»

«Ja, aber jetzt soll alles auf einmal und mit Zins und Zinseszins ausgezahlt werden. Hundert Millionen! Junge, Junge! Ihr Lafaurie hat sich verdammt teuer eingeschätzt.»

Der Filialleiter hob resigniert die Arme.

«Was wollen Sie! Man kann nicht immer nur an den Leuten verdienen!»

«Ich finde diesen Spruch nicht besonders glücklich», sagte der Beauftragte der Hauptverwaltung, «und das aus dem Mund eines Provinzvertreters...»

«Tut mir Leid!», entgegnete dieser in schroffem Ton. «Aber Sie können sich ja unsere Statistiken ansehen: Unsere Region ist führend, sowohl was die Pünktlichkeit der Prämienzahlung angeht als auch die Seltenheit der Schadensfälle. Und unsere Kunden versichern sich jedes Jahr höher. An Ihrer Stelle würde ich es mir gut überlegen, ob ich sie aus ihrer Seelenruhe aufschrecke. Einstweilen glauben sie sich nämlich gut aufgehoben bei uns.»

«Ganz, wie Sie meinen. Aber wir sind kein Wohltätigkeitsverein. Und wenn wir hundert Millionen auszahlen, wollen wir unsererseits gut abgesichert sein.»

«Ich muss gestehen, dass ich nicht so recht weiß, worauf Sie in der Sache Lafaurie hinauswollen.»

«Auf Folgendes: Ich schwanke noch, ob ich unter meinen Vorbericht nicht schreiben soll: Alles deutet auf einen Selbstmordversuch hin…»

Der Filialleiter blickte zur Decke:

«Und das bei einem Mann, der zweihundertzwanzig Blutdruck hatte! Einem Mann mit beginnender Angina Pectoris! Einem Mann mit Harnsäure im Blut. Einem Mann, dem Doktor Magloire, wenn er mit ihm einen Pastis trank, immer wieder sagte: ‹Paterne! Du bist dabei, dir dein eigenes Grab zu schaufeln!›»

Der Mann von der Hauptverwaltung schüttelte den Kopf bei dieser Aufzählung. Er war nicht sonderlich überzeugt.

«Sie haben doch eben von Statistiken geredet: Sie wären überrascht, wie viele Leute mit Bluthochdruck, mit Harnsäure im Blut und was weiß ich noch alles alt werden. Nein! Überlegen Sie doch mal: Seit zwei Jahren verdoppelt dieser Mann die Dosis der Pestizide in seinem Sprühsystem. Seine Schutzkleidung ist voller Löcher. Er raucht beim Spritzen, was strikt verboten ist und gegen sämtliche Regeln verstößt, er weigert sich, eine Gesichtsmaske zu tragen! Hinzu kommt, dass er stur in derselben Richtung weiterfährt, auch wenn der Wind dreht – das würde sonst keiner wagen! Wo er doch noch hundertfünfzig Meter Baumreihe zu behandeln hat… Er kennt die Schädlichkeit des Produkts und weiß auch von seiner angegriffenen Gesundheit; da sieht es doch ganz so aus, als habe der Beschuldigte… hmmm… ich meine natürlich, das Opfer zumindest fahrlässig gehandelt…»

«Daraus wird noch lange kein Selbstmord.»

«Darüber lässt sich streiten… Wenn man ein bisschen in seinem Privatleben schnüffelt, wird man schon einen Grund finden…»

«Ich wüsste mal gerne, wie Sie das anstellen wollen?»

«Na ja, zunächst einmal, indem wir die Familie überzeugen, dass sie in ihrem eigenen Interesse eine Obduktion beantragen sollte...»

«Eine Obduktion! Aber Doktor Tronquet hat doch schon den Totenschein ausgestellt.»

Der Beauftragte der Hauptverwaltung verzog das Gesicht.

«Doktor Tronquet ist noch jung. Vielleicht hat er sich zu sehr auf die Krankengeschichte des... Opfers verlassen und zu wenig auf seine eigenen Beobachtungen. Anders ausgedrückt: Die Vorbefunde machten ihm den Tod plausibel, und er hat möglicherweise gar nicht lange überlegt...»

«Nun gut! Und wenn die Familie sich weigert?»

«Tja, dann werden wir eben Anzeige gegen unbekannt erstatten – das heißt, gegen das Opfer – wegen versuchten Betrugs.»

«Und wenn die Obduktion ergebnislos ist? Wenn sich herausstellt, dass die Pestizide mit dem Tod nichts zu tun haben?»

«In diesem Fall», seufzte der Beauftragte, «kann man wohl nichts machen! Dann zahlen wir die hundert Millionen aus, aber zumindest haben wir uns dann nicht kampflos gefügt. Wohlgemerkt: Eine Obduktion ist für die Familie auf alle Fälle von Vorteil. Wenn sich nämlich der Giftgehalt der Pestizide als ausschlaggebend erweist, dann verlieren sie zwar einen Teil der hundert Millionen, aber dafür können sie dann gegen den Hersteller des Produkts prozessieren.»

«Alles gut und schön. Aber mich müssen Sie nicht überzeugen, sondern die Familie.»

«Genau! Und ich habe mir gedacht, dass ein kleiner Beileidsbesuch vielleicht angebracht wäre...»

«Wie bitte? Die Leiche liegt noch nicht einmal im Sarg! Sie werden doch diese leidgeprüfte Familie nicht stören wollen.»

«Mein Lieber, der Schmerz, das ist eine Sache, hundert Millionen, das ist eine andere. Im Übrigen werden sie die Sache ganz schnell kapieren... die Familien kapieren immer ganz schnell...»

«Was für ein schrecklicher Beruf!», jammerte der Filialleiter.

«Sie leben davon, mein Lieber, Sie leben davon! Und gar nicht schlecht! Apropos – fahren wir mit Ihrem Passat oder mit meinem Volvo?»

Paterne lag da, ernst, streng, etwas verdrossen, wie es sich für einen Toten gehört, der keine Gelegenheit hatte, sich sein letztes Gesicht zurechtzumachen.

Man hatte ihn in seinem Arbeitszimmer aufgebahrt, um den Besuchern den Aufwand des Treppensteigens zu ersparen. Außerdem hatte Fabienne, die Witwe, von vornherein erklärt, dass sie nicht in einem Zimmer schlafen könnte, in dem sie ihren Mann als Leiche hätte liegen sehen.

Die Familie nahm die Beileidsbekundungen im angrenzenden Esszimmer entgegen. Aus den Schlafzimmern waren die guten Stühle heruntergeholt worden. Sie standen dicht nebeneinander um den Tisch herum und an den Wänden entlang. Der Fernseher stand mit dem Bildschirm zur Wand gedreht. Paternes Bruder – jener Bruder, den dreihundert Hektar mehr Land keineswegs geschreckt hätten – war auf diese Idee gekommen.

«Sonst glauben die womöglich noch, dass wir uns heute Abend wie immer die Nachrichten anschauen…»

Die Witwe täuschte keinen Schmerz vor. Mit ihrer schönen, sehr blassen Intellektuellen-Stirn, ihren schlanken Beinen, die sie sittsam übereinander geschlagen hatte, bot sie den Anblick vollkommener Würde, mehr nicht.

Léone stand hinter ihrer Mutter und behielt die Tür im Blick. Sie bewahrte einen klaren Kopf. Die Liebe zu ihrem Vater war nicht gewachsen, seitdem er gestorben war.

Nur die Großmutter sorgte für das nötige Aufsehen. Jedes Mal, wenn wieder jemand hereinkam, stand sie schluchzend auf und stürzte zum Totenlager, um den Leichnam zu umschlingen, und mit stockender Stimme rief sie, sie werde ihm ins Grab folgen. «Bald», fügte sie hinzu.

Ihren beiden anderen Kindern kam die anstrengende Aufgabe

zu, die schwankende Mutter jedes Mal zu ihrem Sessel zurückzuführen, denn «die Beine machen es nicht mehr», hieß es. Dort verbrachte sie die übrige Zeit und kaute an ihren Fingernägeln.

Vier- oder fünfmal ließ sich Léone diese wohl einstudierte Szene gefallen. Beim sechsten Mal, zwischen zwei Besuchern, kauerte sie sich neben ihre Großmutter nieder und flüsterte:

«Weißt du denn nicht mehr, Mémé, dass dir mein Vater noch vor einem Monat einen Fußtritt in den Hintern versetzt hat, weil du nicht schnell genug aufgestanden bist…?»

Aber das war nicht die richtige Taktik. Das erinnerte allzu sehr an das schöne Leben, als alle noch gesund und munter waren… Ach ja, dieser Fußtritt in den Hintern! Den hätte sie gern noch einmal verpasst bekommen, so bedingungslos ist die Liebe einer Mutter. Sie brach erneut in Schluchzen aus.

«Du unwürdige Tochter, du!», rief sie. «Du hast deinen Vater nicht geliebt!»

«Ach komm schon, Maman!», warf Fabienne ein. «Léone, lass das!»

«Léone! Was machst du bloß wieder?», sagte der Onkel mit den dreihundert Hektar.

Er saß bequem neben seiner Schwägerin und redete geduldig auf sie ein, ohne sie zu brüskieren. Sein Vorname «Rosin», der Rosige, passte bestens zu seinem Bürstenhaarschnitt, seinem Kugelgesicht und den puterroten Hängebäckchen. Als die Nachricht zu ihm gedrungen war, hatte er zu seiner Frau gesagt: «Da gehörst du nicht hin. Mit deinen drei Kindern und dem Haushalt solltest du besser hier bleiben.» Also war er allein gekommen, gewissermaßen als Junggeselle; ein bisschen verließ er sich auf seine angeborene Verführungskunst, um das Herz seiner Schwägerin zu erweichen. Er war ein Träumer, dieser Rosin. Er malte sich bereits aus, wie er sie beraten, lenken und ihr alle Verehrer vom Hals halten würde, wie er sie allmählich mit seiner vielseitigen Persönlichkeit für ihn einnehmen und schließlich den Hof für sie verwalten würde.

«Denn bedenken Sie, Fabienne», sagte er ihr, «mit nur einer Tochter, die studiert, und Sie, die doch so vornehm sind…»

Den Umständen zum Trotz schaffte er es, ein Lachen in seine Worte einzuflechten: «Können Sie sich das vorstellen, Sie auf einem Traktor?» Weil es bequem für sie ist, glauben Leute, die kein Herz haben, immer, dass die anderen eines hätten. In seiner Naivität glaubte Rosin, dass die Witwe eines Lafaurie zutiefst verzweifelt sein musste.

Also neigte er sich über Fabienne und säuselte ihr so dicht ins Ohr, dass das zarte Ohrläppchen sich rosa färbte. «Ich zahle Ihnen eine gute Rente», wisperte er, «und Sie können sich in aller Ruhe geistig weiterentwickeln...»

Diesen Ausdruck hatte er im Fernsehen gehört und er schien ihm für die Situation angemessen.

Für ihn war das Spiel so gut wie gewonnen. Er sah sich schon über die beiden Höfe und die beiden Familien herrschen. Das linderte seinen brüderlichen Schmerz ganz gewaltig.

Léone brauchte ihn nicht zu hören, um zu verstehen, was er sagte. Sein feierlich betrübtes Eintreten, sein Begrüßungskuss, der zugleich beschützend und diskret sinnlich war, alles an ihm verkündete, was ihm so direkt nicht über die Lippen kam: «Mach dir keine Sorgen, ich bin da!»

«Warte nur», dachte Léone, «du wirst schon sehen, wie du mir zum Vater wirst!»

Sie drehte der Verwandtschaft den Rücken und eilte nach oben, zu jener Abstellkammer neben dem Badezimmer, die ihr Vater «die Schleuse» nannte. Dort verwahrte er seine Arbeitskleidung. Léone zog sich einen seiner blauen Overalls über das kurze Kleid, dann holte sie die Stiefel aus ihrem Zimmer. Beim Hineinzwängen hörte sie ein Knistern in einer der Taschen. Ohne nachzudenken, steckte sie die Hand hinein und zog einen zerknitterten Umschlag des Crédit Agricole hervor; sie wollte ihn gerade in den Papierkorb befördern, als sie die Handschrift ihres Vaters erkannte. Nur eine einzige Zeile stand da, mit dickem Bleistift hingekritzelt: *Freitag unbedingt H. anrufen: 75 01 68.*

Léone zerknüllte das Papier und warf es in den Papierkorb. Ein leichtes Lächeln huschte über ihre Lippen: «Freitag, unbedingt… Das ist heute. Seine H. kann lange warten… Die wird ihn nie wiedersehen», dachte sie und fühlte Genugtuung.

Aber plötzlich schoss ihr ein Gedanke durch den Kopf, und sie überlegte es sich anders: «Bin ich blöd! 75 01 68… das ist vielleicht…» Sie bückte sich, um das Stück Papier wieder rauszufischen und es sorgfältig glatt zu streichen. «Ja doch, richtig…», dachte sie, nachdem sie das Gekritzel noch einmal gemustert hatte. «H., das ist nicht seine Geliebte…»

Nachdenklich steckte sie die nachgelassene Botschaft wieder in die Tasche, verließ das Zimmer und kehrte in die Abstellkammer zurück. Steif wie ein Gehenkter baumelte der Schutzanzug langsam an einem Kleiderbügel hin und her. Die Großmutter hatte ihn dem Leichnam ihres Sohnes abgenommen und ihn automatisch wieder an seinen Platz geräumt, als ob er auch weiter benutzt würde.

«Und sie hatte ganz Recht…», dachte Léone.

Ohne zu zögern, schlüpfte sie hinein und ging wieder ins Esszimmer hinunter. Rosin sah sie als Erster. Es verschlug ihm die Sprache.

«Léone! Was machst du da?», rief er.

Alle Anwesenden sahen auf. Sogar die Bertrands, die dem Toten die letzte Ehre erweisen wollten und die Großmutter umarmt hielten, reagierten heftig. Sie waren brave Geschäftsleute und hatten kein Verständnis für unziemliches Verhalten.

«Das siehst du doch», antwortete Léone. «Ich geh schwefeln.»

Das war der übliche Ausdruck für eine Handlung, die in Wirklichkeit noch weitere, komplexere Aufgaben umfasste.

«Lass das!», sagte Rosin. «Ab morgen kümmere ich mich drum.»

«Nie und nimmer wirst du dich drum kümmern», erwiderte Léone ruhig. «Hast du ein Testament, das dich zu so was verpflichtet?»

«Léone!», jammerte Fabienne. «Schämst du dich denn nicht? Du kannst doch hier nicht einfach laut werden! Wo dein Vater nebenan liegt.»

Léone warf ihr einen Blick von der Seite zu.

«Wenn er es könnte, würde er hier laut werden.»

Die Großmutter befreite sich mühsam aus der Umarmung der Bertrands. Erst jetzt sprang ihr die Verkleidung der Enkelin ins Auge.

«Léone!», schrie sie und streckte den Arm aus, als wolle sie ein Gespenst zum Rückzug zwingen. «Léone! Mein armes Kind! Warum ziehst du diesen Schutzanzug an?»

«Ich geh spritzen!», antwortete Léone.

«Hast du keine anderen Sorgen? Dein Vater ist keinen Tag tot –»

«Und was glaubst du, was *er* getan hätte, hm, an deinem Todestag, wenn's die Apfelbäume dringend nötig hätten? Und sie haben's nötig. Er hatte gerade erst angefangen. Was ist, wenn's Regen gibt? Wenn Wind aufkommt?»

«Du kannst doch überhaupt nicht Traktor fahren!», sagte Rosin hoffnungsfroh.

Jäh wandte Léone sich ihm zu und stampfte mit dem Fuß auf.

«Und ob ich das kann! Was glaubst du wohl, was er mit mir gemacht hat in den Ferien, mein Vater? Meinst du vielleicht, er hat mich ins Ferienlager geschickt? Von wegen! Er hätte viel zu viel Schiss gehabt, dass mich einer entjungfert! Nein! Heu musste ich einbringen. Traktor fahren hat er mir beigebracht!»

Ihre Tante, Paternes und Rosins Schwester, die bislang die Lippen zusammengekniffen hatte, hielt den Augenblick für gekommen, sich ihrerseits einzumischen.

«Und die Leute, hm? Was werden da die Leute sagen?», fragte sie.

Sie hatte sich geschminkt – zur Sicherheit, man kann nie wissen –, und sie war die Ehefrau eines Abgeordneten des Conseil général. «Die Leute», das war für sie das Allerwichtigste.

«Die Leute? Die sollen doch herkommen und die Apfelbäume an meiner Stelle spritzen. Das wäre doch mal was!»

Sie pflanzte sich vor Rosin auf, starrte ihn an und schleuderte ihm ins Gesicht:

«Und ab heute wird das so sein und so bleiben!»

Die Bertrands verschwanden buchstäblich in der Zimmerwand, so besorgt waren sie ob der Vorstellung, jemand könnte meinen, dass sie die Auseinandersetzung mitbekämen.

«Léone!», jammerte Fabienne. «Und dein Studium?»

Léone deutete eine wegwerfende Geste an.

«Mein Studium? Das kann warten.»

Sie verließ den Raum und machte entschlossen die Tür zu.

Rosin blickte zu Boden, dort, wo auf den roten Fliesen neben seinen gewichsten Schuhen die für ihn allein sichtbaren Scherben seines zerstörten Traums lagen.

Im sonnenüberfluteten Innenhof war alles an seinem Platz, bis auf den Pfau, der gestorben war.

Léone ging gemessenen Schrittes am Geräteschuppen vorbei. Die drei Traktoren, der Mähdrescher und eine Unmenge technisch ausgeklügelter Gerätschaften, auf die Paterne so stolz gewesen war, standen aufgereiht wie für eine Landwirtschaftsmesse. All das war nun herrenlos, und über den seelenlosen Maschinen schwebte Trübsal wie bei einer im Stich gelassenen Herde.

In der Stille und Einsamkeit atmete Léone jene beißenden Ausdünstungen ein, die immer in diesem Schuppen herrschten, jene Mischung aus Chemikalien, die der Bauer im steten Kampf gegen die Natur benötigt. Heute jedoch durchsetzte den vertrauten Gestank ein ungewöhnlicher Geruch. Léone witterte nachdrücklich. Lauernd, mit bebenden Nasenflügeln blieb sie stehen, ihr Blick schweifte über die ruhig dastehenden Maschinen. Der Geruch verfolgte sie, ging ihr voraus, und schließlich wurde ihr klar, dass sie ihn an sich trug. Es war der Schutzanzug, der ihn in seinen Falten beherbergte. Einen Augenblick lang stimmte sie das nachdenklich. Dann zuckte sie die Achseln und ging auf den Traktor zu, auf dem ihr Vater gestorben und dessen Spritzturbine noch nicht abgekoppelt worden war. Die waagerechte Reihe von Zerstäubern war noch montiert, und auf Gesichtshöhe waren sämtliche Ventile offen. Sie brauchte ihre Nase nicht dranzuhalten, um zu erkennen, dass der ungewohnte, stechende Geruch aus den Schläuchen kam, wenn auch etwas gedämpft.

Léone schüttelte sich. Die Apfelbäume warteten. Bald würde es dunkel werden. Fest entschlossen griff sie nach dem Schutzblech, um sich auf den Sitz zu hieven. Und ebenso jäh ließ sie es bleiben. Irgendetwas riss sie zurück. Nein, sie durfte den Teufel nicht provozieren... Sie drehte sich plötzlich um und setzte sich auf den zweiten Traktor. Sie dachte einen Augenblick nach, ehe sie ihn anwarf. Wenn man achtzehn Jahre alt ist und wenn sich eine schwierige Situation ergibt, fällt es schwer, sich an vorher Erlebtem zu orientieren. Aber vielleicht wusste Jean-Luc weiter...?

Sie lenkte das rote Gefährt über die Gemeinschaftswege zum Bauernhof ihres Freundes. An der Grenze zwischen den beiden Anwesen verkündete ein bunt bemaltes Schild am Rand eines Kleefeldes: «Marjolaine – Biologische Landwirtschaft – Ferme Davignon.»

Sie fuhr langsamer, zögerte. Davignon und Paterne waren ideologische Feinde, was die Art der Bewirtschaftung ihrer Höfe anbelangte, und das trennte sie stärker, als materielle Interessen oder politische Leidenschaften es vermocht hätten.

Zum Glück erspähte sie Jean-Luc unter dem Schuppendach, wie er sich mit dem Spaten am Komposthaufen zu schaffen machte. Sie rief ihn. Er ließ sein Werkzeug fallen und stürzte ihr entgegen.

«Was? Du hier? Aber... dein Vater... Was werden die sagen, bei dir zu Hause? Was machst du denn in diesem grauslichen Anzug?»

«Ganz sachte! Ich vergeude meine Zeit, wenn du's genau wissen willst! Eigentlich sollte ich gerade beim Apfelbäumespritzen sein... Aber da gibt es etwas, was mir keine Ruhe lässt... Was hast du mir gesagt, als der Traktor gestern auf uns zugefahren ist?»

«Was ich gesagt habe? Irgendwas Belangloses! Ich war doch unter Schock... Glaubst du denn, dass es mir nichts ausgemacht hat, deinen Vater tot zu sehen? Vor allem unter diesen...»

«Hör mal, Jean-Luc, wofür hältst du mich eigentlich? Das war noch nie deine Art, irgendwas Belangloses zu sagen, nicht einmal als wir zehn Jahre alt waren. Du hast von etwas Bestimmtem geredet, gestern. Sag es mir noch mal!»

Jean-Luc schüttelte den Kopf.

«Keine Ahnung, wirklich.»

Léone stellte den Traktor aus und verschränkte die Arme über dem Steuer.

«Setz dich neben mich!», befahl sie.

Jean-Luc zögerte.

«Weißt du, mit meinem Vater ist es genau wie mit deinem...»

«Setz dich neben mich, sag ich!»

Sie schlug mit dem Fuß gegen das Gehäuse des Getriebes. Jean-Luc hielt sich am Schutzblech fest und schwang sich neben Léone.

«Riech mal an mir!», befahl sie.

«Was soll ich denn riechen?»

«Riech mal an meinem Anzug. Den hatte mein Vater gestern an. Riech mal!»

Und da er nicht schnell genug gehorchte, packte sie ihn mit beiden Händen am Kopf und zog ihn an ihre Brust. Jean-Luc leistete Widerstand, schüttelte sich, er versuchte, sein Gleichgewicht zu halten, dann atmete er tief ein, gierte nach der lauen Luft über dem Kleefeld, das so schön nach Misthaufen duftete.

«Die Aprikosenbäume blühen!», hauchte er.

«Siehst du...», sagte Léone langsam. «Siehst du, du erinnerst dich...»

Paternes Onkel kam gegen drei Uhr. Er war der Bruder der trauernden Großmutter. Er kam von Pont-de-Chabestan her, dem Familiensitz. Man hatte ihm am Vorabend ein Telegramm geschickt, aus Anstand, und auch, weil er reich und kinderlos war. Man hatte gehofft, er sei verhindert, aber er war so frei wie ein Vogel im Wind. Von der Bushaltestelle hatte er ein Taxi genommen.

«Christophe! Was für ein Unglück! Was für ein großes Unglück!», heulte die Großmutter und sprang ihm an den Hals.

Die anderen hielten vorsichtig Abstand. Man traute seinen groben, ungeschlachten Bewegungen nicht. Kaum war er eingetreten, schon war er lästig inmitten der allgemeinen Begrüßungszeremonie. Bei jedem Schritt stieß man an seinen Bauch, seinen dicken Hintern, seine unförmige Reisetasche, die er mitten im Zimmer abgestellt hatte. Wo immer er war, störte er.

Er wollte sogleich dem Toten die letzte Ehre erweisen, und als er wieder aus dem Zimmer herauskam, befahl er:

«Macht die Tür zu! Zuschließen!»

Sein ohnehin schon puterrotes Antlitz war noch dunkler geworden. Er verstand es, seinem kantenlosen Gesicht den Anschein von strengem Scharfsinn zu verleihen. Er betrachtete sie alle, einen nach dem andern, und alle erschauerten sie, als sie von den Zügen dieses alten, erfahrenen Mannes eine derart tragische Feierlichkeit ablasen.

«Man muss eine Obduktion vornehmen!», verkündete er.

Beim Wort «Obduktion» hörte die Mutter deutlich das reißende Geräusch, das die Öffnung des Körpers begleiten würde. Sie sah die Eingeweide ihres Sohnes herausquellen. Sie stieß einen tierhaften Schrei aus, als würde sie wieder gebären.

«Nein! Keine Obduktion!»

«Ach was!», sagte Christophe. «Die sollen gefälligst dafür zahlen! Paterne war stark wie ein Stier. Es ist dieses Scheißprodukt für die Apfelbäume, das ihn umgebracht hat. Wir müssen einfach den Hersteller verklagen. Das bringt Negativwerbung, und das kann sich für uns auszahlen. Für so was gibt es Biologen. Uns werden sie mit ein bisschen Geld zum Schweigen bringen ...»

«Aber, Christophe, eine Obduktion...»

Fabienne zuckte mit den Schultern.

«Außerdem hat Doktor Tronquet den Totenschein schon ausgestellt, also...»

In diesem Augenblick klopfte jemand leise an die Tür.

«Macht nicht auf!», meinte der Onkel. «Wir müssen die Dinge erst noch ein bisschen unter uns bereden.»

Aber Rosin warf einen vorsichtigen Blick über die Gardine an der Glastür.

«Das ist Froidevie, der Mann von der Versicherung», sagte er. «Mit einem anderen Kerl. Sie haben Aktentaschen dabei.»

Der Onkel blickte rasch in die Runde.

«Dann ist das natürlich was anderes. Wenn sie Aktentaschen dabeihaben!», sagte er. «Mach ihnen die Tür auf!»

Sie traten ein. Und unter ihren Beileidsbekundungen entspannte sich die Stimmung sofort: Sie brachten sie in jenem komplizenhaften Ton vor, der bei geschäftlichen Angelegenheiten üblich ist. Sogar die Großmutter verhielt sich gemäßigt.

Sie waren noch keine fünf Minuten da, als die Aktentaschen auf dem großen Tisch auch schon geöffnet wurden, zwischen halb leeren Gläsern und Nussweinflaschen. Sie waren noch keine fünf Minuten da, als die Anspruchsberechtigten auch schon erfuhren, dass der Verschiedene eine Versicherung über hundert Millionen alte Franc abgeschlossen hatte; zugleich erfuhren sie aber auch, dass diese Summe ihnen durch die Lappen zu gehen drohte.

«Das ist eine Angelegenheit für die Anwälte», erklärte Christophe kategorisch. «Aber zuerst die Obduktion…»

«Ja, die Obduktion…»

«Nein, nein, keine Obduktion», jammerte die Mutter.

«Das ist keine angenehme Sache, so eine Obduktion», erklärte Rosin.

Ihm war soeben klar geworden, dass, wenn der Witwe hundert Millionen in die Hände fielen, seine Pläne zunichte waren. Hundert Millionen… steuerfrei… da gibt's nicht mehr viel zu…

Und so ging das Wort «Obduktion» von Mund zu Mund, wie der Wind von Blatt zu Blatt weht. Zuerst wurde es mit Schrecken ausgesprochen, mit Widerwillen, mit Vorbehalt. Dann gewöhnte man sich nach und nach daran. Es wurde ein Wort wie jedes andere auch.

In diesem Augenblick kam Léone herein. Missmutig betrachtete sie den sperrigen Onkel Christophe, der sich bereits auf sie stürzte und sie mit feuchten Küssen überzog, nicht ohne sie dabei auch ein wenig zu begrapschen. Sie wich ihm aus, so gut es ging und deutete auf die offen stehenden Aktentaschen auf dem Tisch.

«Was soll das?», fragte sie.

«Dein Vater hat eine Versicherung über eine Million Franc abgeschlossen», erklärte Fabienne. «Und sie wollen eine Obduktion vornehmen...»

Léone betrachtete sie einen nach dem andern, mit einem Gesichtsausdruck, bei dem sich selbst der Versicherungsbeauftragte unwohl zu fühlen begann.

«Ja...», antwortete sie schließlich gemessen. «Ich glaube auch, dass wir eine Obduktion veranlassen sollten.»

~ 3 ~

Der junge Dr. Tronquet erlebte im Obduktionssaal die erste Demütigung seiner Karriere; der Siebenundzwanzigjährige, der sich gerade erst niedergelassen hatte, nahm sie kleinlaut, aber verhältnismäßig gefasst hin.

Beeindruckend wie eine Feldherrnstatue stand der Gerichtsmediziner in schenkelhohen Stiefeln vor ihm, mit gerötetem Gesicht, und nahm seine Zerknirschtheit wohlwollend feierlich, wenn auch mit einer gewissen Belustigung wahr.

«Das wird Ihnen eine Lehre sein», sagte Dr. Magloire, «so mir nichts, dir nichts einen Totenschein auszustellen. Eines natürlichen Todes gestorben!», brummte er. «Damit ein Todesfall nicht ganz natürlich erscheint, braucht das Opfer für Sie wohl mindestens ein Metzgermesser, das ihm im Herzen steckt! – Haben Sie denn seine Pupillen nicht gesehen?»

«Er hatte doch zweihundertzwanzig Blutdruck!»

«Haben Sie denn seinen eingefallenen Brustkorb nicht gesehen? Lungen hatte der, platt wie Flundern…»

«Aber er hatte eine beginnende Angina Pectoris und ein Gewicht von fünfundneunzig Kilo bei einer Körpergröße von einem Meter fünfundsechzig!»

«Und seine Zunge?», rief Magloire. «Er hat seine Zunge verschluckt, so sehr musste er nach Luft schnappen, die Muskeln haben die Lunge völlig blockiert.»

«Vom Gesicht her sah er aber ganz nach Schlaganfall aus. Bei der ungesunden Lebensweise…»

«Na ja, da haben Sie sich gesagt: Pastis, Wildgerichte, Tabak, Jähzorn, mangelnde Hygiene, wiederholtes oder chronisches

Einatmen von Schadstoffen und achtundvierzig Jahre alt! Mit achtundvierzig Jahren kommt Ihnen ein Mann alt genug vor, um einen Toten abzugeben! Werden Sie erst einmal achtundvierzig!»

Er zog die Handschuhe aus, warf sie in eine Ecke und legte dem jungen Kollegen seine behaarte Pranke auf die Schulter.

«Nichts für ungut», sagte er, «es wäre schlimmer gewesen, wenn Sie eine Blinddarmentzündung für einen eingeklemmten Bruch gehalten hätten. Er war ja sowieso schon tot. Außerdem muss ich Ihnen jetzt was sagen. Ich kenne Kollegen, alte Hasen, die sich in diesem Fall auch getäuscht hätten: Eine Todesursache wie diese hier, das gibt's nämlich nicht oft!»

«Und auf diese Weise», sagte Laviolette, «wird aus einem ganz alltäglichen Fall mit ganz natürlichem Tod eine Idiotenfalle für einfältige Polizisten. Sagen Sie mir mal, was ich da zu suchen hatte, auf diesem Bauernhof, wo keiner nach mir verlangte?»

«Äpfel kaufen!», sagte der Untersuchungsrichter. «Erinnern Sie sich nicht? Ich hatte große Lust auf Äpfel. Aber verdammt, wenn ich das geahnt hätte...»

Sie betrachteten die Mauer des hässlichen Schlachthofs gegenüber, in dem die seit hundert Jahren zu Tode gequälten Tierseelen spukten. Nun drohte das Gebäude einzufallen. Die Stadtverwaltung zögerte noch, ob sie es abreißen oder unter Denkmalschutz stellen sollte. Durch seine bloße Anwesenheit beleidigte es das schmucke Gerichtsgebäude, das wie eine Insel auf der noch nicht geräumten Baustelle schwamm. Denn es regnete und regnete und regnete. Die Bagger hatten das Gelände unterhöhlt, die Erdwälle rutschten, der Kies rieselte, die noch nicht ordentlich zugeschütteten Gräben sackten ein und füllten sich mit Wasser. Im neuen Gericht schallte es hohl und leer. Es war funkelnagelneu, aber in den noch nicht trockenen Wänden knackte es, als wollte es von vornherein Lügen und Verwicklungen abwehren.

«Haben Sie je im Leben so was Hässliches gesehen?», fragte der Untersuchungsrichter und deutete entmutigt auf seinen Schreibtisch.

«Tatsache ist, dass...»

«Zur Abwechslung könnten wir uns ja an die Akte machen?»

«Genau. Nichts wie ran!»

Der Untersuchungsrichter setzte sich auf seinen Bürosessel und wies dem Kommissar den Stuhl zu, auf dem die Beschuldigten Platz nahmen.

«Den hier», sagte der Kommissar, «den haben Sie aus Digne mitgebracht.»

«Aus Aberglauben, aus keinem anderen Grund! Die schönsten Geständnisse meiner Karriere wurden auf diesem Stuhl abgelegt... Ist er Ihnen genehm?»

«Na ja, ich nehme es, wie es kommt.»

«Wir haben es also mit einer Familie zu tun, die sich in die Nesseln gesetzt hat», sagte der Untersuchungsrichter beim Durchblättern der Protokolle, die vor ihm lagen. «Sie beantragt eine Obduktion, weil sie hofft, dadurch bestätigt zu bekommen, dass der Verstorbene eines natürlichen Todes gestorben ist, wonach der Versicherung nichts anderes übrig bleibt, als zu zahlen...»

«Allerdings hat sich die Versicherung ebenfalls in die Nesseln gesetzt, wohlgemerkt! Denn sie hat fest mit dem Beweis dafür gerechnet, dass unser Paterne Lafaurie absichtlich zu viel Spritzmittel schluckte, Schutzanzüge mit Löchern trug, beim Spritzen rauchte und ähnliche Scherze mehr. Lauter Dinge eben, die den Verdacht auf Selbstmord bestätigen...» Laviolette nickte bedächtig, während er sich eine Zigarette drehte. «Zu guter Letzt», sagte er, «ist das Opfer zwar nicht an den Spritzmitteln gestorben, es ist aber auch nicht eines natürlichen Todes gestorben...»

«Laut Obduktionsbericht ist der Tod nach anhaltendem Inhalieren von Blausäure erfolgt, welche mit dem Spritzmittel vermischt um das Opfer herum versprüht wurde... Seltsam, nicht wahr?»

«Zumindest einfallsreich. Der Gerichtsmediziner betont nachdrücklich, dass das Spritzmittel in dieser Zusammensetzung eine ideale Grundsubstanz für das Gift ist.»

«Blausäure...», wiederholte der Untersuchungsrichter langsam. «Die ist mir schon lange nicht mehr begegnet.»

«In Amerika wird in gewissen Bundesstaaten Blausäure verwendet, um Todesurteile zu vollstrecken.»

«Barbarische Methoden dekadenter kapitalistischer Länder! Wie dem auch sei, so was wird immer in sorgfältig verschlossenen Räumen vorgenommen... Wohingegen in unserem Fall... im Freien... Glauben Sie denn daran?»

«Die Obduktion lässt keinen Zweifel bestehen. Allerdings heißt es im Bericht auch, dass der Tod erst nach mehreren Minuten eingetreten ist, obwohl das Gift blitzartig wirkt. Außerdem enthielt der Tank noch genug Gift, um zehn Leute umzubringen.»

«Hätte die Tochter die Arbeit ihres Vaters fortgeführt, wie sie es ihrer Aussage nach vorhatte», murmelte der Untersuchungsrichter, «wäre sie wohl auch draufgegangen... Aber wem kann Ihrer Meinung nach daran gelegen haben, dass Paterne Lafaurie das Feld räumte?»

«Der ganzen Familie! Lafaurie hatte eine Lebensversicherung über hundert Millionen alte Franc abgeschlossen, stellen Sie sich das doch mal vor!»

«Na endlich ein richtig schönes Motiv!», sagte der Untersuchungsrichter und rieb sich die Hände. «In der verrotteten Bourgeoisie, in der wir leben, ist es doch klar, dass hundert Millionen... Aber wo kriegt man Blausäure her?»

Laviolette hob den Kopf.

«Ich nehme an, dass man so was nicht an jeder Straßenecke kaufen kann... Da müssen wir ernsthaft nachforschen.»

Der Untersuchungsrichter blätterte in der Akte.

«Und wann, glauben Sie, kam das Gift in den Tank des Spritzers?»

«Seit Tagesanbruch hatte das Opfer das Gerät benutzt. Aber eine halbe Stunde vor seinem Tod hat Paterne den Traktor am Ende des Feldes angehalten, das heißt also, *direkt am Straßenrand* – das ist sehr wichtig.»

«Warum hat er seine Arbeit unterbrochen?»

«Um ein Stück weiter mit den Landarbeitern zu schimpfen, die sich an einem Feuerchen die Hände wärmten, statt die Bäume zu stutzen.»

«Da haben Sie aber sehr genaue Angaben.»

«Ich habe die Zeugenaussagen der Arbeiter. Die sind nämlich wenig später ihrem Arbeitgeber zu Hilfe geeilt.»

«Und die haben wir also um den Traktor stehen sehen, als wir dazukamen, passend wie die Faust aufs Auge.»

Wieder nickte Laviolette bedächtig, während er seine Zigarette drehte, was ihm schon zweimal misslungen war.

«Die Gendarmen haben ihre Pflicht erfüllt», sagte er, «gewissenhaft wie immer. Sie haben sogar ihr Leben aufs Spiel gesetzt – wegen der giftigen Ausdünstungen –, um auch noch den Rest im Tank zu untersuchen. Den Chemiedreck haben sie vom Filter gewaschen und das hier gefunden.»

Er zog einen braunen Umschlag aus seiner Tasche, aus dem er ein winziges durchsichtiges Röhrchen nestelte.

«Das schicke ich ins Labor», sagte er.

«Was ist das?», fragte der Untersuchungsrichter.

Laviolette schüttelte das Röhrchen.

«Winzige Glassplitter, aber aus so feinem und scharfem Glas, dass das allein schon ein Hinweis ist. Aber worauf? Fällt Ihnen dazu etwas ein?»

Es war trotz der hohen Fenster düster im Raum, der Himmel war einfach zu trostlos trübe. Der Untersuchungsrichter knipste seine Bürolampe an, um das Röhrchen gegen das Licht zu halten.

«Mir fällt gar nichts ein», sagte er, «glauben Sie, dass diese Splitter etwas mit dem Gift zu tun haben?»

«Das wird uns das Labor sagen. Sicher ist, dass das Gift in den Tank gegossen wurde, als der Traktor am Straßenrand stand.»

«Ich verstehe. Also kann jeder x-Beliebige es reingetan haben.»

«Jeder, aber wahrscheinlich jemand aus der Familie; denn keiner hat ein hieb- und stichfestes Alibi. Die Mutter war beim

Bügeln allein im Haus. Die Witwe war in Manosque, also nur zwei Kilometer weit weg, und nahm an einem Kurs für transzendentale Meditation teil…»

«Woran nahm sie teil?», fiel ihm der Untersuchungsrichter ins Wort.

«Fragen Sie mich nicht, was das ist. Mein Wissen ist noch zu frisch… Was die Tochter betrifft, die war mit ihrem Freund gerade mit heftigen Leibesübungen beschäftigt, was sie uns nicht verheimlicht hat. Und was den Bruder des Opfers angeht, einen Menschen namens Rosin, der spritzte auch gerade seine Apfelbäume.»

«Die Witwe… Ist das nicht die junge blonde Frau, der wir begegnet sind, als wir uns verdrücken wollten? Erinnern Sie sich: Sie fuhr unmittelbar hinter dem Notarztwagen her.»

«Das Wenige, was ich in Sachen transzendentaler Meditation weiß», sagte Laviolette, «ist, dass man ziemlich lange in einem kühlen Raum sich selbst überlassen bleibt. Ihre Meditation kann die Witwe ohne weiteres unterbrochen haben, um das Gift in den Tank zu füllen und wieder zurück nach Manosque zu fahren. Die Strecke kennt sie auswendig, und bei dem Auto sind das drei Minuten hin, drei Minuten zurück. Da müssen wir nachhaken. Die Gendarmen vernehmen alle potenziellen Zeugen, die ihr begegnet sein könnten. Auch die Mutter kann beim Bügeln eine Pause eingelegt haben.»

«Und Rosin beim Spritzen. Seine Felder liegen genau auf der anderen Straßenseite am großen Kanal.»

«Und Léone ebenfalls…»

Der Untersuchungsrichter biss sich auf die Lippen. Der Gedanke gefiel ihm nicht, dass dieses Mädchen, kurz bevor es ihm um den Hals gefallen war, mit einem anderen im Heu gelegen hatte.

«Übrigens», sagte er, «was ist mit dem Jungen, der über das Brachfeld lief?»

«Jean-Luc Davignon. Der Freund von Léone. Sohn eines Biobauern.»

«Auch der kann doch…»

«Natürlich, aber in dem Fall stecken der Junge und das Mädchen unter einer Decke; denn Sie glauben doch nicht, dass in der spezifischen Situation einer dem anderen sagt: Warte mal fünf Minuten, ich bin gleich wieder da, oder?»

«Selbstverständlich nicht!», räumte der Richter mürrisch ein.

Er stellte sich die Szene lieber nicht zu genau vor.

«Aber selbstverständlich haben Sie im Grunde Recht», sagte Laviolette. «Jeder x-Beliebige konnte von der Straße her kommen. Im Durchschnitt fahren auf der Landstraße Nummer 96 sechshundert Autos pro Stunde vorbei... Da soll man was dabei herausfinden... Jedenfalls können wir zu den möglichen Tätern auch die Landarbeiter rechnen; einer hätte sich, während Lafaurie maulte, aus der Gruppe stehlen können.»

«Bedenken Sie auch, dass das Opfer selbst...»

«Ja, schon gut, das ist die Idee eines Versicherungsmenschen. Aber als Jäger, Liebhaber von gutem Essen, Alleinherrscher über Familie und Gesinde war unser Paterne Lafaurie kein typischer Selbstmordkandidat.»

Beide standen gleichzeitig auf und seufzten; am Fenster stellten sie fest, dass der Regen nicht nachließ.

Der Abend senkte sich über die Stadt. In der Dämmerung zog der Nebel in die Altstadt von Manosque, drang in die verlassenen Wintergärten, wo Bettlaken trockneten. Auf alten Wäscheleinen träumten vergessene Klammern vom Kastagnettendasein. Die Langeweile des Feierabends stand in den Gassen und um die glaskrautbewachsenen Mauern. Die Gegenwart schien aus mehr Toten als Lebenden zu bestehen. Auf dem Kirchturm wies ein Wetterhahn dem Wind die Richtung.

Die neuen, hochnäsigen Wohnviertel nahmen Abstand und schauten von weitem zu, wie der dunkle Stadtkern ausstarb. Sie wunderten sich, dass er so hartnäckig standhielt.

Das Zuschlagen einer Wagentür riss den Richter und den Kommissar aus ihren Gedanken.

Ein Wagen parkte an der Mauer des alten Schlachthofs, irgendwo in der hintersten Ecke und zwischen lauter Pfützen.

Zwei Gestalten stiegen aus, schauten sich um, blickten zum imposanten Gerichtsgebäude herauf und näherten sich durch den Schlamm stapfend. An ihren Schultern hingen abgegriffene Ledertaschen. Der eine schritt selbstsicher voran, sichtlich von seiner eigenen Ehrbarkeit überzeugt. Der andere folgte eifrig, aber nicht unterwürfig, seinen Fußspuren. Sie führten die lebhafte Unterhaltung fort, die sie anscheinend vor längerem begonnen hatten.

«Da kommen zwei Individuen», sagte der Untersuchungsrichter, «denen der Regen nichts auszumachen scheint.»

Sie kamen barhäuptig, der eine trug lediglich ein Sakko, der andere eine Art Uniformjacke mit Wappen und Ziffern am Revers.

«Und die es nicht eilig haben», fügte Laviolette hinzu.

Ihre Suche nach dem trockensten Weg durch die Pfützen führte sie in der Tat auf großen Umwegen zum Eingang des Gerichts, auf das sie immer wieder verstohlene Blicke warfen. Zuweilen hielten sie inne, riefen sich ein paar Worte zu, schüttelten den Kopf oder hoben hilflos die Arme.

Schließlich verschwanden sie unter dem neoklassizistischen Vorbau.

«Ich frage mich, was die hier wollen», sagte Laviolette.

«Oh, die suchen sicher das Handelsgericht.»

Aber in dem Augenblick tönte es laut aus der Eingangshalle: «Herr Richter! Herr Richter!» Da es in diesem Gericht weder Hinweisschilder noch einen Hausmeister gab, musste man eben ausrufen, bei wem man vorsprechen wollte. Dann hörten sie den Gerichtsschreiber aus dem Nebenraum kommen und über das Treppengeländer hinweg fragen: «Was wollen Sie?»

«Sie können feststellen», sagte der Richter zu Laviolette, «wie sehr in diesem Gericht auf Schalldämpfung geachtet wurde... Unsere Schweigepflicht wird wohl öfter darunter zu leiden haben.»

«Die reden aber wirklich sehr laut», bemerkte Laviolette.

Es klopfte. «Herein!», rief Chabrand. Ein junger Mann mit Brille streckte den Kopf durch den Türspalt. Es war der muntere

Gerichtsschreiber, der immer so komplizenhaft lächelte, als wüsste er alles über die Geheimnisse, die der Untersuchungsrichter erst noch aufdecken sollte. Dieser Gerichtsschreiber ging ihm auf die Nerven. Chabrand hatte ihn sozusagen geerbt, als er nach Manosque versetzt worden war. Er sah so rosarot, gesund und frisch gebacken aus wie das nagelneue Gerichtsgebäude.

«Zwei Herren lassen fragen», sagte er, «ob Sie sie anhören könnten.»

Dieser Antrag war unpassend, und wenn er in anderer Gemütsverfassung gewesen wäre, hätte ihn der Untersuchungsrichter schlichtweg abgelehnt. Aber der Tonfall und das Lächeln des Gerichtsschreibers bedeuteten ganz klar: «Selbstverständlich werden Sie dieser Bitte nicht nachkommen!» Da begehrte Chabrand innerlich auf.

Er sah dem Gerichtsschreiber gelassen in die Augen.

«Ich empfange die Herren», sagte er ruhig.

«Dann gehe ich jetzt...», sagte Laviolette und stand auf.

«Nein, bleiben Sie doch! Die bin ich in fünf Minuten wieder los.»

Der Gerichtsschreiber öffnete die Tür etwas weiter, bis er sich in den Raum beugen konnte, ohne jedoch einzutreten.

«Aber wissen Sie...», sagte er zögernd.

«Was soll ich denn wissen?», erwiderte der Richter barsch.

«Wissen Sie, die Herren riechen sehr merkwürdig», sagte der Gerichtsschreiber abschließend.

«Ganz egal, führen Sie sie herein!», antwortete Chabrand mit einer unbekümmerten Handbewegung.

Da öffnete der Gerichtsschreiber die Tür ganz und ließ die beiden Besucher eintreten. Beide benahmen sich, als fühlten sie sich fehl am Platz. Der eine blieb scheu an der Tür stehen, der andere stand raumgreifend da und erfüllte das Büro mit einem unglaublichen Gestank nach ausgewaidetem Wild.

«Dieser verdammte Gerichtsschreiber hatte Recht», dachte Laviolette. «Die stinken seltsam...»

Niemand hätte sagen können, woher der Gestank kam, aus ihren Stiefeln, aus ihren Jagdtaschen – oder drang er ihnen aus allen Poren? Der brutale Duft schlug Laviolette und dem Richter in die Nase, und eigentlich hätte ihr Selbsterhaltungstrieb sie in panische Flucht treiben müssen. Aber leider war man wohlerzogen, und da standen zwei arme Kerle, denen es sichtlich peinlich war, dass sie nach Aas rochen.

«Ich bin Félicien Dardoire!», verkündete der größere und dickere, als sollte dies den Untersuchungsrichter dazu bewegen, ihm einen Sessel anbieten.

Dann fuhr er fort: «Zuallererst bitte ich Sie, uns unseres Geruchs wegen zu entschuldigen. Seit einer Woche leben wir mit einem ungegerbten, madenzerfressenen Ziegenfell; dazu tragen wir vergammelte Lämmerinnereien mit uns herum. Und außerdem hat sich mein Jagdhüter Hände und Gesicht mit Dachsfett eingeschmiert, damit –»

«Aber wer sind Sie denn?», fragte der Richter ungeduldig.

«Félicien Dardoire! Winzer. Präsident des Verbandes hier im Département! Und dies hier ist Antoine Donatello, meine rechte Hand.»

«Gut. In Ordnung. Aber um welchen Verband handelt es sich denn?»

«Um den Jagdverband natürlich.» Dass man ihn nicht kannte, verschlug dem guten Mann die Sprache.

«Aha, Jagdverband…», wiederholte der Richter.

Er mochte die Jäger nicht und hatte sie immer gemieden. Er hätte jedoch nie gedacht, dass sie derart stinken konnten.

«Was kann ich für Sie tun?», fragte er kühl.

Der Präsident des Jagdverbandes schaute sich nach einer Sitzgelegenheit um. Schließlich bat ihn der Richter, Platz zu nehmen, und den Jagdaufseher ebenfalls.

«Ich stinke zu sehr…», sagte dieser ehrerbietig, «es wäre schade um Ihre Stühle.»

«Um Ihre kostbare Zeit nicht zu verschwenden», hob Dardoire wieder an, «erkläre ich Ihnen zuallererst einmal, dass wir seit acht Tagen, mein Jagdaufseher und ich, durch alle Gemeinden des Départements ziehen, und zwar zum Zwecke der Raubwildbekämpfung.»

«Welches Raubwild?», fragte der Richter.

«Füchse und Dachse.»

Chabrand musste schlucken. Füchse und Dachse gehörten zu seinen Lieblingstieren.

«Jawohl», fuhr Dardoire fort. «Eigentlich ist das gar nicht meine Aufgabe, überhaupt nicht. Es ist eher abstrus, aber der oberste Jagdaufseher des Verbandes hatte einen Motorradunfall, und der hier kommt aus dem Périgord, er ist also ganz fremd hier... Ich bin der Einzige, der die Wildwechsel hier in- und auswendig kennt. Wenn Sie wüssten! Mein Großvater hat den Verband gegründet, mein Vater war Präsident, also opfere ich mich halt.»

Er lockerte sich etwas und lehnte sich breitbeinig zurück. Sein Demagogentick meldete sich, er gab ihm nach.

«Tja, wissen Sie», sagte er und lächelte leutselig, «die Aufgabe des Präsidenten ist vor allem anderen die Selbstaufgabe...»

Laviolette hatte sich diskret im Hintergrund gehalten; beim Stichwort «Raubwildbekämpfung» hatte er sich schräg hinter den Untersuchungsrichter gestellt und sich auf die Lehne gestützt.

«Inwiefern...?», wollte Chabrand wissen.

«Darauf komm ich gleich zu sprechen. Aber zuallererst einmal muss ich Ihnen erklären, wie man das macht: Man muss rauskriegen, wo welches Tier wechselt. Nicht vor dem Dachsbau und nicht vor dem Fuchsloch. Ein Tier frisst nie in der Nähe des Baus. Nein, man muss wissen, wo das Tier wechselt, wo der Räuber der Fährte seiner Beute folgt. Und um das rauszukriegen, ziehen wir irgendein verrottetes Ziegenfell oder sonstiges Aas hinter uns her, damit die Räuber uns Menschen nicht wittern. An geeigneten Stellen legen wir Köder aus. Oh, wir merken uns natürlich wo. Notfalls schnitzen wir ein Zeichen in die Baumrinde... Wir machen das alles ganz sorgfältig! Am folgenden Tag gehen wir denselben Weg noch einmal ab, wir zählen die toten Tiere und sammeln die Köder ein, die sie verschmäht haben. Und jetzt muss ich Ihnen noch was ganz Wichtiges erklären: Manchmal spielt der Räuber mit dem Köder und, anstatt ihn zu verschlingen, verschleppt er ihn, weiß Gott wohin... Also, wenn wir den Köder nicht an Ort und Stelle wiederfinden, dann suchen wir ihn... Dann suchen wir ihn unablässig, weil...»

Er brach ab und hob den Arm, als wollte er jemandem zum Abschied winken.

«Weil», wiederholte er, «wenn unglücklicherweise ein Haustier oder ein Kind so einen Köder findet – auch sechs Monate später wirkt das Zeug noch, wenn es noch in der Kapsel ist! Und wenn das jemand schluckt... dann gute Nacht!»

«Und wir suchen die Köder, bis es stockfinster ist!», beteuerte der Jagdaufseher.

«Und wenn wir sie wiederhaben, dann stecken wir sie in unsere Jagdtaschen, und jeden Tag zählen wir sie durch.»

«Wie sieht denn so ein Köder aus?», fragte der Richter, der trotz allem neugierig geworden war.

«Donatello, zeigen Sie mal her!», befahl der Präsident. Der Jagdaufseher suchte in seinem Köderbeutel herum und kramte etwas Ekelerregendes, Schwarzes, in Zellophan Eingewickeltes hervor, das er triumphierend vorzeigen wollte.

«Stecken Sie das wieder ein! Stecken Sie das wieder ein!», rief der Richter hastig. «Ich glaub's Ihnen ja schon. Aber inwiefern geht mich das was an? Das verstehe ich noch immer nicht.»

«Ich bitte Sie um ein ganz klein bisschen Geduld, Herr Richter. Also es war so: Letzten Donnerstag haben wir im Tal von Villemus zwei Köder verloren, und bis zum Einbruch der Dunkelheit haben wir sie gesucht. Übrigens haben wir nur einen wiedergefunden... Und wir hatten die Autos am Straßenrand beim Umspannungshäuschen stehen.»

«Die Autos?», fragte Laviolette.

«Ja, die Ente vom Jagdaufseher, mit dem Ziegenfell und den Innereien und den eingesammelten Ködern – und einen Geländewagen, den ich für die Jagd verwende, in dem sich die Kapseln befanden, um die Köder aufzubereiten... das heißt, eine Schachtel mit genau abgezählten Kapseln, sorgfältig nummeriert. Dafür bin ich verantwortlich...»

Er legte eine Pause ein, fuhr mit dem Finger am Hemdkragen entlang, als ob er ersticken würde, und blickte wie ein Gejagter um sich. Das Wort «verantwortlich» erinnerte ihn daran, dass es ihm möglicherweise an den Kragen ging.

«Weiter», bat Laviolette, der plötzlich sehr aufmerksam geworden war.

«Oh, die Geschichte ist ganz einfach… Als der Jagdaufseher und ich völlig erschöpft an der Straße ankamen, da haben wir uns auf den folgenden Tag verabredet, und jeder fuhr mit seinem Wagen weg… Und… als ich nach Hause kam, habe ich im Handschuhfach gesucht und festgestellt, dass die Schachtel mit den Kapseln verschwunden war… Zunächst habe ich zwei Stunden lang den Wagen durchsucht, mit der Taschenlampe, ich wollte es einfach nicht glauben… Ich war dermaßen entsetzt, dass ich mich gefragt habe, ob ich die Schachtel nicht vielleicht dem Jagdaufseher anvertraut hatte. Leider hat er kein Telefon, also bin ich zu ihm geeilt…»

«Um zwei Uhr nachts», warf der Jagdaufseher ein.

«Wir sind sofort zum Umspannungshäuschen gefahren, wo wir zuletzt geparkt hatten. Wohl oder übel mussten wir einsehen, dass wir die Schachtel nicht verloren hatten. Und da wir sie vor dem Parken noch hatten, ist uns die Schachtel eben an der Stelle gestohlen worden…»

«Am Donnerstag?», fragte Laviolette.

«Richtig, am Donnerstag…» bestätigte der Präsident, völlig niedergeschlagen.

«Das heißt vor vier Tagen…»

«Vor vier Tagen…», wiederholte der Vorsitzende mit tonloser Stimme.

«Und seit vier Tagen haben Sie nichts gesagt, nichts getan…»

«Fragen Sie ihn!», sagte der Präsident. «Wir sind die ganze Strecke noch mal abgefahren. Wir haben in allen Höfen, wo wir immer Halt machen, nachgefragt. Wir konnten uns den Diebstahl nicht vorstellen.»

«Aber war es nicht ausgesprochen fahrlässig von Ihnen»,

sagte der Richter, «ein solches Gift in einem offenen Geländewagen zu lassen, wo jeder mal reinlangen kann?»

«Was soll ich sagen? Das haben wir halt immer so gemacht. Das ist Routine. Die Jagdaufseher meines Vaters haben es auch schon so gemacht. Es ist nie was passiert.»

«Aber diesmal», sagte Laviolette, «diesmal ist offenbar doch was passiert.»

«Was meinen Sie damit?», fragte der Präsident und richtete sich auf.

Laviolette antwortete nicht. Vom Arbeitstisch des Richters angelte er das beschriftete Glasröhrchen, das ins Labor sollte. Er ließ die Glassplitter darin aufeinander klicken, hob es in Augenhöhe des Verbandspräsidenten.

«Schauen Sie sich das mal genau an», sagte er, «sagen Ihnen diese Splitter hier drin irgendwas? Könnten Sie die Herkunft der Splitter bestimmen?»

Mit leicht zitternder Hand holte Dardoire seine Brille hervor. Der Jagdaufseher kam zwei Schritte näher, um den Inhalt des Röhrchens mit scharfem Blick zu prüfen.

Der Präsident hob als Erster den Kopf und steckte die Brille wieder ein.

«Ja», sagte er, «ja, das sind Splitter von einer solchen Kapsel. Das Glas ist besonders zerbrechlich, damit sich das Tier sofort die Schleimhäute verletzt. So gerät das Gift direkt in die Blutbahn. Diese Kapseln erkenne ich todsicher. Stimmt doch Donatello, was?»

Der Jagdaufseher nickte mehrmals.

«Aber wo haben Sie das gefunden? Woher haben Sie das?»

Laviolette ging um den Schreibtisch herum und stellte sich vor Dardoire hin. Er musterte ihn, ohne ihm zu antworten. Sieben Mal sollst du die Zunge im Munde umdrehen, ehe du fragst, dachte er.

«Am Donnerstag, sagen wir mal zwischen zwei und drei Uhr nachmittags, wo –»

Der Richter hob die Hand.

«Moment mal!», sagte er. «Was hier vor sich geht, ist gesetzeswidrig. Ich weiß nicht, warum Sie direkt zu mir gekommen sind. Zur Gendarmerie hätten Sie gehen sollen.»

«Zur Gendarmerie!», rief der Präsident. «Das ist es ja. Darüber rede ich ja dauernd mit Donatello. Die Gendarmen! Die rasten aus, wenn sie das hören, und stellen das ganze Département auf den Kopf. Dann kommt raus, dass Blausäurekapseln in der Landschaft rumliegen. Das wird ein Riesenskandal!»

«Viel schlimmer noch, als Sie glauben!», sagte Laviolette nachdrücklich. «Wie viele Kapseln hatten Sie in der Schachtel?»

«Fünfundzwanzig...», flüsterte der Präsident.

«Ab zur Gendarmerie! Und zwar sofort!», befahl der Richter. «Kein Wort mehr. Ich will nichts mehr von Ihnen hören. Erzählen Sie alles den Gendarmen! Beantworten Sie jede ihrer Fragen! Ich kündige Sie telefonisch an. Na, los! Kein Wort mehr!»

Noch während die beiden Männer den Raum verließen, griff er zum Hörer. Als er wieder auflegte, sagte er zu Laviolette:

«Tut mir Leid, aber ich konnte nicht zulassen, dass Sie ihnen eine einzige Frage stellen. Ich bin kein Kommissariat. Von Anfang an schien mir die Angelegenheit heikel, und ihnen das Röhrchen mit den Glassplittern zu zeigen, war schon zu viel des Guten! Wenn ich zugelassen hätte, dass Sie sie hier in meiner Gegenwart verhören, hätte mir der Staatsanwalt auf die Finger geklopft.»

«Ich gehe stehenden Fußes zu den Gendarmen rüber», sagte Laviolette. «Ich möchte zu gern wissen...»

«Ja, das wollten Sie gerade eben erfragen!»

«Jawohl. Ich wollte sie fragen, wo genau sie sich am Donnerstagnachmittag so gegen drei Uhr aufhielten.»

«Zur Tatzeit? Als Paterne Lafaurie mit Blausäure ermordet wurde?»

Der Richter schlug mit der flachen Hand auf seinen Schreibtisch.

«Wie inkonsequent von den beiden! Vier Tage! Vier Tage haben sie das mit sich rumgetragen, bevor sie uns benachrichtigt haben!»

«Daran werden Sie sich gewöhnen müssen, mein Lieber. Die Leute hierzulande wenden sich erst dann an uns, wenn ihnen nichts anderes mehr übrig bleibt.»

«Glauben Sie, dass sie nicht wissen, woran Paterne Lafaurie gestorben ist?»

«Wir haben es der Presse nicht weitergegeben, aber die Familie kennt das Ergebnis der Obduktion. Tja, vielleicht wissen sie es; vielleicht sind sie deshalb direkt zu Ihnen gekommen!»

Laviolette wickelte den Schal doppelt um den Hals und drückte sich den Hut in die Stirn.

«Aber ich bin mir sicher, dass sich nicht alles genau so abgespielt hat, wie der Präsident es erzählt. Sein Blick wurde ausweichend, sobald ich versuchte, ihm in die Augen zu schauen.»

«Ich muss gestehen, den Eindruck hatte ich auch», sagte der Richter.

«Wahrscheinlich ist der Mann im Lügen nicht sonderlich geübt. Und er log ganz offenkundig.»

«Glauben Sie, dass *er* die Kapseln hätte an sich nehmen können?»

«Nein, ich glaube, dass sie ihm wirklich gestohlen worden sind, aber nicht so, wie er es vorgibt.»

«Jedenfalls wurden fünfundzwanzig Kapseln Blausäure entwendet, und ausgerechnet mit diesem Gift ist ein Mann umgebracht worden...»

«Ich will zwar nicht den Unheilpropheten spielen», sagte Laviolette im Aufbrechen, «aber mir kommt es komisch vor, dass man eine ganze Schachtel klaut, wenn man nur einen einzigen Mann umbringen will...»

~ 4 ~

«DAS HAB ICH GUT GEMACHT», sagte sich Félicien Dardoire. «Da habe ich mich ganz geschickt rausmanövriert. Zuerst beim Jagdaufseher, dann beim Richter, dann bei den Gendarmen und schließlich bei diesem Laviolette... Aber der hat wohl gemerkt, dass ich gelogen habe... Vielleicht wäre es gescheiter gewesen, wenn ich die Wahrheit gesagt hätte... Aber das konnte ich doch nicht tun... Zuallererst hätte ich ihnen eine Frage stellen müssen, und die hätten sie mir nicht beantwortet.»

Wie immer in der Nacht empfing ihn das Rauschen der alten Bäume, die höher waren als das Haus. Auch wenn es weit und breit windstill war, ging hier, in Iscles, ein ganz besonderer Wind. Man hörte ihn bis weit hinaus in die Ebene, wie er die tiefe Stille aufwirbelte; denn er fegte nicht über den Erdboden, vielmehr fingen ihn jahraus, jahrein die Bergahornbäume, die Zedern, die drei seit zweihundert Jahren verschonten Eichen in ihren Wipfeln ein. Denn sie standen in einer Linie mit der Durance, und es war der Atem der Berge, der bis hierher wehte. Vielleicht war es ihr Seufzen nach Tagesanbruch, wenn die Sonne die Morgenkälte vertreibt. Vielleicht brauchte der kalte Luftzug auch den ganzen Tag, bis er endlich in der Ebene von Manosque auf das dichte Wäldchen traf, das mit seinen massiven Stämmen den großen, traurigen Hof gefangen hielt.

Dieser schaurige, sehnsuchtsschwere Wind erzählte von der Zeit, die im Fluge vergeht; nach und nach hatte er sämtliche Gebäude des Anwesens in Bann geschlagen, doch die Menschen, die hier lebten, hatten sich stets an ihn gewöhnt. Es waren robuste Leute. Sie schenkten dem Wind keine Aufmerksamkeit.

Félicien Dardoire schlug die Wagentür hinter sich zu und blickte sich um. Seinen Anordnungen gemäß brannte die ganze Nacht Licht über dem Hauseingang. Es war schon spät. Das ein wenig abseits liegende Haus des Verwalters war dunkel und das Herrenhaus ohnehin menschenleer, denn seit dem Unglück wohnten die beiden Kinder in Aix bei der Großmutter. Dort gingen sie auch zur Schule. Doch schien ihm, als wäre plötzlich im ersten Stockwerk hinter den Schlafzimmerfenstern ein flüchtiges Licht erloschen. Irgendein Widerschein. Er dachte nicht weiter darüber nach.

Er atmete geräuschvoll auf. Das hier war seine Höhle. Trotz der sechshundert Quadratmeter Grundfläche, die Nebengebäude nicht gerechnet, war das nur seine Höhle. Ein kräftiger Geruch nach Wein umlagerte sie. Zweihundert Jahre Weinlese und Gärung, zweihundert Jahre aufgeschichteter Trester für den zukünftigen Kompost hatten diesen Geruch geprägt.

Auch heute lockte die Kellerei mit ihrem eigentümlichen Duft. Félicien ging hinunter wie ein Hund, der an vertrautem Ort seiner eigenen Spur nachläuft. Er tat es mit wachsender Regelmäßigkeit, seit zwei Monaten sogar jeden Tag.

Das große Kellertor stand immer offen. Es führte in die Kundenhalle, wo lediglich Schilder auf Gestellen standen, dazu ein kleiner Schreibtisch, auf dem die Steuerformulare ausgefüllt wurden. Félicien schaltete die in der Decke eingelassenen Glühbirnen an, die nur ein karges Licht abgaben. Sein Blick wanderte vom Tisch, auf dem ein paar Flaschen herumstanden, zur Waage mit den abgefüllten Korbflaschen, die am folgenden Tag geliefert werden sollten. Unwillkürlich blickte er auf die Schiefertafel, die neben dem Pin-up-Kalender hing und auf der normalerweise die Bestellungen oder die anfallenden Fassreinigungen vermerkt waren. Aber auf der Tafel war alles mit ungeschickter Hand ausgewischt worden und der Lappen lag auf dem Schreibtisch ausgebreitet; normalerweise räumte ihn der Verwalter oder seine Frau immer sorgfältig weg. Solche Schlamperei ärgerte Félicien Dardoire, die Tatsache, dass auf der Tafel keine Anweisungen zu lesen standen, beunruhigte ihn.

Denn das kam unter der Woche nur ganz selten vor, wenn überhaupt.

Es dauerte eine ganze Weile, bis Félicien am unteren Rand der Schiefertafel ein Wort bemerkte, das wie eine Unterschrift aussah. Er setzte die Brille auf, um es zu entziffern. Es war ein Vorname: Elvire. Nur der erste Buchstabe war deutlich, die fünf folgenden rutschten zum Rand hin irgendwie ab, als hätte ein Kind sie gezeichnet; als hätte es zuerst auf Zehenspitzen gestanden, um das E zu schreiben; dann wäre die gestreckte Haltung zu anstrengend geworden; jetzt sahen die Buchstaben aus, als würden sie abstürzen, als wollten sie der schwarzen Fläche entfliehen.

Félicien Dardoire fühlte seine Schläfen feucht werden, von den Haarwurzeln über den Ohren bis zu den Backenknochen hin. Er ging zwei, drei Schritte weiter und sah sich mit einer gewissen Aufmerksamkeit um.

Die eiserne Gittertür zu seiner Linken stand offen – der Riegel wurde nur während der Gärung vorgeschoben, um Unfällen vorzubeugen. Dahinter führten vier breite Stufen zum Weinkeller hinunter. In dem großen, gewölbten Kellerraum warf die sparsame Deckenbeleuchtung nur einen schwachen Schimmer auf die Verschlüsse und die glatten Oberflächen der Stahlfässer. In der völligen Stille schlug ein Tropfen auf einen Metallbehälter. Der Tropfen fiel unregelmäßig: viermal schnell, Pause, dreimal schnell, erneute Pause, dann zehnmal nacheinander wie ein leichtfüßiger Tanzschritt. Darauf folgten mehrere Sekunden Stille, bis der eigenwillige Tropfentanz sich wiederholte.

«Die Dichtung vom Roséfass Nummer vier muss ausgewechselt werden», dachte Félicien Dardoire ganz automatisch.

Doch in seinem von Einsamkeit umnebelten Geist regte sich ein Hoffnungsschimmer, auf den er in Anwesenheit Dritter nicht geachtet hätte, den er jetzt aber zu registrieren wagte, da er alleine war. Wer war das, der ihn da auf dieser Schiefertafel rief, mit diesem zum Boden weisenden Namen? Wer hieß ihn in die Tiefe des Weinkellers hinabsteigen, der ihm zu jeder Tages-

und Nachtzeit vertraut war, ihn aber plötzlich mit seiner tönenden Leere lockte?

Also stieg er die vier Stufen zur geweihten Stätte seiner Weinfässer hinunter, die dort im Halbdunkel atmeten. Hier konnte er sie sich am besten vorstellen, hier war sie am Leben. Wie oft hatte er sich gesagt: «Dafür ist sie nicht geschaffen!», wenn er sie mit einer Zehn-Liter-Korbflasche in jeder Hand in der Kellerei walten sah. «Zu solcher Schwerarbeit ist sie nicht geschaffen, sie ist nicht dazu geschaffen, die Frau eines Weinbauern zu sein.» Wie oft war sie herumgewandelt zwischen den mit Wachs abgedichteten Weinfässern und den Vorrichtungen für die Trichter und die Hähne?

Es konnte doch nicht sein, dass sie nach so vielen Jahren pflichtbewusster Anwesenheit einfach verschwunden war, es musste doch eine unsichtbare Spur von ihr geben, wie sie durch das Labyrinth der Fässer irrte, auf der Suche nach einem weniger aussichtslosen Leben!

Nun war sie schon seit zwei Monaten tot. Und er spielte mit seinen albernen Hirngespinsten Verstecken, lief in den Keller, als wollte er sie dort aufspüren, lauschte dem unregelmäßigen Tropfen mit der Trommelbotschaft, die keiner verstehen konnte. Manchmal ertappte er sich dabei, wie er ins Leere griff, auf der Suche nach einer geschmeidigen Taille, die schon hinter ein Fass geglitten war. Doch es war nur die Luft im Gewölbe, die sich bewegte, als streife sie kaum hörbar ein Kleid, und entmutigt ließ er die Arme sinken.

Plötzlich überkam ihn das Gefühl, dass die Anwesenheit, die er spürte, anderer Art war, dass sie sich wegbewegte, vielleicht in die Kundenhalle, wo er gerade herkam. Er drehte sich um und lauerte im Halbdunkel. Er konnte nur leblose Gegenstände wahrnehmen. Und doch ahnte sein Jägerinstinkt das lautlos kauernde lebendige Wesen. Die Leidenschaft meldete sich. Mehrmals hielt er den Atem an, glaubte etwas bemerkt zu haben. Dann allmählich verging das Gefühl wieder und wich schließlich vollends.

Als er ganz sicher wusste, dass er alleine war, sagte er leise:

«Elvire...» Dicht neben ihm antwortete der Tropfen. «Eindeutig das Roséfass Nummer vier», dachte er. Und auch am heutigen Abend bot ihm kein Gespenst die Gelegenheit, sich mit seinem Gewissen auseinander zu setzen.

Langsam kehrte er in die Kundenhalle zurück. Dort ließ er den Blick durch den kahlen Raum schweifen; auf dem leicht abfallenden Estrich war das weinrote Rinnsal zu erkennen, das vom Überlauf der zu vollen Fässer herrührte und niemals austrocknete. Er näherte sich dem kleinen Schreibtisch, um die Lichter im Keller zu löschen. In diesem Augenblick bemerkte er, dass der Lappen, den er doch vorhin weggeräumt hatte, nun wieder mitten auf dem Schreibtisch lag; auf der Tafel war der Name Elvire ausgewischt worden.

Also war jemand gekommen und wieder gegangen. Er lächelte. Falls dieser Jemand ihm Angst einjagen wollte, täuschte er sich gewaltig. Félicien Dardoire ließ sich nur von sich selbst Angst einjagen.

Er war jedoch neugierig. Drei Monate nach dem Tod seiner Frau glaubte Félicien der Einzige zu sein, der noch so heftig an sie dachte, dass er ihren Namen tatsächlich aufschreiben und dann wieder auswischen wollte... Vielleicht ihre Kinder, aber die waren weit weg.

Félicien trat bedrückt aus dem Weinkeller. Etwas behagte ihm nicht. Er warf einen Rundblick auf den im Mondschein daliegenden Innenhof. Am Brunnen, der seit langem stillgelegt war, lehnte eines jener merkwürdig aggressiv anmutenden Gefährte, ein Geländemotorrad, das die Kinder so aufregend fanden.

«Hatte ich seiner Großmutter nicht ausdrücklich verboten, ihm so ein Ding zu kaufen?», dachte Dardoire wütend. «Seit einem Jahr lässt er nicht locker. Und jetzt hat er es geschafft! Jetzt wird er damit entweder auf die Schnauze fallen, oder er wird jeden freien Tag bei mir antanzen und mir das Leben schwer machen. Aber du wirst schon sehen, wie schnell ich ihn dir nach Aix zurückbefördere! Was kann ich derzeit mit einem fünfzehnjährigen Bengel anfangen, der mich an seine Mutter erinnert, sobald ich ihn auch nur anschaue?»

Félicien stand mitten im Hof und rief laut:
«Régis!»
Es kam keine Antwort. Nur die Böen des Windes rauschten fern und gleichgültig durch die Baumwipfel. Das Gehöft blieb finster. Gegenüber ragte das schwarze Gittertor in die Mondnacht, das mit seinen eisernen Piken an die Revolution erinnerte und den verwilderten Park begrenzte. Früher waren die Eiben der Allee fein säuberlich gestutzt gewesen und hatten dagestanden wie Tänzerinnen. Heute wuchsen die Äste in wilder Anarchie und verwandelten die anmutigen Formen in struppige, mit Besen bewaffnete Hexen.
«Wetten, dass er da steckt», dachte Dardoire. «Das ist sein Lieblingsrevier, da drüben. Nichts will er als seine Freiheit und spielen! Bürschchen, du kriegst gleich was zu hören! Einfach mit einem Motorrad aus Aix herkommen! Was soll denn der Unsinn?»
Durch die kleine türlose Pforte neben dem hohen Gittertor trat er in den Park. Dort herrschte der Wind. Die Mondsichel zwischen den bewegten Zweigen ließ die Umrisse der schwarzen Eiben scharf hervortreten.
«Régis!», rief Félicien.
Er hatte sich der Wasserfläche genähert, die früher nur ein Tümpel im Sumpf gewesen war, bis einer der Ahnen ihn zum Gartenteich erkoren hatte. Im Mondlicht schimmerte das sonst schmutzig braune Wasser wie ein grau-grüner Spiegel. Félicien betrachtete sein zitterndes Porträt.
Er erinnerte sich, wie Elvire in Sommernächten manchmal vor diesem Becken gestanden hatte, um ihre Nostalgie darin zu stillen. Der Spiegel hielt ihr Bild gefangen. Aber wenn Félicien sie ertappen wollte, dann hatte sie immer dort drüben gesessen, etwa fünfzig Schritte weiter, auf dem Rasenstück, wo die Vorfahren eine Steinbank errichtet hatten, die aussehen sollte wie Holz und hässlich war wie ein Gerippe.
Er war versucht, seinen Blick zum anderen Ufer des Teiches wandern zu lassen, aber eine innere Stimme verbot es ihm. Er war nicht abergläubisch, aber falls der Junge am anderen Ufer

auf ihn wartete, fürchtete er sich zu sehr davor, ihn für seine Mutter zu halten.

Er rannte fast, als er den Park verließ. «Als ob jemand hinter mir her wäre», dachte er. Bei diesem Gedanken verlangsamte er seine Schritte. Im gewohnten Rahmen seines Alltags fühlte er sich wohler: der gepflasterte Hof, der dunkle Weinkeller mit den offenen Türen, das Durcheinander der alten Fässer, die in der großen Scheune keinen Platz mehr fanden.

Die Laterne über der Haustür beleuchtete die Schwelle, auf der Félicien jeden Morgen seine erste Pfeife rauchte und nach dem Wetter Ausschau hielt. Das Laternenlicht unterstrich die freundliche Fassade des alten Bauernhauses. Darin wohnte es sich angenehmer als in den hohen Räumen des herrschaftlichen Teils, der so gut wie nicht zu heizen war. Auf der Schwelle rief Félicien laut und deutlich:

«Régis!»

Es kam keine Antwort.

Félicien trat in den Eingangsraum, der weder Wohnraum noch Esszimmer war und keinem besonderen Zweck diente: lauter dunkle Winkel, voll gestellt mit allerlei Möbeln, die nicht zueinander passten, die Decke niedrig zwischen den unscheinbaren Balken, alles war so, wie Elvire es gewollt hatte: ohne erkennbaren Stil. Dagegen wirkte die alte Holztreppe mit dem honigfarbenen Geländer regelrecht herzerwärmend.

Müde stieg Félicien hinauf. Die Schlafzimmer waren Teil des alten Herrenhauses, und der Flur, der zu ihnen führte, war lang. Ohne jemals darüber gesprochen zu haben, hatten Félicien und Elvire getrennte Schlafzimmer gehabt, rechts und links vom gemeinsamen Bad. Nie waren sie gemeinsam eingeschlafen. Die Kinder waren nach dem Sternzeichen gezeugt worden, unter dem sie geboren werden sollten.

Sie waren also nie am Sonntagmorgen zu den Eltern ins Bett gekrochen, die Kinder. Hatte es eigentlich je einen Sonntagmorgen gegeben? Der Wein ist sehr anspruchsvoll, er fordert alle Kräfte des Mannes, all sein Denken und Handeln, rund um die Uhr. Das ganze Leben lang, das ganze Leben…

Félicien ging bis zum Zimmer seines Sohnes, öffnete die Tür... Es war leer. Dann blieb er vor dem Zimmer seiner Frau stehen, das er seit ihrem Tod jeden Abend betrat. Er glaubte, jemanden zu hören, der sich auf leisen Sohlen davonschlich. Aber seit die Liebe zu einer Toten auf seinen Schultern lastete und Gewissensbisse dazu, traute er seinen eigenen Sinnen nicht mehr. Er stieß die Tür auf.

Es war das Zimmer einer Frau, die ohne Phantasie gewesen war oder aber so verschlossen, dass sie daran gestorben war. Hellgraue Wände, gewachste Holzmöbel; keine Blumenvasen, keine Bilder, keine kolorierten Stiche, keine Fotos. Auch war kein einziges Buch zu sehen und erst recht keiner jener kitschigen Staubfänger, die den Mangel an Geschmack verraten. Diese klösterliche Leere konnte nur eines bedeuten: Sie war so gewollt.

«Ja,wahrhaftig!», dachte Félicien.

Seit zwei Monaten versuchte er jeden Abend, auf diese Weise zu Klarheit zu kommen. Er ließ seinen Blick über diese bescheidene Sittsamkeit schweifen. Vor dem deckenhohen Spiegel zwischen den beiden Kleiderschränken blieb er plötzlich stehen. Elvire hatte ihn ein Jahr vor ihrem Tod dort anbringen lassen. Zuvor hatte an dieser Stelle ein einfacher Spiegel gehangen, der nur ein Drittel der Wand einnahm.

«Ja, wahrhaftig!», wiederholte Félicien. Die Lust überkam ihn, diesen Spiegel mit Fußtritten zu zerstören, aber sein Spiegelbild hielt ihn davon ab. Er musterte sich ohne Nachsicht: Er war groß, stattlich, und die Glatze, die seine beiden Geliebten so gerne streichelten, stand ihm gut. Es war nicht lange her, da genügte es noch, sich deren Lust in Erinnerung zu rufen, um die eigene Eitelkeit zu befriedigen. Aber inzwischen war ihm ein Unglück zugestoßen, von dem keine Eitelkeit tröstend ablenken kann.

Neben sich sah er im Spiegel den Sekretär. Es war ein sehr altes, schlichtes Möbelstück mit einfarbiger Schreibfläche. Sein Wert bestand einzig in der Schönheit des Holzes. Der Handwerker hatte sich davor gehütet, Schnörkel hinzuzufügen.

Félicien erinnerte sich an die Heimkehr nach der Beerdigung, als er erleichtert durch alle Räume des Hauses stolzierte, als er sich vornahm, in den Wagen zu steigen und später durch die hundert Hektar Weinberge, echten Côte de Provence, zu schreiten, die ihm endlich allein gehörten.

Er war in dieses Zimmer eingetreten, um alles zu entweihen, die Kleiderschränke systematisch zu leeren, alle Kleider, Taschen und Mäntel für das Rote Kreuz in Kartons zu stopfen. Mit teuflischem Vergnügen hatte er den Sekretär aufgebrochen – weil er es nicht gewagt hatte, die Tasche zu durchsuchen, die Elvire am Tag des Unfalls bei sich hatte, und den Schlüssel an sich zu nehmen; also hatte er die Klappe mit Gewalt aufgerissen. Er hatte die gewölbten Schubfächer geöffnet, die kaum etwas bargen: wenige Schmuckstücke – für Schmuck hatte sie sich nie interessiert –, einige angelaufene Gold- und Silberstücke; die Fotografie eines langhaarigen Schäferhundes, den sie geliebt hatte und der überfahren worden war; ein Schubfach voller Kindheitserinnerungen; nichts, was ihn betraf; der Korken einer Champagnerflasche, keine gängige Marke; und die famose Urkunde, die besagte, dass hundert Hektar Weinberge Elvire persönlich gehörten. Aber neben einem belanglosen Buch lag da auch eine Briefmappe aus grünem Ziegenleder.

Wie am ersten Abend zog Dardoire jetzt zwischen den Briefbögen und Umschlägen ein Blatt hervor. Seit Tagen las er dieses Blatt immer wieder, und immer war er aufs Neue gebannt.

Es handelte sich um einen Brief von Elvire, und Dardoire wusste schon lange, bevor die Zeilen überhaupt geschrieben worden waren, wer der Adressat hätte sein sollen. Übrigens hatte er sich seitdem schon oft vorgenommen, den Brief in einen Umschlag zu stecken und abzuschicken. Was ihn daran hinderte, war, dass er sich nicht von ihm trennen wollte. Er betrachtete ihn als seine Beute oder jedenfalls als sein Eigentum. Und er fand Gefallen daran, sich jeden Abend mit den Worten, die ihn zur Verzweiflung trieben, zu geißeln:

«Ich schreibe dir nicht, um mich wieder zu fassen, sondern um dich loszulassen. Du fehlst mir schon, mein Körper verlangt nach dir. Ich kann morgen kaum erwarten. Ich warte auf jeden Tag, der folgt. Nie wieder werden die Tage die gleiche Farbe haben… Wie beängstigend war doch dieses erste Mal… Beängstigend wie ein Geheimnis. Wie konnten wir den Mut dazu aufbringen? Wie haben wir einander erkannt nach so vielen Jahren? Ohne den Rausch wären wir wahrscheinlich einmal mehr aneinander vorbeigegangen… Als Glücksbringer behalte ich den Korken des Champagners, den man uns so ahnungslos angeboten hat. Keiner merkte, dass sich unsere Blicke nicht mehr voneinander lösen konnten… Nach langer Zeit werde ich heute ohne Beruhigungsmittel und ohne Schlafmittel einschlafen. Mit fast vierzig Jahren fühle ich mich wie eine welkende Blume, der man endlich wieder Wasser gegeben hat. Der morgige Tag wird von sich aus schön sein. Nicht nur zum Trost. Danke.»

Der Mann, der sich mit diesem Brief jeden Abend selbst zu Tode quälte, stand auf. Den Brief behielt er in der Hand. Ihm war übel. Der unerträgliche Gestank, der seinen Kleidern anhaftete und den er bisher hingenommen hatte, verursachte ihm plötzlich Brechreiz. Zuallererst galt es, sich von diesem Gestank zu befreien.

Mit dem Brief in der Hand öffnete er die Tür zum Badezimmer und ließ warmes Wasser in die Wanne laufen. Das Rauschen wirkte beruhigend. Mit der Zeit würde er es schaffen, die Worte einer Toten ins richtige Verhältnis zum Weltgeschehen zu rücken. Sie waren nicht mehr wichtig.

Er zog sich aus, warf die Kleider in den Flur und stieg in die Badewanne. Doch noch während er sich wusch, überwachte er mit einem Auge den Brief auf der Ablage. Dann hielt er es nicht mehr aus. Er trocknete sich die Hände und las ihn ein weiteres Mal. Er wollte verstehen, was sich hinter diesen schlichten und doch so geheimnisvollen Worten verbarg.

Schließlich legte er den Brief mit einem verständnislosen

Seufzer zur Seite. Unwillkürlich schweifte sein Blick über die Dielen des Parketts bis zur Tür, die offen geblieben war. Plötzlich wurde ihm bewusst, dass ein gewaltiger Schatten den Türrahmen versperrte. Er blickte auf.

In der Türöffnung stand jemand, dessen Anblick ihn vor Furcht erstarren ließ, jemand, der ihn mit schlafwandlerischem Blick anstarrte, ohne ein Wort zu sagen. Jemand, der sich damit begnügte, als wäre es ein Spiel, ihn mit kleinen Kapseln zu bewerfen, die fast lautlos an der Innenseite der Badewanne zersprangen.

Félicien begriff sofort, worum es sich handelte, und versuchte, eine der Kapseln im Flug zu erwischen. In der Panik hatte er jedoch vergessen, dass diese Kapseln dazu dienten, die beiden schlausten Tiere der Welt zu überlisten, ihnen keine Zeit zu lassen, der Falle zu entgehen.

Die Kapsel, die Félicien aufgefangen hatte, zerbrach in seiner Hand. Die Hand verkrampfte sich, die Glassplitter drangen in die Haut ein. Als er die Finger lockerte, war es zu spät. Er blutete. Ihm blieb noch Zeit zu spüren, wie eine weitere Kapsel seine Stirn traf, genau in der Mitte zwischen den Augen.

Das letzte Bild, das ihm durch den Kopf schoss, war das von einem Sonntag seiner Kindheit. Zum Dessert wurde ein Marzipankuchen aufgetischt. Aber der Bittermandelduft war viel zu stark für ihn, viel zu stark…

~ 5 ~

«MARATS TOD, frei nach David!», rief der Richter wie gebannt.

Er stand auf der Schwelle und betrachtete die Leiche, die ausgestreckt im Badewasser lag, den Kopf zur Seite geneigt, den Mund offen; die Arme hingen aus der Wanne heraus, und in der Verlängerung des einen Arms lag ein Brief auf dem Teppich.

«Das kommt dem Bild ziemlich nahe...», sagte Laviolette. «Es fehlt nur der Dolch, der aus der Brust ragt.»

«Aber woran ist er gestorben?», fragte der Richter.

«Allein schon der Geruch, der hier herrscht, müsste Ihnen darüber Auskunft geben...»

Es handelte sich um ein ganz frisches Verbrechen. Niemand hatte irgendetwas angefasst. Es gab nicht den üblichen dazwischengeschalteten Zeugen. Die Gendarmen waren früh am Morgen zu Félicien Dardoire gekommen, um ihm erneut Fragen zum Verlust der Köder zu stellen, und sie hatten ihn in seiner Badewanne gefunden: Er war schon seit einiger Zeit tot.

Der Gerichtsarzt scheuchte die beiden Männer beiseite, die ihm den Eintritt versperrten, und stieg über den Fotografen des Erkennungsdienstes hinweg, der bäuchlings auf den Bodenfliesen lag und den Brief mitsamt dem auf ihn deutenden Arm in Großaufnahme ablichtete.

Von hinten trat der stellvertretende Staatsanwalt heran und stützte sich auf Laviolettes und des Richters Schultern. Er war ein robuster Kerl, der mehr als einsneunzig maß und mit durchdringender Stimme und unerschütterlicher Jovialität ausgestattet war. Mit höflich-eleganter Bewegung entzog ihm der Richter die Stütze. In diesem Vertreter der Justiz hatte er sofort ein ihm ebenbürtiges politisches Tier erkannt, aber eins von der eher verträglichen Art.

«Kommen Sie ruhig näher, meine Herren», sagte der Gerichtsarzt. «Bloß keine Scham… Ich muss Ihnen etwas zeigen.»

Die drei Männer standen um den Fotografen und den Mann von der Spurensicherung herum, der den Brief mit irgendeiner magischen Substanz bepuderte. Der Gerichtsarzt trat beiseite und zeigte mit dem Finger auf das Gesicht des Toten.

«Er ist mit Blausäurekapseln beworfen worden», sagte er. «Schauen Sie sich das an! Seine Stirn ist zerkratzt. Zwischen den Falten finden sich getrocknete Blutstropfen. Und in seinem Schnurrbart hängen kaum wahrnehmbare Glassplitter. Und schauen Sie sich seine Hand an… Diejenige, die runterhängt… Er hat sie zu spät wieder geöffnet… Er muss versucht haben, eine Kapsel im Flug zu fangen… Diese gemeinen Dinger sind so gemacht, dass sie in Splitter zerbersten, die so spitz sind wie Pfeile… Durch diese Stiche vermischt sich das Gift sofort mit dem Blut, und der Tod muss unmittelbar danach erfolgt sein.»

«Aber woher wissen Sie», fragte der Staatsanwalt, «dass es sich wirklich um Blausäure handelt?»

«Der Geruch!»

«Ich rieche nur ein leichtes Bittermandelaroma…»

«Genau das ist es! Ein leichtes Aroma, wie Sie sagen. Wer ihn einmal in seinem Leben gerochen hat, kann nie mehr Marzipan essen!»

«Wie viele Ampullen sind Ihrer Meinung nach hier benutzt worden?», fragte Laviolette.

Der Gerichtsarzt wies auf zwei gelbliche Flecken auf der Beschichtung der Badewanne. Dann deutete er auf die Stirn und die Hand des Opfers.

«Hier sind auch noch zwei Stellen… Ich versteh schon», seufzte er, «Sie wollen wissen, wie viele noch übrig sind…»

«Das wissen wir so ungefähr… Laut Auskunft des Labors, wo das Produkt verpackt und an die Jagdverbände versandt wird, enthält eine Schachtel fünfundzwanzig Ampullen. Bei den Ermittlungen zu Paterne Lafauries Tod konnten wir nach Überprüfung des Tanks und der Splitter berechnen, dass sechs oder sieben Kapseln benutzt worden sind...»

«Sieben plus vier macht elf...», sagte der Gerichtsarzt.

«Fünfundzwanzig weniger elf macht vierzehn. Es bleiben dem Mörder vierzehn Stück. Man wird die Öffentlichkeit darüber informieren müssen... Aber sagen Sie, helfen Sie meinem Gedächtnis auf die Sprünge. Wie viel braucht man beziehungsweise wie viel genügt für eine tödliche Dosis?»

«Fünf Hundertstel Gramm.»

«Ich verstehe.»

«Nein... Sie verstehen nicht... Entschuldigen Sie.»

Der Gerichtsarzt tauchte den kleinen Finger in die Badewanne und hielt ihn dann einen Augenblick ausgestreckt, während er sich schnell zum geöffneten Sekretär begab. Er senkte den Finger auf ein Löschblatt und machte einen Abdruck. Ein einfacher feuchter Fleck erschien, der sich schnell verflüchtigte.

«Hier sehen Sie», sagte der Gerichtsarzt, «was fünf Hundertstel Gramm sind; ein Zwanzigstel eines Gramms... Und Sie können sicher sein, dass der Jagdverband und die Laboratorien von dem Moment an, wo sie die Erlaubnis zur Tötung von Raubwild haben, großzügig wiegen! Sie haben eine Heidenangst davor, dass die Viecher das überstehen! Sie können sicher sein, dass jede Kapsel genug enthält, um drei Männer umzubringen!»

Laviolette hörte ihm nicht mehr zu. Er hatte neben der Schreibtischunterlage ein Buch erspäht, das jemand nachlässig dort abgelegt hatte. Er nahm es in die Hand.

«Le Traité du Narcisse», las er laut vor.

«Totaler Quatsch!», urteilte der Gerichtsarzt. «Ich habe es gelesen, als ich zwanzig war.»

«Aus dem Alter sind Sie schon ziemlich lange raus», spöttelte Laviolette.

«Was Sie nicht sagen! Aber... Sie selbst wohl auch, auch wenn Sie es vielleicht nicht wahrhaben wollen!»

«Da bin ich mir nicht so sicher!», antwortete Laviolette. *«Le Traité du Narcisse»*, wiederholte er für sich selbst.

Er bemerkte, dass er vor dem Spiegel stand und sich von Kopf bis Fuß musterte.

«Courtois!», rief er.

Der Betreffende antwortete von weit her und kam einen Augenblick später herbeigeeilt.

«Courtois... Gibt es eine Bibliothek in dieser Hütte?»

«Nein, Chef... oder doch, Chef, wie man's nimmt. Unten im Wohnzimmer. Ein verschlossener Glasschrank.»

«Was ist drin?»

«Wörterbücher, Bücher von Preisverleihungen und die Sammlung des *Monde Illustré* über den Krieg von 1914–18.»

Laviolette hielt das Buch hoch.

«Glauben Sie, dass dieser Band von da stammen könnte?»

«Nein», antwortete Courtois trocken. «Aus diesem Bücherschrank hat schon lange niemand mehr ein Buch genommen. Die Bücher stehen eng beisammen. Es gibt keine einzige Lücke. Vermutlich hat man den Schrank mit genau dieser Absicht gefüllt.»

«Bravo, Courtois! Sie werden es noch zum Kommissar bringen!»

«Pfff!», sagte Courtois. «Mit einem Chef wie Ihnen! Wenn jemand für die Inspektion kommt, brauche ich nur auf seinen Gesichtsausdruck zu achten.»

«Und was sagt dieser Gesichtsausdruck?»

«Gleich und gleich gesellt sich gern!»

Der Gerichtsarzt schaute Courtois an, er schien voll der Bewunderung.

«Sagen Sie mal, mein Lieber, wussten Sie, dass Ihr Chef Sie über die Bibliothek ausfragen würde?»

«Überhaupt nicht. Aber wissen Sie, er hätte mich auch über den Inhalt des Geschirrschranks ausfragen können: Dort finden sich eine ganze Sammlung von Tellern mit Sprüchen aus der Zeit Napoleons des Dritten; ein altes Essigkännchen aus Moustier; drei Stapel Limoges-Porzellan, zwei mit flachen und einer mit tiefen Tellern; vier Besteckgarnituren, die aus jeweils zweiundsiebzig Teilen bestehen…»

«Schon gut, schon gut», sagte der Gerichtsarzt erschrocken.

«So ist er nun mal», seufzte Laviolette, «aber ich bitte Sie, ziehen Sie daraus keine Schlüsse.»

Der Richter trat näher, um sich nichts von dieser regen Unterhaltung entgehen zu lassen.

«Was bedeutet diese Geschichte mit dem Buch?», fragte er.

«Ach, nichts… ein Buch, das ich im Sekretär gefunden habe.»

«Und?»

«Hier», sagte Laviolette, ohne ihm das Werk zu zeigen, «es handelt sich um *Le Traité du Narcisse.* Wissen Sie, wer es geschrieben hat?»

«Alain!», antwortete der Richter.

«Ach, kommen Sie», prustete der Staatsanwalt los, der jetzt auch zu ihnen getreten war, «der *Narcisse* ist von –»

«Aber ich bitte Sie!», tadelte ihn Laviolette. «Und Sie, Courtois, wissen Sie, wer dieses Buch geschrieben hat?»

«Keine Ahnung!», sagte Courtois.

«Schon gut…», schloss Laviolette. «Wir haben hier also einen Mann von achtundzwanzig und einen von dreißig Jahren, beide sind einigermaßen gebildet, und sie wissen beide nicht, wer der Autor dieses Buches ist…»

«Und was schließen Sie daraus?», fragte der Richter bissig.

«Selbstverständlich gar nichts», antwortete Laviolette. Er ging zur Badezimmertür zurück. «Sagen Sie mal, wenn Sie mit diesem Brief fertig sind, könnten wir ihn dann mal genauer anschauen?»

Er hatte sich an den Beamten der Spurensicherung gewandt, der gerade ein Foto von dem Brief machte, wobei sein auf dem Boden liegender Kollege ihn senkrecht und im Hochformat hinhielt.

«Bitte sehr!», sagte dieser und reichte ihm den Brief.

Die drei Männer lasen ihn gemeinsam; der Richter und der Staatsanwalt über die Schulter von Laviolette hinweg, der ihn halblaut vorlas.

«Von da weht also der Wind!», rief der Staatsanwalt. «Der Mann in seinem Bad ergötzt sich ein letztes Mal am Liebesbriefchen seiner Geliebten. Er zappelt vor Wohlbehagen mit den Zehen. Aber da taucht plötzlich der eifersüchtige Ehemann vor ihm auf...»

«Welcher», fuhr der Richter in sarkastischem Ton fort, «zuerst Paterne Lafaurie erledigt hat, der ebenfalls – das darf man ja nicht vergessen – daran gestorben ist, dass er Blausäure nicht gut vertrug. Wir haben also eine Frau, die zwei Liebhaber hatte und zudem höchstwahrscheinlich auch einen Mann oder einen dritten Liebhaber... Kommt Ihnen das nicht ein bisschen grob gesponnen vor?»

«So was soll's geben!»

«Ich weiß schon, aber das ist die Ausnahme, nicht die Regel.»

«Mein Herren», sagte Laviolette, «schauen Sie sich diesen Brief genau an – in Ruhe bitte. Ich glaube, dass er uns einen genauen Hinweis gibt, aber ich möchte gerne Ihre Bestätigung...»

Er hielt ihnen den Brief hin. Sie musterten ihn, lasen ihn noch einmal, hielten ihn vor die Lampe und gaben ihn Laviolette zurück.

«Ich geb's auf!», seufzte der Staatsanwalt.

«Ich nicht!», frohlockte Chabrand. «Dieser Brief ist niemals zusammengefaltet worden. Er ist niemals in einen Umschlag gesteckt worden und folglich ist er auch nie zu wem auch immer gelangt. Und niemand hat ihn aufbewahrt oder transportiert. Er ist ganz frisch.»

«Ganz frisch...», wiederholte Laviolette. «Und folglich hat nicht das Opfer ihn erhalten. Von diesem Félicien Dardoire wissen wir – nach dem, was uns sein Gutsverwalter eben gesagt hat –, dass er seit drei Monaten Witwer war. Wir sind hier im Zimmer seiner Frau. Und auf der anderen Seite des Badezimmers befindet sich sein Zimmer. Aber die Tür ist verschlossen. Also ist er gestern Abend nicht in sein Zimmer gegangen. Er ist zunächst hierher gekommen. Er hat den Sekretär gewaltsam geöffnet, dessen Klappe wir aufgebrochen vorgefunden haben.»

«Und er hat diesen Brief gefunden...», schloss der Richter. «Diesen Brief, der niemals an seinen Adressaten abgeschickt worden ist.»

«Diesen Brief», sagte der Staatsanwalt, «den seine eigene Frau ihrem Liebhaber geschrieben hat...»

«Na ja...», sagte Laviolette zweifelnd. «Er findet den Brief und den *Narcisse*.»

«Wahrscheinlich», sagte der Richter, «aber nicht das Buch, sondern den Brief nimmt er mit ins Bad, um sich daran zu erbauen...»

«Eine Art posthumer Hahnrei...», sagte der Staatsanwalt versonnen.

Laviolette durchsuchte den Sekretär, den die Spezialisten ihm gerade überlassen hatten. Er schob die Schreibunterlage aus feinem Ziegenleder beiseite, öffnete die Schubladen, blätterte in den Papieren, die sich dort befanden. Er kam zu seinen Gefährten zurück und stellte einen kleinen Gegenstand unsanft auf die Marmorplatte der Kommode, auf die sie sich aufstützten.

«Hier!», rief er.

Es war ein Champagnerkorken.

«‹Als Glücksbringer behalte ich den Korken des Champagners›», zitierte Laviolette, «‹den man uns so ahnungslos angeboten hat. Keiner merkte, dass sich unsere Blicke nicht mehr voneinander lösen konnten.›»

Alle drei beugten sich über den Korkpilz und betrachteten ihn prüfend, als wollten sie ein Orakel befragen. Der Richter drehte ihn in seinen Fingern und entzifferte eine Inschrift auf der metallenen Kuppel, die oben in den Korken eingelassen war.

«*Champagne R. Curet*», las er laut.

«Von dieser Marke habe ich nie gehört», sagte der Staatsanwalt.

«Sie ist nicht sehr verbreitet...», räumte Laviolette ein, der ein großer Liebhaber des Blanc de Blanc war. «Aber die kleinen Produzenten haben oft...»

«Jedenfalls», sagte der Richter, «haben wir Glück...»

«Ich weiß nicht so recht, womit!»

«Ich wohl», sagte Laviolette zum Staatsanwalt. «Danke, Chabrand, dass Sie mir eine so leichte Arbeit vorlegen. Im Département ein Restaurant ausfindig machen, das Champagner von Raoul Curet führt, ein Kinderspiel!»

«Und wenn Sie so weit sind... Herausfinden, wann und mit wem Félicien Dardoire und seine Frau dort waren...»

«Allerdings», warf der Staatsanwalt ein, «sagt der Brief nicht, ob der Champagner in einem Restaurant getrunken wurde. Es könnte auch bei einer Mahlzeit bei Freunden gewesen sein.»

«Oder bei einem Kongress...»

«Oder einem Treffen eines dieser Clubs, in denen man sich in der Provinz zusammenfindet, um die Langeweile zu bekämpfen.»

«Oder auch», sagte Laviolette sarkastisch, «an einem Stand auf der Weinmesse in Marseille! Ich danke Ihnen! Sie sind beide sehr liebenswürdig.»

Mit dem Lächeln eines Märtyrers steckte er den Pfropfen tief in seine Tasche und legte sein Taschentuch drauf.

«Zum Glück», sagte er abschließend, «kann man auch einfacher vorgehen. Nämlich den Hersteller selbst nach der Liste seiner Kunden in der Gegend fragen. Dann braucht man sie nur noch alle aufzusuchen.»

«Verdammt», rief der Staatsanwalt ärgerlich, «daran hatte ich nicht gedacht.»

Laviolette ließ sie endlos über den Korken und den Brief, den er auswendig kannte, weiterdiskutieren. Er ging zum Fenster, und hatte dabei den *Narcisse* immer noch in der Hand. Es war ein ganz kleines, ein winziges Buch. Ganz mechanisch blätterte er darin. Mit violetter Tinte hatte jemand die folgenden Zeilen unterstrichen:

> Denn es ist schließlich Sklaverei, wenn man keine Bewegung wagen kann, ohne die ganze Harmonie zu zerstören. – Doch

was soll's! Diese Harmonie und ihr ständig vollkommener Akkord, sie widern mich an. Eine Bewegung! Eine kleine Bewegung, nur um zu sehen – eine Dissonanz, zum Kuckuck! – Ach was, ein bisschen Unvorhergesehenes!

Laviolette klappte das Buch zu und schob die Vorhänge beiseite.

Der in winterliches Licht getauchte Park klagte im Wind. Es war ein regelrechter Urwald, in dem sich alles in wilder Anarchie der Sonne entgegenreckte, die die großen Bäume verdeckten.

«Ob sie diesen Park wohl manchmal betrachtet hat?», fragte er sich.

Er kannte ihr Gesicht nicht, nicht einmal ihren Vornamen. Sie war nur eine verheiratete Frau unter vielen, die ihren geheimen Garten gehabt hatte und die vor kurzem gestorben war. Und nicht sie war ermordet worden, sondern ihr Mann, nach ihrem Tod. Ja doch, diesen Park hatte sie sicherlich betrachtet. Sie hatte in seinem Angesicht mit sich gekämpft, an den regnerischen Tagen, an den Tagen, an denen man das Leben verstreichen spürt. Vermutlich hatte sie sich eines Tages dazu entschlossen, das Unvorhersehbare in ihr Leben eintreten zu lassen, und vielleicht hatte sie dabei diesen Vorhang mit ihrer Hand zurückgehalten…

Laviolette ging nachdenklich zu den beiden Männern zurück, die den Brief zum wiederholten Male lasen.

«Sie lernen ihn auswendig», dachte er. «Nach ihren betretenen Mienen zu urteilen, fühlen sie sich gerade in der Haut des Gehörnten. Schau sie dir nur an! Alle beide haben sie den mehr bestürzten als kummervollen Ausdruck desjenigen, der sich sagt: ‹Was soll das? Sie hatte doch alles bei mir! Was fehlte ihr denn?›»

«Und?», fragte er. «Hat es Sie weitergebracht?»

Der Richter und der Staatsanwalt blickten gleichzeitig auf.

Sie schüttelten den Kopf.

«Mich auch nicht», gab Laviolette zu. «Und dennoch…

Haben Sie schon von meinen übersinnlichen Fähigkeiten gehört?»

Der Staatsanwalt verkniff sich jede Bemerkung. Der Richter murrte drohend wie ein Pennäler, den der Lehrer durch unlautere Mittel zu verblüffen sucht. Laviolette reagierte nicht darauf. Er nahm ihnen den Brief aus den Händen und trommelte mit dem Zeigefinger darauf herum:

«Ich bin sicher, hören Sie? Ich bin mir sicher, dass in diesen Zeilen der Schlüssel zum Geheimnis liegt. Nur leider können wir sie nicht lesen…»

«Chef! Chef!»

Es war Courtois, der nach ihm rief. Er kam herbei und schwenkte ein Papier. Es war ein brauner Umschlag vom Crédit Agricole.

«Schauen Sie, was ich in der Tasche des Toten gefunden habe! Schauen Sie, was da draufsteht…»

Er hielt Laviolette den Umschlag unter die Nase. Er wedelte mit ihm herum, als wäre er ein unanfechtbarer Beweis, und las laut vor:

«‹H. anrufen… unbedingt Freitag. 75 01 68.›»

Er schaute sie triumphierend an, als hätte sein Fund die Macht, alles zu erklären.

Chabrand schrieb fleißig zwei Seiten ab, die mit schnell und inspiriert dahingeworfenen Notizen bedeckt waren; sie waren dem zweiten Band seines Lebenswerkes zugedacht: *Widerlegung von Karl Marx anhand des chinesischen Experiments.*

Jemand klopfte an. Dieser abscheuliche Gerichtsschreiber – schöner, jünger und kräftiger als er selbst – kam, wie er es immer tat: Er streckte seinen Kopf durch den Türspalt.

Um neun Uhr morgens, an einem leichengrauen Tag brachte es dieser Mann zustande, frisch und rosig auszusehen, noch dazu fröhlich, und er zeigte sein perfektes Gebiss, wohingegen der Richter bereits zwei Backenzähne den Künsten seines Zahnarztes zu verdanken hatte.

«Ja nun – was ist denn?», fragte Chabrand unwirsch.

«Eine junge Frau», sagte der Gerichtsschreiber, «sie möchte Ihnen etwas mitteilen.»

«Aber ich habe sie nicht hierher bestellt, oder?»

«Nein, Sie haben sie nicht hierher bestellt.»

«Na also. Ich bin doch kein Beichtstuhl!»

Auch bei diesen Worten bewahrte der Schreiber sein überlegenes Lächeln.

«Gut», sagte er, «also schicke ich sie weg.»

Der Schreiber war ein gerissener Psychologe. In kürzester Zeit hatte er den Charakter des Richters – den man ihm, wohlgemerkt, vom Gesicht ablesen konnte – erfasst, und er wurde es nicht leid, ihm seine schwachen Seiten aufzuzeigen. Aber er tat nicht gut daran, sein Lächeln derart auszudehnen, denn der Richter war mit einem unfehlbaren Instinkt gesegnet und der eigenen Impulsivität keineswegs wehrlos unterworfen.

«Warten Sie!», rief er, bevor der Kopf des Gerichtsschreibers wieder verschwand. «Hat sie ihren Namen genannt?»

«Jaa...», meckerte der Gerichtsschreiber.

«Und der lautet?»

«Léone Lafaurie.»

Der Name versetzte den Untersuchungsrichter in einen Zustand, als würde vor seinen Augen eine Dahlie ihre Blütenblätter entfalten.

«Ich muss mich», dachte er bei sich, «vor dem hinterhältigen Burschen in Acht nehmen... Diesen Besuch wollte er mir also ersparen...»

Er tat, als kramte er in seinem Gedächtnis.

«Sie ist doch», sagte er, «die Tochter unseres ersten Opfers, nicht wahr?»

«Ich glaube schon», bestätigte der Gerichtsschreiber widerstrebend.

«Ja dann – dann ist es doch wohl normal, dass ich da eine Ausnahme mache.»

«Ein offizieller Besuch also?»

«Offiziell» bedeutete, dass er der Unterhaltung beiwohnen musste.

«Offiziell», brummte der Richter unzufrieden.

Mit einigen gezirkelten Bewegungen, die die Erhabenheit des Ortes hervorheben sollten und ihn gleichzeitig lächerlich machten, vollführte der Schreiber eine Art Pantomime, um Léone in das Zimmer des Richters zu bitten. Und nachdem er sie zum berühmten Stuhl des Beschuldigten geführt hatte, schlüpfte er hinter seine Schreibmaschine und faltete unschuldig die Hände, um seinen Ehering zu verbergen.

Man muss allerdings sagen, dass die Besucherin diese Verrenkungen wert war. Sie war ein Mädchen, wie es deren viele gibt. Sie hatte sehr lange blonde Haare, hohe Brüste über schmaler Taille unter eng anliegenden Jeans, dralle Schenkel. Da war nichts Schlaffes, alles versprach feste Berührung. Im Übrigen war sie sich ihrer Wirkung bewusst.

«Die sieht verflucht gut aus», stellte der Gerichtsschreiber innerlich fest. Diese adverbiale Fügung hielt er für angemessen, seit er ihrem ziemlich forschen Blick begegnet war. «Versprechen Sie nichts», besagte dieser Blick, «was Sie nicht halten können.»

Sie war nicht verlegen. Sie lächelte nicht. Sie war natürlich. Eine ungewöhnliche Willensstärke ging von dieser kräftigen Person aus. Mit ihren blauen Augen musterte sie die beiden selbstgefälligen Männer vor ihr. Zum großen Bedauern beider schien sie sich nicht für sie zu interessieren. Wahrscheinlich, so sagten sie sich, beeinträchtigen dieses Zimmer und der unbequeme Stuhl ihre Fassung...

Noch bevor sie den Mund geöffnet hatte, hielten sie es für angebracht, Bescheidenheit an den Tag zu legen.

«Nun, mein Fräulein?», sagte der Richter liebenswürdig.

Léone kaute an ihren Nägeln und antwortete nicht sofort. Dann blickte sie auf und schaute dem Richter geradewegs ins Gesicht:

«Sie habe ich schon mal gesehen», sagte sie.

«Ja», antwortete Chabrand, «am Tag als...»

«Am Tag, als mein Vater gestorben ist, nicht wahr? Sie waren doch im Hof, als ich entdeckt habe, dass er tot ist?»

«Ich wollte gerade Äpfel bei Ihnen kaufen», bestätigte der Richter beschämt.

«Ach so? Ich bitte um Entschuldigung... Ich muss Ihnen vorgekommen sein wie... Ich wusste nicht mehr, was ich tat...»

Der Schreiber betrachtete den Richter ganz betreten, mit traurigem Blick: Der hatte ihn natürlich nicht über seine erste Begegnung mit Léone informiert.

«Nun denn», sagte sie plötzlich, «ich habe vergessen, den Gendarmen etwas mitzuteilen, als sie mich verhört haben.»

«Etwas Wichtiges?»

Sie zuckte mit den Schultern.

«Woher soll ich wissen, ob es wichtig ist?»

Aus einem Täschchen, das an ihrem Gürtel angebracht war, zog sie einen völlig zerknüllten Zettel und warf ihn auf den Tisch.

«Lesen Sie selbst», sagte sie.

Chabrand ergriff die Papierkugel, faltete sie auf, strich sie glatt und las laut vor:

«‹Freitag unbedingt H. anrufen: 75 01 68.›»

Auch wenn man zunächst einmal ein Mann ist, ist man nichtsdestotrotz Untersuchungsrichter, und Chabrand änderte, sobald er den Zettel entziffert hatte, sein Benehmen ganz und gar. Nicht jedoch ohne weiterhin sein Interesse an Léone kundzutun, obwohl er ihre geschwungenen Schenkel, ihre Lippen und auch ihre Augen nicht mehr offen betrachtete, nicht einmal mehr ihre nackten Brüste unter dem T-Shirt, das leicht verrutschte, wenn sie ihren Oberkörper nach vorne oder nach hinten bewegte.

An Stelle dieser Verheißungen saß da jetzt eine verschwiegene Zeugin, eine Zeugin, die nicht alles gesagt hatte. Der Gerichtsschreiber verstand unverzüglich, dass es angesichts einer sich zusammenreißenden Justiz keinen Anlass gab, sich im Hintergrund zu halten. Mit unbewegtem Gesicht spitzte er seine Bleistifte.

«Nun», sagte Chabrand, «ich kann in Ihren Aussagen vor den Gendarmen tatsächlich keine Erwähnung dieses Fundes entdecken...»

«Wissen Sie», sagte Léone, «seinen Vater zu verlieren ist immerhin … Ich wusste nicht mehr, wo mir der Kopf stand.»

Sie erzählte ihnen, dass sie den Umschlag in den Taschen eines blauen Arbeitsanzugs entdeckt hatte.

«Wann?», fragte der Richter.

«Am nächsten Tag. Als ich die Apfelbäume weiterschwefeln wollte …»

Der Richter knabberte an einem Hautfetzchen unter seinem Fingernagel, das ihn störte.

«Zu diesem Zeitpunkt», sagte er, «wussten Sie nicht, dass Ihr Vater ermordet worden war … Der Zettel war also nur ein bedeutungsloser Papierfetzen … Normalerweise würde man ihn dann doch zusammenknüllen und wegschmeißen. Das haben Sie aber nicht getan … Warum nicht?»

«Weil kein Papierkorb da war. Und als ich die Wahrheit erfahren habe, hatte ich dieses Papier schon vergessen. Gestern, als ich den Anzug übergestreift habe, um mich an die Arbeit zu machen, habe ich es wiedergefunden. Als ich dann so darüber nachdachte …»

«Nun gut. Haben Sie mit jemandem darüber gesprochen?»

«Mit niemandem. Warum?»

«Auch nicht mit Ihrer Mutter?»

«Ach je, meine Mutter!», rief Léone und verdrehte die Augen. «Meine Mutter ist eine Kummernuss. Wenn sie mir begegnet, wenn ich ihrem Blick begegne, sehe ich immer nur Ungläubigkeit.»

«Stimmt, ja … ihre Trauer …»

«Ach was! Sie war schon lange vorher eine bekümmerte Seele. Haben Sie meine Mutter gesehen? Mit siebenunddreißig sieht sie aus wie fünfundzwanzig …»

«Ist sie labil?»

«O nein! Glauben Sie das bloß nicht! Man glaubt das, weil sie blond ist. Nein, meine Mutter ist abwesend. Man kann sie jederzeit aufrufen. ‹Schülerin Fabienne? – Abwesend!› So ist sie, meine Mutter. Wie soll ich da irgendwas mit ihr besprechen?»

Sie schwieg plötzlich, runzelte die Brauen, öffnete den

Mund, schloss ihn wieder. In ihrem Blick las Chabrand so etwas wie aufblitzende Überraschung, die sofort wieder erlosch.

«Sie bieten ihr doch, so glaube ich zumindest, auch Anlass zu Erstaunen, zu Sorgen, oder etwa nicht?»

«Ihr? Niemals! Mein Vater ist derjenige, der um meine Jungfräulichkeit besorgt war.»

«Mhm… und Sie waren nicht neugierig genug, um herauszufinden, was dieses H. bedeutet, das dahingekritzelte?»

«Neugierig? Dazu fehlt mir wirklich die Zeit! Mit dem Begräbnis, den Gendarmen und einem Regentag haben wir fast eine ganze Woche verloren… Eine Woche kann man bei uns Bauern nicht aufholen…»

Sie stand auf.

«Das wär's», sagte sie. «Kann ich gehen?»

«Sie dürfen», sagte Chabrand. «Ich begleite Sie noch.»

Mit zwei großen Schritten stand er neben ihr und öffnete ihr galant die Tür.

Der Gerichtsschreiber sah ihm ohnmächtig zu.

«Der presst ihr noch eine Verabredung ab», sagte er sich. «Ich wette zwanzig Mäuse, dass er ihr noch eine Verabredung abpresst.» Er prägte sich, um sich in seiner Erinnerung daran weiden zu können, den souveränen Hüftschwung Léones beim Hinausgehen fest ein.

Der Richter, der sehr darauf bedacht war, Léone so nahe wie möglich zu kommen, ging in geschmeidigem Gleichschritt die Treppen mit ihr hinunter.

Er erwartete nichts Gutes von der Zukunft. Dachziegel, die einem auf den Kopf fallen, Autos, die gegen Bäume krachen, Krebsgeschwüre, die vor den Eingeweiden lauern und die Jungen schneller als die Alten töten – das war die Zukunft, an die er glaubte. Deshalb stürzte er sich mit gesenktem Kopf ins Abenteuer, wenn das Schicksal ihm eine dieser seltenen Gelegenheiten dazu bot. Zudem war es ihm neulich so vorgekommen, als hätte sich dieses hübsche Mädchen unter jenen tragischen Umständen ein wenig mehr als notwendig an ihn geklammert. *An ihn!* Und nicht an Laviolette, der doch mehr der Idee entsprach, die Kinder sich von einem Beschützertyp machen.

Chabrand hatte noch nicht das Erdgeschoss erreicht, als er, von dieser Gewissheit ermutigt, Léone zumurmelte:

«Wenn ich Sie um eine Verabredung bitten würde… würden Sie kommen?»

Sie hielt abrupt an, drehte sich um, schaute ihm ins Gesicht und fragte:

«Eine Verabredung… eine Verabredung?»

«Ja», bekannte der Richter.

Sie musterte ihn von Kopf bis Fuß, taxierte ihn, schätzte ihn ein, unterdrückte ein leichtes Lächeln.

«Warum nicht?», sagte sie. «Rufen Sie mich an…»

Sie drehte sich um und ging. Sein Blick folgte ihr. Sie hatte den straffen Hintern der Frauen, die mit beiden Beinen auf dem Boden der Realität stehen. Sie war ein Naturkind. Ein Naturkind in Seele und Körper…

Die Treppe schwebte er regelrecht hinauf, nahm den Platz hinter seinem Schreibtisch wieder ein und pfiff dabei das kurdische Partisanenlied.

Etwas weniger rosig betrachtete der Gerichtsschreiber seinen Finger mit dem Ehering, der ihn gefangen hielt. «Die haben einfach Schwein», dachte er, «diese verdammten Junggesellen!»

Der Richter verglich die beiden Umschläge vom Crédit Agricole, auf die die beiden Opfer das Gleiche notiert hatten und die jetzt auf seinem Schreibtisch lagen.

Er griff nach dem Telefon.

~ 6 ~

LAVIOLETTE GEHT die Hauptstraße hoch. An diesem winterlichen Mittwochnachmittag wird Manosque in seinen Augen um fünfzig Jahre jünger. Nur die Glocke von Saint-Sauveur läutet Stunde um Stunde. Die Straßen sind verlassen, und manchmal erspäht man, wie vor dem Krieg, einen Kaufmann, der hinter seinem Schaufenster auf den Kunden lauert.

Wenn man unglücklicherweise nach oben schaut, möchte man sich unwillkürlich in Sicherheit bringen wie vor einem Erdbeben: Die hohen Fassaden wölben sich nach innen, wie der Brustkorb eines Schwindsüchtigen. Die Eingangstüren, zu denen zwei oder drei Stufen emporführen, ragen mit ihren italienischen Giebelchen gefährlich weit auf die Fahrbahn hinaus. Aber keine Naturkatastrophe hat jemals das Gleichgewicht dieser Mauern gestört; sie sind einfach so errichtet worden, von Laien, vor zwei Jahrhunderten, und seitdem sagen die Fachleute voraus, dass sie in absehbarer Zeit auseinander brechen werden.

Laviolette, der die Hausnummer vergessen hatte, nach der er suchte, stieß mehrere Flügeltüren auf, bevor er die richtige fand. Aber die Spuren eines flüchtigen Geruchs, der mit einem Luftzug aus einem Kellerfenster drang, halfen seinem Gedächtnis auf die Sprünge. Es roch nach feinem Ziegenleder, das frisch aus den Händen des Gerbers kommt, und zu diesem Geruch gesellte sich die leichte Schärfe von violettem Salpeter.

«Aber ja», jubelte er innerlich, «das ist es! Genau das ist es! Klar doch, meine Kindernase hat das früher so oft gerochen, dass ich den Geruch heute wiederaufleben lassen kann, obwohl es ihn eigentlich nicht mehr gibt... Wenn dieses Geschäft nebenan nicht ein protziger Schmuckladen geworden wäre, könnte ich auf dem Giebel noch die schönen messingenen Buchstaben lesen: *Henry – Feine Lederwaren;* der Lagerraum schwitzte den Geruch aus, den ich hinten im Hof jetzt gleich wiederfinden werde. Und dabei ist der Eingang zugemauert worden, und auf der anderen Seite befindet sich statt der Stapel gegerbter Häute jetzt nur noch ein Parkplatz.»

Als er in der Mitte des großen hellen Flurs stand, betrachtete er den Treppenaufgang, der bis zum Glasdach hochführte. Es war eines jener für den Geist von Manosque typischen Häuser, in denen viel Geld für alles Sichtbare ausgegeben worden war. Die monumentalen Eingangstüren, die riesigen Fenster im breiten Treppenaufgang: alles nutzlos, aber alles ein Verweis auf den betuchten Erbauer.

Auf den Treppenabsätzen änderte sich der Eindruck jedes Mal. Schmale, direkt in die tragende Mauer eingelassene Türen führten in die Wohnungen. Eine kleine Tür auf einem wuchtigen Treppenabsatz wirkt so verschwiegen und vertraulich wie ein Beichtstuhl. Als wäre der Bauherr plötzlich vorsichtig geworden, als hätte er die Eitelkeit, die im Treppenhaus so prahlerisch zum Vorschein kam, verschämt abmildern wollen.

Laviolette stieg langsam die Stufen hinauf, als hielte seine Großmutter ihn noch bei der Hand. Und nur sein Atem, der nach vierzig Jahren Tabakkonsum etwas beschwerlich war, erinnerte ihn daran, dass er alleine war. Bei jeder Treppenbiegung begegnete er einem Schatten, den er wiedererkannte und leise benannte: «Ménin Combe, Félicie Batarel, Milon de Chanteprunier. Sie waren allesamt gute Kunden. Wenn meine Großmutter Hermerance Feldsalat brachte, begegnete man ihnen häufig auf der Treppe. Das Leben ist schon merkwürdig...», dachte er. «Sie waren alle viel jünger als sie... Und sie sind alle tot, und Hermerance lebt noch.»

Im ersten Stock blieb er einen Augenblick stehen, um Atem zu schöpfen. Einige Dinge kündigten Veränderungen an: Ein Kinderwagen war auf den roten Tommette-Fliesen abgestellt, neben den diskreten Türen befanden sich Messingschilder, Sprechanlagen waren in die Mauer eingelassen.

«Im zweiten Stock ist's», dachte er.

Vor ihm war jemand die Treppe bis zur nächsten Etage hochgestiegen, hinter der Biegung konnte er die Person nicht sehen, hörte aber Stoff rascheln und einen Stock auf den Boden klopfen. Er nahm die folgenden Stufen schneller und erkannte sie von hinten. Schwarzer Schal, weißer Dutt, schwarzes Seidenkleid – sie musste eine ganze Sammlung davon haben, die sie nach und nach auftrug –, sie war kaum kleiner als vor fünfundvierzig Jahren. Selbst ihr Hinken war nicht schlimmer geworden. Und was die berühmte schlaffe Einkaufstasche anging, die sie in der linken Hand hielt, so hätte Laviolette schwören können, dass sie sie niemals ausgewechselt hatte.

Sie ging hoch, begleitet von einem Klirren wie bei einem Lüster aus Riesenglasklunkern, und als er ihr ganz nahe gekommen war, erkannte Laviolette den pikanten Rosmarin- und Thymianduft, der ihr bereits seit einem halben Jahrhundert anhaftete.

Er holte sie ein, als sie gerade ihren Schlüsselbund aus der Einkaufstasche kramte. Sie hörte ihn schnaufen und drehte sich zu ihm um.

«So, du bist's?», sagte sie. «Ohne deine Großmutter?»

«Meine Großmutter? Die ist 1937 gestorben.»

«Ach ja, stimmt! Was soll ich sagen? Als ich dich so vor mir sah, so jung, da hab ich nicht mehr dran gedacht... Wo sind denn diese verdammten Schlüssel? Ach, was soll's! Dann klopf ich eben... Cordélie ist sicher da!»

Sie klopfte kräftig mit der Faust. Ihre schrille Stimme füllte das ganze Treppenhaus mit Panik.

«Cordélie! Cordélie!»

Auf der Türschwelle erschien endlich ein blondes Mädchen mit treuherzigem Blick und sinnlichem Mund. Sie war etwa siebzehn Jahre alt und aus ihren sämtlichen Zügen sprach Langeweile; wie im Spiegel eines trüben Gewässers konnte man darin auch das uralte Gesicht von Hermerance erahnen.

«Das ist meine Urenkelin! Sie hat nur noch mich! Alle ihre Verwandten sind tot! Wie ich es vorhergesagt habe! Genau wie ich es vorhergesagt habe!»

Sie schwenkte ihren Stock, hinkte energisch und stürmte in ihre Höhle; dort legte sie die Krücke quer über das Wachstuch auf dem Tisch, zog das wollene Tuch von den Schultern, ließ sich auf einen Stuhl sinken und betrachtete Laviolette von oben bis unten.

«So so. Du hast dich kaum verändert!»

«Na ja! Letztes Mal hatte ich noch kurze Hosen an!»

«Ja und? Du warst damals schon ein bisschen dick, und du bist es geblieben. Ein bisschen kurzbeinig, und das bist du immer noch. Du hast immer noch Segelohren, und die O-Beine sind auch die gleichen geblieben. Deinem Kopf nach zu urteilen, kann dein Charakter auch nicht viel besser geworden sein... Es gibt nur eins, was mir nicht mehr einfallen will, das ist dein Vorname... Warte... Ach ja!»

Wie ein junges Mädchen brach sie in schallendes Gelächter aus, sie lachte aus voller Kehle. Sie hörte nicht auf, sich dabei auf die Schenkel zu schlagen.

«Sieh mal einer an!», dachte Laviolette. «Fünfundneunzig Jahre alt, und immer noch hält sie die Welt zum Narren!»

«Aber ja doch! Warte! Dein Vorname war doch...»

«Gnade!», stöhnte Laviolette. «Streuen Sie mir kein Salz in die Wunde!»

«Was soll ich machen, ich kann nicht anders! Ich finde einfach alles komisch!»

«Das gibt's doch nicht, ich träume wohl!», dachte Laviolette.

Ungläubig machte er eine Bestandsaufnahme der Küche. Mit ihrer gemauerten Feuerstelle auf Tischhöhe und dem bauchigen Rauchfang über dem Kamin hatte sie sich um keinen Deut verändert. Auch die gestickte Borte am Kaminsims war noch da: rote Kreuzstiche auf beigem Untergrund – eine Handarbeit aus längst vergangenen Zeiten, die ein viermal wiederholtes Motiv zeigte: Ananas und Weintrauben. Dieser Schmuck betonte die komplementäre Anordnung der zwei Serien von

Töpfchen, die der Größe nach aufgestellt waren; eine davon aus Steingut, die andere, die die Marke *Phoscao* eingraviert trug, aus Blech. Diese Töpfchen waren niemals mit irgendeinem Inhalt gefüllt gewesen. Sie standen da, «weil es hübsch aussieht», aber sie standen schon seit fünfzig Jahren so da.

An der Wand hing an einem Nagel ein bestickter Bürstenhalter, und am selben Nagel sammelten sich fächerförmig die Jahreskalender der Post. Selbst das Spülbecken verströmte den gleichen muffigen Geruch wie früher, und unter dem immer noch tropfenden Hahn fing ein glasiertes Steinguttöpfchen das überschüssige Wasser auf. Aber ja, es gab auch einen Elektroherd und eine Waschmaschine, aber sie standen eher unauffällig hinten im Raum.

«Setz dich», sagte Hermerance. «Es gibt nicht gerade viele Sessel hier. Hier gibt es nur Stühle. Du bist also gekommen, um mich zu besuchen? Du bist also Kommissar geworden? Schau mal einer an! Du hast es weit gebracht! Eine schöne Laufbahn!»

«Ja», sagte Laviolette trübselig, «eine Laufbahn, im Sande verlaufen…»

Das Mädchen, das auf dem Herd irgendetwas umrührte, stieß eine Art Wiehern aus. Laviolette sah, wie ihre Schultern vom Lachen geschüttelt wurden.

«Cordélie!», herrschte Hermerance sie an. «Anstatt dich kaputtzulachen, passt du besser auf deine Béchamelsoße auf! Ich spür von weitem, dass sie klumpt!»

Schweigend betrachtete Laviolette die alte Frau. Mit einer raubvogelartigen Bewegung raffte sie auf dem Wachstuch ein ausgebreitetes Tarotspiel zusammen, mischte es und zog es mit flinker Hand wie ein Akkordeon auseinander.

«Welche Karten soll ich dir legen?», fragte sie.

«Gar keine», antwortete Laviolette.

Sie beobachtete ihn verblüfft. Sie schauten sich beide einen Moment lang an. Wie eine untergehende Sonne schimmerten Hermerances Augen durch eine Landschaft von Runzeln und Äderchen. Man hätte meinen können, dass sie sich vorzeitig von der Erde verabschiedeten.

Diese stets lauernden, immer noch scharfen Augen kannten die Leiden und Missgeschicke dreier Generationen von Männern und Frauen aus Manosque. Der Schicksalsfaden hatte sich bei vielen ihrer Kunden genau so abgespult, wie sie es vorhergesehen hatte. Bestimmte Friedhofsgräber enthielten die sterblichen Überreste derer, die ihr Leben treu ihren Vorhersagen gemäß geführt hatten.

«Also gut! Weshalb bist du hergekommen?», fragte sie.

«Um Ihnen ein paar Fragen zu stellen.»

«Ach!», sagte Hermerance. «Ach!»

Sie zog diesen Ausruf zweifelnd in die Länge; sie wiederholte ihn, plötzlich ganz kühl, um ihn auf seinen Gehalt hin zu prüfen, und unterschied jetzt erst das frühere Enkelkind der alten Brunel von diesem Vertreter der öffentlichen Macht, der ihr offenbar die Würmer aus der Nase ziehen wollte.

Sie nahm ihren Stock vom Tisch und stellte ihn aufrecht neben ihren Stuhl. Sie schob die Tarotkarten weit von sich, als wollte sie davon ablenken, dass sie damit ihren Lebensunterhalt verdiente.

«Und was willst du von mir wissen?», fragte sie.

«Ich ermittle zu den beiden Verbrechen», antwortete Laviolette.

«Ach», wiederholte sie in gleich bleibendem Tonfall. «Ach!»

Sie hörte gar nicht mehr auf, diesen Ausruf auszustoßen. Das erlaubte ihr, währenddessen ihr Gewissen zu erforschen und über ihre Rückzugsmöglichkeiten nachzudenken.

Laviolette drängte sie nicht. Während sie überlegte, zog er die beiden Umschläge des Crédit Agricole aus seiner Brieftasche und strich sie mit der flachen Hand auf dem Tisch glatt. Sie betrachtete sie reglos; ihre Augen schimmerten aus den tiefen Höhlen.

«Sie haben doch von diesen beiden Verbrechen gehört?»

«Mein Gott!», rief Hermerance. «Es ist von nichts anderem mehr die Rede!»

«Ja und? Kannten Sie die Opfer?»

«Genauso, wie ich dich kenne… Zwei schöne Männer…

Schade drum! Was für ein Verlust!» Sie faltete die Hände und blickte zur Zimmerdecke, als wollte sie den Himmel zum Zeugen anrufen. «Dieser Félicien Dardoire war auch einer von denen, die ich noch in kurzen Hosen gekannt habe! Aber bei ihm war es die Mutter, die ihn herbrachte... Sie wollte ihren Mann betrügen, und ich sollte ihr sozusagen die Erlaubnis dazu geben. Von wegen! Ich konnte keinen Liebhaber in ihren Karten sehen. Ich habe ihr gesagt: ‹Mein arme Titine, was soll ich Ihnen sagen? Es gibt keinen Mann in Ihren Karten!› Ich muss dazu sagen, sie war obenrum so hässlich, dass sich keiner für untenrum interessierte... Komisch sind die Leute! Von den Karten verlangen sie nur das eine: Sie wollen sie dazu zwingen, das zu tun, wozu sie Lust haben! Danach sagen sie dann: ‹Was willst du schon gegen das Schicksal ausrichten?› Du glaubst gar nicht, wie oft in dieser Stadt das Schicksal für allerlei Dinge hat herhalten müssen!»

«Aber seit der Zeit, als er noch kurze Hosen trug, haben Sie ihn doch wiedergesehen und Paterne Lafaurie auch, oder?»

«Natürlich habe ich sie wiedergesehen! Wie sollte man sich in Manosque nicht sehen?»

«Nein, aber... Ich meine, nicht in Manosque. Ich meine, hier, aus Berufsgründen, in der letzten Woche!» Mit dem Finger unterstrich er auf beiden Umschlägen die hingekritzelte Zeile. «75 01 68, das ist doch Ihre Telefonnummer? H., das ist doch der Anfangsbuchstabe Ihres Namens – eigentlich Ihr Firmennamen? Diese Umschläge hat man in den Taschen der Opfer gefunden. Alle beide wollten Sie anrufen. Haben sie es getan? Das ist die Frage, die ich Ihnen eigentlich stellen wollte...»

«Eigentlich!», rief Hermerance. «Das habe ich schon verstanden. Du fragst zuerst, ob sie mich angerufen haben, und wenn ich sage, ja, dann willst du wissen, was sie gesagt haben. Also, überleg doch mal! Wenn ich den Zeitungen glaube, ist dieser arme Paterne am Donnerstag gestorben! Wie soll er da Freitag zu mir gekommen sein?»

«Gut, lassen wir Paterne! Aber Félicien Dardoire: Er ist Montagnacht ermordet worden. Er hat also sehr wohl Freitag anrufen und Ihnen sagen können –»

«Nein. Er hat es wohl vergessen. Aber», sagte sie bestimmt, «merk dir eines: Selbst wenn er angerufen hätte, würde ich dir nicht erzählen, was er gesagt hat! Weil ich nämlich wie die Herren Doktoren bin: Ich verschanze mich hinter dem Berufsgeheimnis!»

Laviolette fühlte sich seltsam ohnmächtig Hermerance gegenüber. Es war das erste Mal in seinem Leben als Polizist, dass er einen widerspenstigen Zeugen von fünfundneunzig Jahren vor sich hatte, der zudem eine Institution war. Er wagte ein Märtyrerlächeln und schaute ihr gerade in die Augen.

«Ganz genau!», sagte sie, ohne den Blick abzuwenden. «Und ich habe sicher wichtigere Geheimnisse als die Ärzte. Geheimnisse, die Berge erschüttern könnten!»

«Also gut», feilschte Laviolette, «und wenn Sie mir meine unmittelbare Zukunft voraussagen würden? Wenn Sie mir sagen würden, wie ich es in den nächsten Wochen anstellen werde, den Mörder zu schnappen? Kann man den Karten darüber nichts entlocken? Letztendlich würde ich Sie wie... im Beichtstuhl anhören!»

«Also hör mal! Du bist wohl ein bisschen einfältig? Soll ich vielleicht etwas erfinden, um dir eine Freude zu machen? Warum glaubst du wohl, lebe ich davon? *Ich bin ehrlich!* Ich sage, was ich sehe! Und damit basta! Und ich füge nichts hinzu und lasse auch nichts weg! Und du tätest besser daran, nicht damit zu spielen! Ich zum Beispiel, ich würde es nicht riskieren, meine eigene Zukunft vorauszusagen...»

«Sehen Sie sie denn?»

«Ich würde sie sehen, wenn ich das wollte. Aber ich ziehe es vor, sie nicht zu sehen. Du musst wissen, ich bin abergläubisch: Ich glaube, dass etwas tatsächlich geschieht, wenn man darüber spricht... Wenn man etwas sagt, ist das nicht rückgängig zu machen. Das ist, als wenn man –»

«Das ist es ja! Sie könnten etwas Schreckliches gesehen haben und danach ist es tatsächlich geschehen... es hat sich sozusagen materialisiert. Können Sie sich das vorstellen?»

Hermerance schaute Laviolette entsetzt an und legte ihre

Hand wie einen Knebel vor den Mund. «Mein Gott! Sag mir nicht solche Sachen, sonst traue ich mich in meinem Leben nicht mehr, etwas vorauszusagen!»

Sie blieb so sitzen, mit der Hand vor dem Mund. In ihren Augen zogen beredsame Bilder vorüber. Laviolette glaubte, sie würde sprechen. Aber sie hatte sich sofort wieder in der Gewalt.

«Nein!», sagte sie keuchend. «Nein! Du versuchst, mir die Würmer aus der Nase zu ziehen… Meine Geheimnisse sind die der anderen. Ich kann sie nicht verschleudern. Sie gehören mir nicht…»

«Aber es gibt zwei Tote! Und es kann noch mehr Tote geben…»

«Schicksal ist Schicksal…»

«Aber Sie haben doch gesagt, dass das Schicksal für vieles herhalten muss, es ist noch keine fünf Minuten her!»

«Aber nicht für den Tod! Niemals für den Tod!»

«Ziehen Sie es vor, dass ich Sie vom Untersuchungsrichter vorladen lasse?»

Er hatte nicht die notwendige Überzeugungskraft in seine Worte gelegt. Hermerance schüttelte den Kopf.

«Nein, nein! An das Gewissen stellt man kein Rechtshilfeersuchen!»

Laviolette erhob sich seufzend.

«Gut!», sagte er. «Dann werde ich Ihnen Ihre Zukunft vorhersagen. Und zwar sofort! Es bleiben dem Mörder noch vierzehn Kapseln mit Blausäure… Wenn Sie etwas wissen, was ihn stören könnte…»

«Aber weshalb? Ich sage doch nichts!»

«Woher soll er das wissen? Er könnte denken, dass Sie, von Gewissensbissen getrieben…»

«Ich habe nie Gewissensbisse! Um Himmels willen!», sagte sie händeringend. «Wie kann ich ihn wissen lassen, dass ich schweige wie ein Grab?»

«Er zieht es wohl vor, dass Sie da hineinfallen.»

«Wo hinein?»

«Ins Grab. Also, Hermerance, schließen Sie Ihre Tür gut

ab... Sie trinken abends Ihren Eisenkrauttee, nehme ich an.»

«Einen Borretschtee!», wimmerte sie. «Damit wird man alt...»

«Dann gebe ich Ihnen einen guten Rat, Hermerance! Riechen Sie an Ihrem Borretschtee, bevor Sie ihn trinken... Aber», fügte er mit erhobenem Zeigefinger hinzu, «riechen Sie nicht nah dran, bloß nicht zu nah! Halten Sie vor allem Ihre Nase nicht darüber!»

Als er die Tür öffnete, greinte sie scheußlich in ihren Angeln. Langsam ging Laviolette die Treppen hinunter. Er war noch nicht im Erdgeschoss angekommen, als über ihm Pfennigabsätze auf den Stufen hämmerten.

«Monsieur! Monsieur!»

Cordélie tauchte hinter ihm auf, als er gerade die Tür öffnen wollte, und klammerte sich an seine Schulter. Er drehte sich um.

«Monsieur!»

Sie prustete und hielt sich die Hand vor den Mund. Sie hatte Tränen in den Augen vor Lachen.

«Monsieur...», gelang es ihr hervorzustoßen, «Sie haben mich so arg zum Lachen gebracht... Ich wollte Ihnen sagen, dieser Kerl... Sie wissen schon, der ermordet worden ist...»

«Welcher?»

«Der aus der Zeitung! Der mit der Glatze.»

«Sie meinen wohl Félicien Dardoire?»

«Ja. Der. Also, der ist hierher gekommen!»

«Wann?»

«Am Freitag. Genau so, wie Sie es gesagt haben.»

«Hat er mit Ihrer... Urgroßmutter geredet?»

«Ja. Aber ich habe nicht gehört, was sie geredet haben. Wenn sie eine Sitzung macht und ich zu Hause bin, schließt sie mich immer in mein Zimmer ein.»

«Wie lang ist er geblieben?»

«Zwei Minuten.»

«Zwei Minuten? Wissen Sie, wie lange zwei Minuten sind?»

«Zwei Minuten, eben! Ich habe im Fernsehen Skiabfahrt geschaut, und die Zeit lief auf dem Bildschirm. Perrine war noch nicht unten im Ziel angekommen, als meine Urgroßmutter mich schon wieder erlöst hat… Sagen Sie mal – glauben Sie, dass man sie umbringen wird, meine Urgroßmutter?»

«Ach!», rief Laviolette und schüttelte bedächtig den Kopf. «Ach!»

«Das gäbe einen Riesenaufruhr!», rief sie.

Sie machte auf dem Absatz kehrt und ging die Treppe hoch. Sie schlug sich auf die Schenkel und wiederholte dabei: «Eine Laufbahn im Sande verlaufen! Eine Laufbahn im Sande verlaufen!»

Sie tat ihrem silbernen Lachen keinen Zwang mehr an, es schien die Treppen hochzuhüpfen bis unters Glasdach.

~ 7 ~

«FÜNFUNDNEUNZIG LENZE!», rief der Richter. «Wie soll ich denn eine Institution von fünfundneunzig Jahren festnehmen? Und Hermerance obendrein! Dabei laufen alle Fäden bei ihr zusammen. Und wenn Ihre Angaben stimmen, ist sie zudem in Lebensgefahr.»

«Ich kann sie nicht einmal unter Bewachung stellen. Alle verfügbaren Männer sind draußen, um diese vierzehn Kapseln zu suchen. Der Jagdaufseher wird gerade ins Gebet genommen. Er behauptet, dass die Dinge sich garantiert nicht so abgespielt haben, wie es uns Dardoire erzählt hat... Wenn er es sich genauer überlege, dann sei der Präsident beim Einsammeln der nichtverzehrten Köder ziemlich blass gewesen, sagt er, seine Hände hätten gezittert, und er, der doch sonst so schwatzhaft sei, habe kein Wort gesagt. ‹Ich wollte ihn schon fragen, ob er nicht krank ist›, hat er hinzugefügt... ‹Aber jetzt glaube ich, dass Dardoire schon viel früher bemerkt hatte, dass man ihm die Ampullen gestohlen hatte, früher jedenfalls, als er es mir gegenüber zugegeben hat...›»

«Zu diesem Zeitpunkt scheint es aber doch – ich sage bewusst, es scheint so –, als hätte Dardoire zwar schon von Games Tod gewusst, aber den Grund dafür hat er wohl noch nicht gekannt. Zwar scheint ihm der Diebstahl sehr schlimm, aber möglicherweise kommt er ihm noch nicht irreparabel vor. Welchen Grund hat er aber dann, dem Jagdaufseher das Verschwinden zu verheimlichen? Warum macht er ihn nicht darauf aufmerksam?»

«Ich habe gründlich über diese Frage nachgedacht,

Chabrand, und ich glaube, dass sich dieser Dardoire an einem Ort befand, wo er nicht hätte sein sollen. Wo man ihn besser nicht hätte sehen sollen, ihn oder jemand anderen...»

«Eine Verabredung?»

«Warum nicht?»

«Und wegen dieser Verabredung...»

«Nur ein verwirrter oder plötzlich von einem heftigen Gefühl bewegter Mann konnte vergessen, dass er fünfundzwanzig Ampullen mit Blausäure in seiner Obhut hatte.»

«Ach! Ich hätte ihn nicht einfach weggehen lassen sollen. Ich hätte einen Anschiss vom Oberstaatsanwalt bekommen, aber wenigstens wüssten wir dann mehr und vielleicht wäre sogar...»

«Oh, schlagen Sie sich diesen Gedanken aus dem Kopf! Höchstwahrscheinlich hätte er weitergelogen, wie er auch dem Jagdaufseher und den Gendarmen gegenüber gelogen hat, und da Sie ihn sowieso nicht in Gewahrsam genommen hätten, hätte das sein Schicksal nicht geändert...»

«Jetzt ist er tot, und es herrscht Panik.»

«Alle haben die Hosen gestrichen voll. Ein Apotheker aus der Stadt, den man interviewt hat, glaubte, es sei seine Pflicht, ganz genau zu erläutern, wie viele Leute man damit umbringen kann, mit vierzehn Ampullen Blausäure: Da stehen einem die Haare zu Berge... Die Konditoren haben ihren ganzen tiefgefrorenen Marzipanvorrat verbrannt... Vorsichtshalber und um nicht von der Presse gelyncht zu werden, gesetzt den Fall. Man hat die Lüftungsgitter der Trinkwasserreservoirs zugemauert, und sowieso trinken alle nur noch Mineralwasser. Ich habe sogar gehört, dass die Großmütter ihre Aprikosenmarmeladen in den Müll schmeißen. Stellen Sie sich das mal vor! Die Marmeladen, die einen leichten Geschmack von Bittermandel haben, weil man die geschälten Kerne beigibt.»

«Und wir schlagen uns derweil in einem Ein-Sterne-Restaurant den Magen voll!»

«Das entspricht den Richtlinien des Präfekten. Wir tun etwas, mein Lieber, wir tun etwas! Wir müssen uns selber vormachen, es passiere etwas, indem wir viel Lärm um nichts veranstalten. Wir werden uns trotz allem ein schönes Mittagessen gönnen, aber nicht ohne Hintergedanken...»

In Laviolettes Wagen fuhren sie über das Plateau von Aurifeuille hoch nach Revest-des-Dames. Der wunderbare Wintertag ließ eine funkelnde Spielzeugwelt entstehen. Die Largue floss in versteckten Windungen durch das Tal von Aubenas. Kleine, dahinsiechende Gehöfte lachten noch unter der Sonne, und manchmal graste dort eine mickrige Herde unter den Weiden der einzigen bewässerten Wiese. Wenn sich aus den niedrigen Türen zögernd eine Gestalt herauswagte, handelte es sich unweigerlich um einen Greis.

Sie begegneten jedoch drei zottelhaarigen Aussteigern, die von den Hautes Plaines herunterkamen und ihren Nachwuchs in geflochtenen Tragen auf dem Rücken transportierten.

«Das sind vielleicht die neuen Bewohner», sagte Laviolette hoffnungsfroh.

Der Richter lächelte höhnisch.

«Ohne Umverteilung der Reichtümer und eine konstruktive Ideologie ist in diesem Landstrich kein Leben möglich...»

Laviolette zuckte die Achseln.

«Dann schauen Sie es sich doch mal an, dieses Land», knurrte er, «statt einfach aufs Geratewohl darüber zu reden! Man könnte meinen, dass Sie sich diesem Boden fremd fühlen! Dass Sie sich von Politik ernähren! Sie machen sich ein falsches Bild von sich selbst. Sie weigern sich, sich so zu sehen, wie Sie sind! Denn ich frage Sie: Was haben denn Sie damit am Hut, mit dem Glück des Volkes? Sichern Sie sich doch erst mal Ihr eigenes!»

«Das ist das erste Mal, dass Sie sich in mein Privatleben einmischen...», sagte der Richter betrübt.

«Es wird auch das letzte Mal sein! Ich wiederhole mich nämlich nicht gern. Ich weiß, dass Sie sich erst dann wieder an meine Worte erinnern werden, wenn sie nichts mehr nützen, auf Ihrem Totenbett. Aber vorerst schauen Sie sich doch lieber mal diesen Strauß an!»

Ein Mandelbaum leistete sich wie jedes Jahr seine Winterlaune, weswegen er auch nie Früchte trug. Über einer Hangböschung grüßte er als Einziger seiner Art mit all seiner im Lure-Wind zitternden Blütenpracht die Welt.

«Sie sind ein Ewiggestriger!», sagte der Richter. «Eine Winzigkeit lässt Sie in die Kindheit zurückfallen. Eines Tages bleiben Sie noch in ihr stecken.»

«Der Himmel möge Sie erhören», seufzte Laviolette.

Er fuhr langsamer und hielt dann auf dem Seitenstreifen, um sich an dem Anblick zu erfreuen: Der Mandelbaum umfing mit seinen Ästen das ganze Bergpanorama von Lure.

Unter den aufgetürmten, vom blauen Himmel umgebenen Kumuluswolken, speiste das Lure-Gebirge im Geheimen seine Quellen. Als saugte es allein die ganze Feuchtigkeit des Himmels ein.

Zwischen Berg und Mandelbaum breiteten die grünen Hügelkuppen von Lardiers ihre erstarrte Lava bis zum Rand des Tals von Gubian aus, wo ein Bächlein floss.

Schlecht ausgerichtet, halb nach Norden, halb nach Süden, ein bisschen beschämt, überhaupt auf diesem Hügel zu stehen, hatte das Dorf Revest-des-Dames es niemals gewagt, sich auf der Sonnenseite des Hangs auszubreiten. Geschmückt mit einem Glockenturm, einer Schule und einer geheimen Ausfallpforte lebte es beidseitig der steil abfallenden Straße in immerwährender Erwartung eines Ereignisses. Die kahlen Bäume im Schulhof und die Büsche mit ihren toten Ästen, die den Kirchhof spickten, schmückten das Dorf mit einer winterlichen Krone, aber es glitzerte in einem so warmen Licht, dass man hätte meinen können, es sei Sonntagmorgen.

Davon zumindest versuchte Laviolette den ungerührt blickenden Untersuchungsrichter zu überzeugen, der ihn jedoch auf den Boden der Tatsachen zurückrief:

«Sie sollten eher an die vierzehn verschwundenen Kapseln und an die beiden Verbrechen denken, die wir am Hals haben…»

«Ein tibetanischer Priester, dem ich in Digne begegnet bin», erwiderte Laviolette, «hat mich gelehrt, dass der Himmel hektische Aktivität und schuldhafte Untätigkeit letztlich immer als gleich vergeblich entlarvt. Nur die logische Überlegung –»

«Gewiss! Aber Sie überlegen recht gemächlich… Wenn ich daran denke, wie viel Energie die Gendarmen und Ihr unglückseliger Courtois, der sich den niedrigen Aufgaben widmet, aufbringen… Wenn ich an die langwierigen Überprüfungen, an die minutiösen Vernehmungen aller Familienmitglieder der Opfer denke… Und wir, wir stehen hier rum! Und bewundern die Landschaft!»

Laviolette seufzte.

«An wen war der Brief aus dem Sekretär gerichtet? Wer hat den Abschnitt im *Traité du Narcisse* unterstrichen? Glauben Sie, dass jemand diese beiden Fragen beantworten wird, wenn ihn die Gendarmen vernehmen?»

«Ich verstehe nicht, weshalb die beiden Fakten entscheidend sein sollen. Vor allem das Buch…»

«Ich auch nicht. Aber es ist merkwürdig, dass es sich da befand, wo es keine anderen Bücher gibt. Offenkundig haben weder Félicien Dardoire noch seine Frau jemals ein Buch aufgeschlagen…»

«Aha! Sie haben Spaß am Geheimnisvollen. Ich dagegen glaube an einfache Motive: Berechnung, Hass, Wahnsinn… Und außerdem glaube ich an die geduldige Arbeit… an die Ameisenarbeit… Ich gestehe, dass Ihre Methoden manchmal…»

«Sie werden in unserem Fall vier oder fünf Personen finden, deren Alibi nicht sauber ist», sagte Laviolette sehr sanft. «Aber Sie werden nur *eine einzige* finden, die aus Gründen gemordet hat, die ausreichend überzeugend sind, und diese Gründe werden wir weder durch theoretisches Vergleichen noch durch die Überprüfung der Alibis herausfinden… Und selbst wenn wir mit diesen Methoden einen Schuldigen heraussieben sollten, haben wir noch nichts geleistet, solange wir das Motiv nicht herausgefunden haben. Um die Geschworenen zu überzeugen, muss das Motiv völlig klar sein, und jeder Geschworene muss sich sagen können: ‹Verdammt! Für so was hätte ich auch getötet!› Erinnern Sie sich doch an den Fall Dominici… Warum ist die Hälfte aller Franzosen immer noch der festen Überzeugung, dass der wahre Schuldige davongekommen ist? Weil das Motiv allen völlig lächerlich vorgekommen ist. Das Motiv, Chabrand! Darum dreht sich alles, das A und O!»

«Und wenn es sich um einen Verrückten handelt?»

«Nein. Ein Verrückter lässt sich vom Zufall leiten, wenn er tötet. Hier kannten sich die beiden Opfer aber, und außerdem wollten beide Hermerance anrufen. Und der eine ist auch zu ihr gegangen. Warum?»

«Hermerance weiß, warum…»

«Vielleicht… Aber sie klagt über ihr Herz. Sie sagt, sie habe ein schwaches Herz. Ihr Arzt bestätigt das… Wenn sie uns bei einer Vernehmung wegstirbt, gäbe das einen Riesenaufruhr, wie Cordélie sagen würde…»

«Wer, bitte schön?», fragte der Richter.

«Cordélie, ihre Urenkelin.»

«Wie alt ist sie?»

«Siebzehn. Aber befürchten Sie nicht, dass Ihre Augen größer als Ihr Magen sind?»

Bei der Abzweigung nach Banon hielt Laviolette den Wagen auf einem für Einsätze des Straßenbauamts angelegten Parkplatz an.

«Macht es Ihnen etwas aus», fragte er, «wenn wir zu Fuß zum Restaurant hochgehen? Das Wetter ist so schön!»

Nach Norden hin glitzerte die Straße: Der Raureif hielt sich auch noch zur Mittagszeit. Ganz oben im Dorf würde die Sonne scheinen, aber man musste erst dorthin gelangen.

«Sie überfordern mich ein bisschen…», brummelte Chabrand.

Aber er folgte Laviolette auf dem Fuß, in Stadtanzug und schwarzen Schuhen. Er spürte sehr wohl – und das steigerte seine schlechte Laune –, dass er weder zu Revest-des-Dames noch zu Lure passte und auch nicht zu diesem Wintergold, das die Eichenhaine übersprenkelte und Laviolette in so strahlende

Laune versetzte. Der Geschmack des Richters war der einer sehr schmalen Elite: informelle Kunst, Philosophie für Mathecracks, Bücher, die niemanden trösten – diese Dinge verschafften ihm höchstes Glück. Was konnte ihm da der Anblick eines blühenden Mandelbaums bedeuten, der die Montagne de Lure zur Geltung brachte?

Verdrießlich tat er diesen Einwand kund, während er schliddernd die Grasnarbe hochstieg. Schnaufend erreichten sie das Tor.

Es war ein romanisches Tor – die Flügel waren erhalten geblieben –, das an der Festungsmauer klebte, als wartete es auf die abendliche Schließung.

Sie betraten eine von Unkraut überbewucherte Gasse und kamen an einer Bäckerei vorbei. Im Innern eines Backofens sah man noch die schwarzrote Restglut eines Feuers. Der Richter betrachtete dieses unzeitgemäße Schauspiel ohne Vergnügen.

Sie gelangten auf einen sonnigen Platz, auf dem ein operettenhaftes Restaurant alle Requisiten einer Provence für Touristen versammelte: eine schmiedeeiserne Laterne, einen aufgehängten gusseisernen Kessel, ein Schild in Form eines alten Königsbanners; und doch drang aus dem Kamin der ehrliche Geruch von Schmorküche und lud zu einem Halt ein. Sie betraten das Restaurant.

Plötzlich wurde dem Richter bewusst, dass er der Landschaft und Laviolettes Meditationen gegenüber deshalb so gleichgültig war, weil ihm der Magen knurrte.

Die Bedienung, die ihnen die Speisekarte auf dem Tablett ihres Tulpenbusens brachte, bemerkte er kaum, so sehr umnebelte ihn der Hunger. Sie hingegen hatte ihn vom Scheitel bis zur Sohle abgeschätzt.

«Du kannst alles auffahren!», kündigte sie in der Küche an. «Da ist einer, der wie Robespierre aussieht und bestimmt seit drei Tagen nichts mehr gegessen hat. Ich habe richtig Mitleid mit dem!»

Der Chef kam höchstpersönlich, um den Fall zu begutachten. Er liebte diese Sorte Gäste, bei denen sich die Haut wie die einer Trommel über den Knochen spannte. Sie lieferten ihm die Rechtfertigung für sein Dasein. Als guter Korse war er empfindlich, wenn es um Gastfreundschaft ging. «Sie bezahlen dafür, das stimmt», sagte er, «aber dann essen Sie wenigstens alles auf, sonst glaube ich nämlich, es schmeckt nicht.»

«Und zum Trinken?», fragte der vergnügte Gastgeber zu Beginn des Essens.

«Nur Champagner!», befahl Laviolette.

Der Richter zuckte zusammen.

«Lassen Sie das mal gut sein!», sagte Laviolette. «Wir kennen uns nun seit fünf Jahren, und das ist das erste Mal, dass ich Sie einlade.»

Er schaute den Chef an.

«Und zwar von diesem hier...», befahl er. Er legte den Korken auf den Tisch, den er in Elvire Dardoires Sekretär gefunden hatte. Der Chef untersuchte ihn.

«Ich stünde schlecht da», sagte er, «wenn ich Ihnen einen anderen anbieten würde. Das ist einer der Besten! Und er steht bereit. Ich habe immer ein oder zwei Flaschen im Eiskübel!»

Als sie beim Dessert angelangt waren, nach dem Käse, kam der Chef, um sie beim Verdauen zu bewundern. Unter dem Arm hielt er die «kleine Aufmerksamkeit des Hauses» verborgen, die die Wirte einem immer noch aufdrängen, um einem den Rest zu geben; er hatte auf den geeigneten Moment gewartet, um sie hervorzuzaubern.

Die beiden Männer wehrten ab – was zu viel ist, ist zu viel. Sie schnalzten mit der Zunge wie Fische, die man auf das Ufer geworfen hat. Laviolette setzte sich auf und rückte seinen Stuhl zurecht; er lehnte eine Zigarre ab und zog es vor, sich eine Zigarette zu drehen.

«Also gut! Und jetzt ran an die Arbeit!», sagte er. «Besser, ich sage Ihnen jetzt, wer wir sind. Ich bin Kommissar Laviolette, und dieser Herr da ist der Richter Chabrand.»

«So so!», sagte der Chef lachend. «Ich habe Sie sehr wohl erkannt. Ich werde Sie bitten, sich in das Gästebuch einzutragen!»

«Später!», brummte Laviolette. «Ich setze Sie erst mal ins Bild. Dieser Champagner… er ist übrigens hervorragend: Haben Sie den Alleinvertrieb für die Gegend?»

«Das will ich wohl meinen! Von Marseille bis Gap und von Avignon bis Nizza…»

«Das heißt also, dass man ihn *nur bei Ihnen* trinken kann. Also ist dieser Verschluss, den ich aus meiner Tasche gezogen habe, ein Beweisstück. Kannten Sie Monsieur Dardoire?»

«Das will ich wohl meinen, dass ich ihn kannte! Einer meiner besten Gäste! Ein echter Schlemmer, sag ich Ihnen! Meine Frau hat geweint, als sie es erfahren hat. Vor allem hatte der arme Kerl doch gerade erst seine Frau verloren!»

«Dann kam er also oft hierher?»

«Einmal in der Woche, manchmal häufiger sogar.»

«Und… mit wem?»

«Och, egal! Mit Kunden, mit Freunden … Den Leuten vom *Galet des Aures*.»

«Wer ist das: die Leute vom *Galet des Aures*?»

«Eine Gruppe von Gourmets, die den guten Restaurants Auszeichnungen in Form von Kieselsteinen verleihen. Mir haben sie drei auf einen Schlag zuerkannt, alle von Sidoine Hélios geschaffen… Und signiert! Möchten Sie sie sehen?»

«Sidoine Hélios?», rief der Richter aus. «Der Bildhauer des *Massengrabs 68*?»

Bis dahin hatte er sich in eine undankbare Verachtung für dieses gute Essen zurückgezogen, das er nur genießen konnte, indem er es vor seinem Gewissen als ein zwar erniedrigendes, aber notwendiges Laborexperiment darstellte.

Aber jetzt zappelte er plötzlich, als wäre er einem jungen Mädchen auf den Fersen.

Er scharrte ungeduldig mit den Füßen, stand auf.

«Sofort werden Sie uns das zeigen!», sagte er.

Laviolette versuchte, ihn mit einer Geste zu beruhigen, und befahl auch dem Gastgeber, sich wieder zu setzen.

«Wir haben alle Zeit der Welt», sagte er. «Kommen wir zurück zum Thema: Félicien Dardoire kam also oft hierher mit seinen Freunden. Brachte er manchmal auch seine Frau mit?»

Der Wirt spreizte die Finger und wedelte mehrmals mit der offenen Hand hin und her.

«Manchmal ja… Manchmal nein… Das hing ganz davon ab, ob es sich um ein Geschäftsessen oder um eines unter Freunden handelte.»

«Und… lud er oft zu Champagner ein?»

«Nein. Er mochte ihn nicht, und seine Kollegen zogen im Allgemeinen Rotwein vor. Der Champagner, das war…»

Er ergriff den Korken erneut und betrachtete ihn von allen Seiten. Laviolette wusste, dass er diese schweigsame Überprüfung vornahm, um Zeit zu gewinnen und die Situation zu überdenken.

«Das war?», hakte er nach.

«Wenn Frauen dabei waren», antwortete der Chef widerwillig.

«Seine?»

«Oder auch andere… Wissen Sie, er hatte viele Bekannte… Viele Freunde. Aber», fügte er hinzu, «denken Sie sich bloß nichts dabei! Es sah niemals nach irgendwelchen Techtelmechteln aus!»

«Es sah niemals so aus, aber war es das vielleicht doch?»

«Das weiß ich natürlich nicht! Keine Ahnung, was sie hinterher trieben…»

«Kommt es häufig vor, dass Champagnerliebhaber den Korken mitnehmen?»

«Niemals! Wirklich nie! Wer könnte auf diese hirnrissige Idee kommen?»

«Madame Dardoire zum Beispiel, an einem Abend, an dem sie bei Ihnen gegessen hat…» Laviolette überlegte einige Sekunden, nahm dem Chef den Korken ab, um ihn selber noch einmal zu betrachten. «Das heißt: einige Monate vor ihrem Tod… Sie ist im Dezember gestorben. Also könnte es im November, im Oktober oder im September gewesen sein…»

«Oder vorher schon!», warf der Chef ein. «Wieso auch nicht?»

«Nein… vorher nicht. Der Firma zufolge – ich habe mich erkundigt – haben Sie die letzte Lieferung dieses Champagners im vergangenen August erhalten. Zu dieser Zeit wurde die Inschrift auf der Metallkapsel geändert. Bis dahin stand da ‹Raoul› ausgeschrieben, ab August nur noch R. Und dieser Verschluss trägt nur ein R. Also haben Sie diese Flasche nach August serviert. Sechs Monate… Das ist nicht so lange her. Und Madame Dardoire kam nicht oft mit ihrem Mann hierher, wie Sie selbst gesagt haben.»

«O je!», rief der Chef. «Mir wird klar, worauf Sie hinauswollen! Sie wollen wissen, *wer* zwischen September und November mit dem Ehepaar Dardoire hier war, wenn sie zusammen hier gegessen haben. Gehe ich recht in der Annahme?»

«So ist es!», sagte Laviolette vergnügt.

Der Chef schwenkte die Hand, als hätte er sich auf die Finger geklopft.

«Das ist unmöglich! Überlegen Sie doch mal, wer hier alles vorbeikommt! Manchmal haben wir sechzig Gedecke, an den Abenden, wo es Frischling oder Hase gibt. Und Dardoires – ich meine: Stammgäste wie sie – habe ich fünfzehn oder zwanzig! Wie soll ich mich da an einen bestimmten Abend und an ihre speziellen Tischgäste erinnern? Also bitte! Das müssen Sie verstehen!»

«Und das Personal…?», schlug Laviolette vor.

Aber das Personal konnte sich auch an nichts erinnern: weder die Bedienung mit dem ausladenden Tulpenbusen noch das ein wenig zurückgebliebene Mädchen, das abservierte. Die Chefin machte an den Abenden mit viel Betrieb die Garderobe. Auch sie konnte sich nicht erinnern.

Am Ende zog Laviolette aus lauter Verzweiflung den *Traité du Narcisse* aus der Tasche und hielt ihn hoch.

«Und das hier?», sagte er. «Hat jemand zufällig dieses Buch gesehen?»

«Was ist das denn?», fragte der Chef verblüfft und zog die Brauen zusammen.

Es war das erste Mal in seinem langen, ereignisreichen Leben, dass er einen Polizisten sah, der ein Buch in der Hand hielt.

«Das sehen Sie doch! Das ist ein Buch. Ein Buch, das wir im Zimmer von Madame Dardoire gefunden haben.»

«Mein Gott!», rief die Chefin. «Warten Sie mal!» Sie hatte die Hand auf die Augen gelegt und schien nachzudenken. «Warten Sie mal!», wiederholte sie. «Das ist's, ich kann mich erinnern! Eines Abends half ich Madame Dardoire in ihren Pelzmantel, und das Buch ist aus ihrer Tasche gefallen. Ich erinnere mich daran, weil ich mir gesagt habe: ‹Sieh mal einer an, ich wusste nicht, dass sie sich für Blumenzucht interessiert.›»

«Blumenzucht?», wiederholte der Richter und runzelte die Stirn.

«Aber natürlich!», beschwichtigte ihn Laviolette. «Wenn Sie diese Worte lesen: *Le Traité du Narcisse*, woran denken Sie dann?»

«Entschuldigen Sie!», lachte der Richter hämisch. «Natürlich an eine Blume!»

«Das wird Ihrer Erinnerung wohl auf die Sprünge helfen!», mahnte Laviolette die Chefin. «Dieser Abend ist also nicht mehr wie die anderen... Sie haben jetzt einen Anhaltspunkt. Sie müssen jetzt wissen, wer *vor* und *nach* diesem Zwischenfall um Madame Dardoire herumschwirrte!»

«Ja, ja, ich erinnere mich... Es war an dem Abend, an dem ein so heftiger Wind ging. Der Hahn hat um zehn Uhr abends gekräht. Fast wäre uns das Brot ausgegangen. Wir hatten nicht so viele Leute erwartet. Es gab die zwei ersten Hasen der Saison...»

«Und wer saß an diesem Abend am Tisch der Dardoires?»

«Da waren... Moment mal... Félicien und seine Frau, der Notar Séverin Armoise und seine Frau, Sidoine Hélios; bei ihnen bin ich sicher... Moment... Und Fabienne, meine Schulkameradin, und ihr Mann.»

«Fabienne? Moment... Es gibt da eine Fabienne...»

«Die Ehefrau unseres ersten Opfers», sagte der Richter.

«Von Paterne Lafaurie?»

«Er war auch da. Aber die anderen, an die kann ich mich nicht erinnern...»

«Schon drei Tote unter dieser schönen Tischgesellschaft», sagte Laviolette. «Und das nur sechs Monate später. Die Tatsache ist beunruhigend genug, um hervorgehoben zu werden.»

«Ach, wissen Sie», sagte der Chef versöhnlich, «heutzutage bei den ganzen Autounfällen!»

«Ja, sicher. Aber bei zwei von ihnen war es kein Unfall.»

Er hatte die Namen der Gäste, die die Chefin genannt hatte, in ein Heftchen geschrieben, das er jetzt mit einer heftigen Bewegung zuklappte. Er erhob sich.

«Wenn Ihnen noch etwas einfällt... Ich werde Sie jeden Tag anrufen. Martern Sie Ihre grauen Zellen, ich werde Ihnen nämlich keine Ruhe lassen.»

«Aber ich möchte die Kieselsteine von Sidoine Hélios sehen, bevor ich gehe», sagte der Richter.

«Aber gern!», sagte der Chef. «Mit Vergnügen!»

Er führte sie zu einer Art Aquarium mit Vorhängeschlössern, in dem drei verschieden große Kieselsteine der Durance behaglich auf einem dunkelrotem Polster ruhten.

«Das ist ein Sidoine Hélios aus der zweiten Periode», sagte der Richter bewundernd. «Aber man hätte ihn dabei sehen sollen, wie er seine Meisterwerke im Flussbett ausgesucht hat...» Er runzelte die Stirn. «Aber Sie haben doch gesagt, sie seien signiert?»

«Ja, sicher!», sagte der Chef mit einem Anflug von Verachtung. «Schauen Sie genau hin! An jedem Kiesel fehlt ein Stück. Es liegt neben dem Werk. Sidoine schlägt mit dem Meißel einen Splitter ab, um sein Werk zu signieren, und der Splitter muss im Fall einer Expertise genau passen.»

«Aha!», seufzte Laviolette. «Hier gibt es wahre Kenner, in Revest-des-Dames...»

Sie waren die letzten Gäste gewesen. Hinter der Scheibe schauten die Chefin, die Hände in die Hüften gestemmt, und der Chef, der sich eine Zigarre zwischen seinen Lippen zurechtrückte, dem gestikulierenden Paar nach, das sich entfernte und eine angeregte Unterhaltung zu führen schien.

«Er hat merkwürdige Methoden, dieser Kommissar, findest du nicht? Ein Champagnerkorken, da fragt man sich doch! Und ein Handbuch über Blumenzucht…»

«Merkwürdig?», fragte die Chefin. «Wenn du kein Mann wärst, würdest du verstehen, dass er die Routinearbeit den Gendarmen überlässt. Ihn interessiert, was du im Kopf hast. Hast du denn nicht kapiert, dass nicht die Fragen das Entscheidende waren? Er zapft dich an… Er horcht dich ab wie ein Arzt… Aber da kann er bei mir lange warten…»

«Wieso? Weißt du etwas?»

«Als ich an diesem Abend in die Garderobe gekommen bin, stand Elvire Dardoire schon da und redete mit jemandem…»

«Mit wem?»

«Jemand, der ihr dieses Buch hingehalten hat, aber auf eine komische Art… Mir jedenfalls kam das komisch vor. Erst danach ist es ihr aus der Tasche gefallen…»

«Wer war das?»

«Also da», sagte die Chefin und schüttelte den Kopf, «da kannst auch du lange warten, mein Lieber!»

~ 8 ~

ZU FÜSSEN des ideal nach Süden gelegenen Plateaus von Revest, von salbeigesprenkelten Böschungen umringt, erhob sich Bel-Air wie ein steinernes Schmuckstück. Die zweihundert Jahre, die es dem Verfall und der Sonne überlassen worden war, hatten seine Fassaden mit einem warmen Blondton überzogen. Wenn man die schwarzen Rosskastanien sah, die es wie ein großes, aufgerissenes Tarnnetz umgaben, dann wusste man sofort, dass es sich um ein Haus voller Geheimnisse handelte.

Bel-Air war das Werk eines Liebenden. Der von Mandelbäumen gesäumte rechte Winkel der beiden Haupttrakte bildete ein perfekt gezeichnetes L. Und dieser steinerne Buchstabe war die Initiale einer gewissen Lazarine, die schon vor langer Zeit zu Staub geworden war. Einer Lazarine, die der Urheber dieses steinernen Geständnisses nicht hatte an sich fesseln können – ob sie nun zu früh gestorben oder aber ihm durch eine arrangierte Heirat entrissen worden war.

Im Februarwind strahlte Bel-Air aus all seinen Fenstern. Man hätte meinen können, dass ein Ball oder ein höfisches Fest bevorstand.

Um nicht daran zu glauben, dass dieses noble Haus das Glück beherbergte, musste man schon fünfzig gelebte Jahre und alle damit einhergehenden Enttäuschungen hinter sich haben, ganz so wie die beiden Männer, die gerade ihre Zeit damit verbrachten, sich gegenseitig mit ihren Autoscheinwerfern zu blenden.

Der eine war von Sigonce gekommen, der andere von Saint-Martin. Der eine hatte unter der rechten Kastanie angehalten, der andere unter der linken. Durch fünfzig Meter grell beleuchteter Fläche getrennt, wo ab und zu Laub hochwirbelte, saßen sie wie gefesselt in ihren Sitzen, einen Zigarettenstummel zwischen den Lippen; sie belauerten einander, als würden sie im nächsten Moment aufeinander lospreschen, Stoßstange gegen Stoßstange.

Zur gleichen Zeit wurde ihnen klar, dass der andere das Blenden auch ausnutzen konnte, um sich heimlich an den Gegner anzuschleichen. Gleichzeitig machten sie ihre Scheinwerfer aus. Gleichzeitig stiegen sie auch aus und knallten ihre Wagentüren zu.

«Bist du's Armoise?»

«Bist du's, Chantesprit?»

Sie waren es in der Tat. Sie stellten fest, dass sie sich wegen des Windes niemals auf diese Entfernung verstehen würden, und begannen, sich einander zu nähern. Sie gingen jeder einen vorsichtigen Schritt nach dem anderen wie bei einem Duell. Als sie dachten, der Abstand sei jetzt der angemessene, blieben sie einmütig stehen. Sechs Meter trennten sie noch voneinander.

«Wie gehen wir vor?», fragte Chantesprit.

«Kopf oder Zahl...», sagte Armoise.

«Nein. Dann müssten wir zusammen nachschauen.»

«Also was?»

«Alter geht vor. Du bist der Ältere. Geh du voran.»

«Und wie kann ich sicher sein, dass du mir nicht zu nahe kommst?»

«Soll ich dir's zeigen?»

«Ja. Geh du vor.»

«Moment mal! Der komische Kauz da oben, ist der irgendwo zu sehen?»

Sie wandten sich dem Haus zu. Vor dem hellen Hintergrund der hohen Fenster hob sich das filigrane Muster der durchbrochenen Balustraden ab. Manchmal querte diese Helligkeit ein Schatten, der sich vergrößert an der Zimmerdecke abzeichnete.

«Gut! So bist du wenigsten sicher, dass er nicht hinter der Tür steht. Geh schon! Und bleib weit genug weg! Geh in die

Raummitte! Fast an den Fuß der Treppe! Damit ich dich gut sehen kann!»

Mit einer mechanischen Bewegung rückte Chantesprit sein Monokel zurecht, das völlig unnütz und nur dazu da war, die Hausmädchen zu beeindrucken. Er bewegte sich im Krebsgang vorwärts und bemühte sich, seinen Gefährten nicht aus den Augen zu verlieren. Seine Panik hatte er dennoch nicht im Griff. Jederzeit konnte Armoise auf ihn losgehen, begünstigt vom raschelnden Blätterwirbel, denn der Wind blies stärker. Aber nichts dergleichen, der Mann blieb unbeweglich und so starr, wie es ihm seine verkrüppelte Gestalt erlaubte.

In der Türöffnung zögerte Chantesprit. Die beiden Flügel standen offen. Hinter ihnen konnte sich alles Mögliche verbergen. Dabei hätte das Licht von einem Dutzend Spots und einem Lüster aus der Zeit der Jahrhundertwende jegliches Geheimnis aus diesem riesigen Raum verscheuchen müssen.

«Geh rein!», rief Armoise. «Er ist da oben, glaub mir!»

Chantesprit gehorchte. Obschon er das Haus gut kannte, schüchterten ihn seine Ausmaße jedes Mal wieder ein. Vor sechzig Jahren war Bel-Air eine Spinnerei gewesen. Das Erdgeschoss vollzog als ein einziger großer Raum den Knick des magischen L bis zu den Endmauern. Die Unmengen von Seidenkokons, die sich hier einst stapelten, hatten einen merkwürdigen Geruch zurückgelassen, den der Mistral jetzt aufwirbelte. Eine breite Treppe führte an der Wand entlang eine Etage höher. Die Bodenfläche war mit sonderbaren Skulpturen aller Größen vollgestellt, die in verrenkten oder obszönen Haltungen erstarrt waren, ob nun als einzelne Gestalten oder in Paaren, ob riesig oder zerbrechlich wie Tanagrafiguren. Das Ganze wirkte wie eine alptraumhaft versteinerte Ballgesellschaft.

Es waren Frauenkörper, die über dem Bauchnabel und auf Höhe der Knie abgeschnitten waren: Sie hatten keine Arme, keinen Kopf, keine Füße. Von ihnen war nur das vorhanden, wovon Männer besessen sind und was sich ganz und gar auf die Partie zwischen Hüfte und Knie konzentriert.

«Dieser Sidoine ist völlig durchgedreht!», rief Chantesprit.

«Nicht so sehr, wie du glaubst!», erwiderte Armoise, der nun auch hereingekommen war.

Chantesprit trat ein paar Schritte zurück.

«Bleib, wo du bist!», rief er.

«Natürlich bleib ich hier stehen! Ich habe genauso wenig Lust wie du, näher zu kommen. Bleiben wir also beide so stehen.»

Jetzt konnten sie sich sehen. Chantesprit war groß, dünn, mit einem Monokel ausgestattet; seine Augen waren blutunterlaufen, was ein Faible für Pastis verraten mochte; die Nase war mit violetten Äderchen überzogen. Seine Oberlippe schmückte ein Schnurrbart, der an eine kleine Staubsaugerbürste erinnerte. Er war streng gekleidet, trug eine Fliege und wirkte elegant wie alle Dünnen.

Der Notar schielte. Er gab vor, an einer Rückgratverkrümmung zu leiden, aber in Wirklichkeit hatte er ganz einfach einen gewaltigen Buckel. Auch er war mager, aber mit einem verwachsenen Brustbein ausgestattet. Trotzdem fanden ihn die Frauen nicht unattraktiv.

Sie schauten sich an. Jeder fand den anderen hässlich, aber vor allem stellten sie fest, dass sie beide gehetzt aussahen und dass selbst diese sonderbare Sammlung von Nackedeis sie nicht mehr aufheitern konnte, so groß war ihre Angst.

Der Notar zog plötzlich sein Jackett aus.

«Was machst du da?», schrie Chantesprit alarmiert.

«Tu das Gleiche!», befahl Armoise. «Zieh dein Jackett aus und wirf es mir vor die Füße.»

«Scheiße! Bei dieser Kälte!»

«Mach, was ich dir sage!»

Heftig hatte er sein eigenes Kleidungsstück gegen die Beine seines Genossen geworfen.

«Heb es auf und durchsuch es!», befahl er. «Und schmeiß mir deins rüber!»

Er fing das Sakko auf und drückte es gegen seinen Körper.

«Warte!», sagte er. «Durchsuch es noch nicht! Sidoine! Sidoine!», rief er.

Sein Rufen füllte zuerst den Spinnereisaal, bevor er in den Tiefen des Hauses widerhallte.

«Ich komme!», rief eine Stimme zurück.

Jemand klapperte im oberen Stock mit den Pantinen eines Galeerensklaven. Der Hall im Treppenhaus verstärkte das Geräusch. Man hätte glauben können, dass ihnen eine ganze Rudermannschaft entgegenkam.

In der Treppenkurve erschien ein kleiner Mann in kurzen Hosen, mit dürren Hähnchenwaden, an deren Enden die Füße in schief getretenen Holzschuhen schwammen. Ein Geierkopf ragte aus einem Rollkragen hervor, der an ein Halseisen erinnerte, und der bis auf die Knie reichende Pullover betonte den ostereiförmigen Bauch. Es war Sidoine Hélios.

Mit der rechten Hand stützte er sich auf die Rundungen eines Torsos, den er in der Ecke der Treppe aufgestellt hatte. Mechanisch betätschelte er das Steingesäß, aber zur gleichen Zeit betrachtete er verblüfft die Szene – seine beiden Besucher, die hemdsärmelig in reichlicher Entfernung voneinander standen und je ein Jackett auf den Boden hängen ließen, das nicht ihr eigenes war.

«Was für ein Spiel spielt ihr denn da?», fragte er.

«Sidoine», antwortete der Notar, «komm fünf oder sechs Stufen runter, nicht mehr, und bleib stehen!»

«Also gut», sagte Sidoine, «Ich bin überzeugt, du erklärst mir gleich…»

Er setzte sich auf eine Stufe. Mit seinen angezogenen Knien und dem kahlen Hals glich er einem Kondor in Lauerstellung.

«Ich habe es dir am Telefon erklärt.»

«Entschuldige mal! Du hast mir gesagt: ‹Mach alle Lichter an und geh im ersten Stock vor dem Lüster hin und her, damit man dich gut sieht!› Nennst du das eine Erklärung?»

«Hör zu, Sidoine… Wenn du so weit weg bist, zwingst du mich zu schreien! Schau erst mal! Chantesprit!», rief er. «Dreh alle Taschen von meinem Jackett auf links, zieh die Brieftasche raus, öffne sie vor unseren Augen und schüttle das Jackett am unteren Rand, so wie ich! Schau genau hin, Sidoine! Siehst du?

Wir haben nichts anderes im Jackett als Schlüssel, Taschentuch und Brieftasche... Chantesprit!», rief er erneut. «Jetzt dreh deine Hosentaschen um, auch die Gesäßtasche! Da! Siehst du, Sidoine? Wir haben nichts dabei!»

Sidoine schlug sich auf seine nackten Schenkel und lachte.

«Ach, man müsste euch beide malen! Man könnte euch für Steuerzahler halten, die den Finanzbeamten anflehen!»

«Jetzt bist du dran», sagte der Notar. «Zeig uns, dass du auch nichts dabeihast!»

«Was soll ich denn dabeihaben, ihr Trottel! In meinen Shorts etwa?»

«In deinen Taschen!»

«Sie sind voller Löcher!»

Er zog das Futter nach außen und führte seinen Besuchern das Tascheninnere vor.

«Dein Pullover ist sehr weit...», bemerkte Chantesprit.

Sidoine schob ihn hoch. Darunter trug er ein Flanellhemd, das eng an seinem vorspringenden Bauch anlag.

«War das alles? Seid ihr überzeugt? Aber was sucht ihr eigentlich?»

«Alles in Ordnung!», sagte der Notar. «Du kannst runterkommen. Hier, Chantesprit! Zieh dein Jackett wieder an und gib mir meins zurück. In deiner Hütte herrscht ja eine Eiseskälte, Sidoine!»

«Ach», sagte Sidoine unbekümmert, «das konserviert!»

Der Wind fegte durch das Haus, man hörte, wie er oben etwas durchblätterte, was wohl alte Zeitungen waren. Im hinteren Teil des Saals belebte er gerade das Feuer in einem uralten Kamin, und es rieselte Ascheteilchen.

Instinktiv steuerten alle drei Männer diese Wärmequelle an. Vor der Feuerstelle lag ein wurmstichiger Baumstumpf. Sidoine packte ihn und warf ihn auf die aschebedeckte Glut. Fasziniert betrachteten sie den Rauchfaden, der sich schmatzend erhob. Ein wachstuchbedeckter Küchentisch, um den drei Sessel mit durchgescheuertem Sitz standen, wärmte sich vor diesem kümmerlichen Feuer.

Sidoine ließ sich in einen der Sessel fallen und stellte seine Füße auf die vordere Sprosse. Er glich mehr denn je einem Vogel auf einer Hühnerstange.

«Und?», sagte er. «Was ist jetzt? Habt ihr nichts zu sagen?»

«Weißt du wirklich von nichts?»

«Was sollte ich wissen? Ich lebe seit Wochen wie ein Grubenarbeiter! Mit einer Lampe vorne auf der Stirn!»

Er drehte sich plötzlich auf seinem Sessel, der in allen Gelenken knarzte. Mit theatralischer Geste deutete er auf einen großen hellen Würfel, der wie ein Katafalk aufgestellt war und an dem eine Leiter lehnte.

«Ich steige jeden Tag da hinein!»

«Und was ist das?», fragte Chantesprit.

«Siehst du das nicht? Eine Gussform.»

«Und was wird das?»

«Das ist ein Geheimnis! Im März soll es in die Gießerei. Vielleicht wird das mein Meisterwerk. Da kannst du dir vielleicht vorstellen, dass mich eure Geschichten... Ich habe die ganze Zeit Angst... Jedes Mal, wenn ich da hineinsteige, zittere ich wie Espenlaub...»

«Wir auch...», seufzte der Notar. «Aber du kannst uns nicht weismachen...»

«Fünfzehn Stunden täglich da drin!», beharrte Sidoine.

«Und essen?»

«Büchsenkost!»

Er zeigte auf einen Haufen leerer Konservendosen an der Mauer des Kamins.

«Und der Briefträger?»

«Er legt die Post vor die Tür, und das ist alles. Er mag meine Werke nicht.»

«Und die Zigaretten?»

«Ich hatte sechs Stangen Gauloises. Jetzt bleiben mir noch zwei.»

«Dann weißt du also gar nicht, dass Paterne und Félicien tot sind?»

«Verdammt, nein!», rief Sidoine.

Seine Füße rutschten auf der Sprosse hin und her. Er beugte sich nach vorne und blieb so sitzen, schaute die Besucher ungläubig von unten bis oben an. Das Wort «tot» in Verbindung mit den beiden kräftigen Kerlen Paterne und Félicien hatte ihn wie eine Kugel den Kegel umgehauen.

«Ermordet», präzisierte Chantesprit.

«Das auch noch!», hauchte Sidoine.

So blieben alle drei sitzen und musterten sich. Ab und zu pfiff der Wind im Kamin seinen sonderbaren Ruf.

«... mit Blausäurekapseln, die der Mörder Félicien entwendet hat, als er zur Raubwildbekämpfung unterwegs war...», erklärte Armoise.

«Was hatte er denn damit zu tun? Das war doch nicht seine Aufgabe?»

«Schicksal!», sagte Armoise. «Der Jagdaufseher des Bezirks ist krank geworden. Und sein Ersatz kannte die Runde nicht. Es musste aber erledigt werden...»

«Kapseln», fügte Chantesprit hinzu, «nicht größer als so...» Er hob seinen kleinen Finger und verdeckte zwei Glieder mit der anderen Hand. «Und ich übertreibe noch!», seufzte er. «Sie sind viel kleiner als so... Und selbst wenn sie noch viel dünner wären, würde es genügen, um einen Mann damit zu töten. Ein zwanzigstel Gramm...», hauchte er.

«Félicien... Paterne... Mit vergifteten Ködern gegen Raubwild... Raubwild...», wiederholte Sidoine erschüttert.

Er stand auf und ging zur Korbflasche mit dem Villeneuve, der zum Temperieren neben dem gemauerten Herd stand. Er klemmte sie unter den Arm und kam mit drei Limonadegläsern zurück; sie hatten auf einem Fass gestanden, das als Theke diente.

«Das soll uns nicht daran hindern, ein Glas zu trinken!», sagte er.

Armoise schüttelte den Kopf. Chantesprit befummelte seine Fliege und starrte alarmiert auf die Korbflasche, in der der Wein hin- und herschwappte.

«Nein, Sidoine», sagte der Notar, «im Moment, glaube ich,

ist es wohl besser, wenn wir nicht einer beim anderen trinken, weil…»

«Weil was?», fragte Sidoine.

«Weil», sagte Armoise, «wenn man überlegt, wem diese beiden Verbrechen nützen… Dann kommt man auf Aubert de Chantesprit, Séverin Armoise und Sidoine Hélios.»

«Aha!», stieß Sidoine aus und nickte bedächtig. «Aha!… Das meintest du also?»

«Genau das», sagte Armoise. «Und da wir schon mal dabei sind, sollten wir die Sache zu Ende besprechen. Wenn man es genau durchdenkt, kommt man zu folgendem Schluss: Der Mörder ist einer von uns dreien und er muss *auch* noch die beiden anderen beseitigen.»

«Ach! Das also nennst du einen logischen Schluss?»

Er wollte einen kräftigen Schluck trinken, aber er verzog das Gesicht. Das alte Wasserglas war schlecht gespült. Der Villeneuve-Wein schmeckte nach nassem Hund. Eine Sekunde lang hielten die beiden Freunde, die ihn beobachteten, den Atem an. Sidoine bemerkte ihre Angst nicht. Er stand auf und fuchtelte mit den Armen herum.

«Ich!», rief er. «Ich, der ich nicht einmal die Spinnen im Haus umbringe!» Er schaute sie entrüstet an und fügte dann hinzu: «Nein! Ich fange sie mit meinem Zahnputzglas, schiebe eine Postkarte drunter und hopp! Raus damit! Ich, der ich mich von Salat ernähre! Ich soll zwei Männer umgebracht haben! Ich soll planen, zwei weitere umzubringen. Und wofür das alles? Für so was wie tausend Mille!»

«Ohoho! Tausend Mille!», protestierte der Notar.

«Dann eben tausendfünfhundert Mille, wenn dich das beruhigt! Schaut genau hin, meine zukünftigen Opfer!»

Er deutete auf die sonderbaren abgeschnittenen Körper, die in ihrem Tanz erstarrt waren und keine Möglichkeit hatten, sich mitzuteilen; der Widerschein des Kamins färbte sie goldbraun.

Er sprang von einer Statue zur anderen, schlug klangvoll auf die Bronze und klatschend auf den Stein, den Zement.

«Schaut auch die da an! Alle ganz rosig, wie frisch aus der

Badewanne, wie ihr sie niemals in echt betrachten werdet! Morgen schon vierzig Mille, wenn ich will, aber ich will nicht! Und dieses zierliche Paar aus blau und gelb wie ein Achat geädertem Stein, das sich biegt und gleich hochschnellen möchte… Und dieses große grüne, das ich in einem Monat an einen Schlachter liefern werde, der sich aus dem Geschäft zurückgezogen hat – er glaubt, das sei eine gute Geldanlage… Und die kleine marmorne Tanagrafigur, die man abends in sein Bett legen kann, um sie aufzuwärmen! Schaut euch das genau an. Es gibt fünfundzwanzig oder dreißig von diesen Figuren, die die Begehrlichkeit der Männer wecken, und sie sind zwanzig oder dreißig Millionen alte Franc das Stück wert. Wenn ich wollte, könnte ich morgen einen Anruf tätigen, dann wären sie alle weg… Du, Armoise, du kannst doch zählen, wie viel würde das wohl bringen? Und dazu all die, die ich schon verkauft habe…»

«Ich hätte nicht gedacht, dass das so einträglich ist.»

«Du hast doch wohl schon mal einen Artikel über mich gelesen? Das übersteigt zwar euren Horizont, aber trotzdem…»

«Also hör mal!», begehrte Chantesprit auf, «Und was ist mit deinen Shorts? Deinem Pullover? Deiner uralten Ente mit den abgefahrenen Reifen? Du willst mir doch nicht weismachen…»

«Weißt du, was es bedeutet, keinen mehr hochzukriegen?»

«Nein, aber –»

«Da gibt's kein Nein aber! Ich weiß, wie das ist… Was soll ich in einem solchen Zustand mit hundert oder zweihundert Mille machen? Fällt dir nichts dazu ein? Und mit Luxusklamotten? Und mit einem Rolls-Royce? Und mit einem Schlafzimmer wie bei einem Hollywoodregisseur? Mit jemandem drin vögeln kann ich ja doch nie mehr!» Er stützte den Kopf in die Hände. «Nie mehr! Nie mehr!»

«Aber was machst du dann mit dem Geld?»

«Spenden…»

«An wen?»

«An Gott und die Welt: den Tierschutzverein… An Brot für die Welt… An das katholische Hilfswerk… Die Bauern aus der Gegend will ich gar nicht erst erwähnen, die beim Crédit Agricole total verschuldet sind... Auch den Aussteigern gebe ich Geld... Ich gebe und gebe...»

Chantesprit und Armoise sahen mit offenem Mund das viele Geld dieses Mannes dahinfließen, dessen Klamotten keine hundert Franc wert waren.

«Wollt ihr immer noch nichts trinken?»

Sie schüttelten abweisend den Kopf. Sie sahen ihn an, suchten das Abgründige in ihm, sie überlegten krampfhaft, welches geheime Motiv diesen scheinbar der Welt Entrückten zum Verbrechen treiben konnte.

Sidoine jedoch, der ihre Angst beobachtete, zitterte bei dem Gedanken, dass er diese Sorge in ihren Zügen und ihrem Blick in seinem Gedächtnis nicht würde festhalten können. Mit der leidenschaftlichen Aufmerksamkeit eines Naturforschers neigte er sich ihnen entgegen.

«Also bitte», sagte er, «denkt doch mal nach. Was soll ich denn mit vier Toten, hm? Ich bitte euch!»

«Dann sind wir es also?», sagte Chantesprit.

«Das weiß ich erst», sagte Sidoine, «wenn mich einer von euch umbringt, und dann ist es wohl zu spät!»

Er begleitete sie bis zur Tür. Ein Schwall toter Blätter wehte ihnen ins Gesicht, und sie scheuchten sie mit einer furchtsamen Bewegung weg.

«Versucht das zu vergessen», sagte Sidoine. «Lebt ganz normal. Seid ein bisschen fatalistisch.»

«Du hast gut reden, du hast nichts zu verlieren!»

«Und ihr», sagte Sidoine, «glaubt ihr wirklich, es gibt für euch etwas zu gewinnen?»

Er drehte ihnen den Rücken zu. Ein paar Kastanienblätter, die von der warmen Luft angesogen wurden, flatterten zum Kamin wie schlaffe Fledermäuse.

«Wie sieht das wohl aus», sagte Sidoine laut, «mit Blausäure vergiftete Typen?»

Er ging, den zwei Kubikmeter großen Würfel aus hellem Material von nahem zu betrachten. Die Leiter war angelehnt. Er schaute sie lange an, wie man einen Feind anschaut.

«Als ob es nicht auch eine andere Denkmöglichkeit gäbe...», sagte er leise. «Diese Esel haben ein kurzes Gedächtnis...»

Er stieg die Sprossen der Leiter hinauf. Als er auf der Oberseite des Würfels angelangt war, warf er einen Blick auf all seine verstreut dastehenden Werke. Von oben besehen, übersäten sie den roten Tommette-Fußboden wie eine merkwürdige Blumenmischung für einen Garten der Qualen. Ihm spukte die bizarre Idee durch den Kopf, dass sie alle eine Seele hatten und dass sie wollten, dass er sie vollendete. Zum ersten Mal in seinem Leben betrachtete er sie mit einer Art Misstrauen. Aber er verharrte nicht lange bei diesem verrückten Gedanken.

Ein Päckchen Gauloises lag auf dem Sockel neben einer Werkzeugtasche und einer Stirnlampe, die Sidoine nun um seinen Kopf band; dann schob er das Stück Sperrholz beiseite, das die Einstiegsöffnung verdeckte. Er glitt ins Innere. «Tun wir, als hätten wir nicht mehr viel Zeit.»

Bald war in dem weitläufigen, hell erleuchteten Haus nur noch ein Kratzgeräusch zu hören, das vom Echo weitergetragen wurde. Man hätte meinen können, eine Maus knabbere an einem Brotkanten herum.

Sobald sie draußen waren, hielten sich Chantesprit und der Notar nicht damit auf, sich gegenseitig zu verabschieden. Sie drehten sich ohne Zaudern den Rücken zu und beeilten sich, zu ihren Wagen zu gelangen.

Chantesprit war der Schnellere. Er startete das Auto, als der Notar gerade erst die Wagentür erreichte.

«Du hättest laufen sollen!», warf sich Armoise vor. «Wenn er seinen Vorsprung genutzt hätte, um auf dich loszugehen?»

Nachdenklich verfolgte er die über den Fahrrinnen schwankenden Rücklichter des Wagens, in dem sein Jugendfreund flüchtete.

Plötzlich wurde ihm bewusst, dass er vollkommen alleine war und dass er das nicht gewollt hatte, dass diese Einsamkeit womöglich eine Falle war, in die er getappt war.

Der Mond hatte seinen höchsten Punkt erreicht. Der Wind

brauste stetig und verteilte das Wasser eines nahen Brunnens, den der Notar nicht hörte, der ihn aber mit feuchter Gischt segnete.

«Das ist nicht der Mistral», sagte er sich, «das ist der Gebirgswind, der Mistral hört nachts auf.»

Es war eine platte Feststellung, wie man sie so oft in der Stille gewöhnlicher Tage trifft. Wie oft schon hatte er, wenn er in Begleitung einiger Kollegen von einer Totenwache kam und in den Bewässerungskanal pinkelte, nur in den Himmel schauen und ein paar Worte über das Wetter austauschen müssen, damit alles Elend dieser Welt auf der Stelle gelindert wurde.

Aber das Wetter in dieser Nacht beruhigte ihn nicht.

Voller Bitterkeit betrachtete er die märchenhafte Beleuchtung von Bel-Air. Bel-Air glich einem festlich geschmückten, glücklichen Schiff inmitten eines Unwetters.

«Für wen hält sich dieser Sidoine eigentlich», fragte er sich voller Groll, «dass er so ruhig bleibt? Einer von uns dreien ist der Mörder, und die beiden anderen haben nur eine Gnadenfrist.»

Regungslos sah er auf die Blätter herab, die um seine Füße tanzten. Unter den tief hängenden Ästen der Kastanie sah man das Tal und seine Hügel und die Lichter der Dörfer wie Leuchtfeuer. Bei Tageslicht wäre ihm dieses Land nur freundlich erschienen. Er kannte das Kataster auswendig; dort unten jagte er mit seinen Freunden. Auch seine intime Geografie war ihm vertraut: Er wusste, in welchem Hof, in welchem Herrenhaus oder in welchem Dienstmädchenzimmer hinter dem Wall der Ehebetten gastfreundliche Schenkel zu finden waren.

Diese Vision heiterte ihn jedoch nicht auf, denn es war Nacht, er war draußen und alleine.

Er fragte sich, warum er da wie angewurzelt stehen blieb und in die Nacht spähte, schon bis zu den Knien in Blättern begraben, anstatt nach Hause zu gehen und die Ruhe seines Zimmers zu genießen. Er würde, durch die geschlossene Tür hindurch, die Frau Notarin schnarchen hören. Die Hunde würden, ohne anzuschlagen, seine Pantoffeln beschnuppern. Im

Vorbeigehen würde er einen Blick auf das Chaos im Wohnzimmer werfen, wo die Kinder ihre Modelle zusammenbauten… Warum beeilte er sich nicht, ins traute Heim zu fliehen, Schutz zu suchen?

Die Antwort vegetierte ein Weilchen in seinem Kopf dahin, bevor er sie klar fassen konnte.

Er fühlte sich wie auf vermintem Terrain. Er hatte die Vorahnung, dass eine der Bewegungen, die er von nun an noch wagen würde, ihn dem Tod näher bringen würde, aber er wusste nicht, welche und wie er sich gerade vor dieser in Acht nehmen sollte.

«Als Erstes», sagte er sich, «muss ich vermeiden, in panische Angst zu verfallen, und mich schnell von hier fortmachen.»

Er legte die Hand auf den Türgriff. Aber dann bemerkte er, dass der Wagen hinten links ungewöhnlich tief lag.

«Scheiße!», stöhnte der Notar.

Ein Reifen war platt. Dieses leicht fassbare Missgeschick riss ihn aus seiner Angst und brachte ihn wieder auf den Boden zurück. Er war mürrisch, wütend, hatte Lust, jedem Stein auf dem Weg einen Fußtritt zu versetzen.

«Ein platter Reifen!», brummte er. «Und das passiert mir – ich hasse es, mir die Hände schmutzig zu machen. Hoffentlich hat dieses Rindvieh von Marthe nicht meine Arbeitshandschuhe genommen, um die Rosen zu beschneiden!»

Er setzte sich ins Auto auf seinen Sitz und machte das Deckenlicht an. Nein, die Handschuhe waren da, im Fach, wo sie hingehörten. Missgelaunt nahm er sie heraus, streifte in einer schnellen Bewegung zunächst den linken Handschuh über.

Als er den rechten über die Finger ziehen wollte, spürte er einen Widerstand an den Fingerspitzen.

Man wird immer Opfer seines Charakters. Der des Notars äußerte sich, nachdem die Angst verflogen war, darin, alle Einwände, alle Schwierigkeiten, alle Widerstände beiseite zu schieben.

Einen Widerstand bricht man. Er brach ihn. Er konnte ihn umso leichter brechen, als er dafür gedacht war, unter den Kiefern eines vorsichtigen Fuchses nachzugeben.

Armoise nahm sich in Acht vor einer großen Aktion, einem gewagten Ortswechsel, der ihn einem lauernden Feind ausliefern konnte. Wie konnte er auch damit rechnen, dass der Tod die Folge einer so einfachen, mechanischen, hundertmal wiederholten Bewegung sein würde, die darin bestand, sich energisch einen Handschuh überzustreifen?

Seine Fingerspitzen wurden von den winzig kleinen Scherben der zerbrochenen Kapseln geritzt.

Maître Armoise rührte sich nicht mehr von der Stelle. Es saß da und sah aus, als wolle er gleich sein Auto anlassen, um nach Hause zu fahren.

~ 9 ~

TROTZ DES TODESFALLS wahrte Bel-Air an diesem Februarmorgen sein strahlendes Aussehen.

«Ich bin nur mal rausgegangen zum Pinkeln», erklärte Sidoine Hélios, «und das habe ich vorgefunden!»

Mit breiter Geste wies er auf das Auto des Notars und auf Armoise, der stocksteif darin saß und dessen weit aufgerissene Augen von der genau gegenüber aufgehenden Sonne nicht mehr geblendet werden konnten.

«Kam er gerade von Ihnen?», fragte Laviolette.

«Ja, wir hatten einen Teil des Abends zusammen verbracht.»

«Waren Sie allein?»

«Nein, ein anderer Freund war noch dabei.»

«Ist der in einem anderen Auto gekommen?»

«Selbstverständlich.»

Laviolette stellte ihm sämtliche Routinefragen, und er beantwortete sie mit großer Gelassenheit.

Der Staatsanwalt und der Richter standen beim offenen Auto und unterhielten sich. Zwei Männer in weißen Kitteln nahmen sich der Leiche von Maître Armoise an, legten sie auf eine Bahre, schoben sie in den Fond eines Krankenwagens. Das Ritual der Ermittlung ging gemächlich seinen Gang. Unter den präzisen Handgriffen der Fachleute verflüchtigte sich das Dramatische des Verbrechens. Das Grauen wurde abgewickelt, fein säuberlich verpackt; zusehends wurde es zum Inhalt einer Akte.

Der Gerichtsmediziner trat näher und hielt einen nicht ganz sauberen Lumpen weit von sich gestreckt. Laviolette erkannte darin, als er ihn dicht vor der Nase hatte, ein Paar Handschuhe.

«Dies hier ist die Tatwaffe», verkündete der Arzt. «Seltsam, finden Sie nicht?»

«Seit gestern Abend entdecke ich hier neues Bildmaterial», dachte Sidoine. «Wer weiß? Vielleicht werde ich mit sechzig noch voll erwachsen. Zum Beispiel sehe ich, wie allein dieses Paar Handschuhe seit seiner Entstehung eine ganze Schleppe von Unheil hinter sich herzieht: vom Zicklein, das seine Haut dafür hat opfern müssen, über all diejenigen, die an seiner mühseligen Herstellung beteiligt waren, bis hin zur Verkäuferin, der Armoise mit Sicherheit die Frage gestellt hat: ‹Haben Sie heute Abend schon etwas vor?› All das muss ich in einer Handschuhplastik einfangen – das Zicklein inbegriffen. Es werden Handschuhe aus schartigem, ungeschliffenem Eisen sein, gefährlich für die Hände, die sie berühren wollen... Zwei Finger Unheil verkündend abgespreizt, als Zeichen der *Jettatura*...»

Er wandte sich ab, um zu prüfen, ob die Seidenspinnerei, deren Tore weit offen standen, über genügend Raum verfügte, um die Ausmaße, die er seinem Werk zu geben gedachte, beherbergen zu können.

«Ist er erwürgt worden?», fragte Laviolette.

Der Gerichtsmediziner verneinte. Laviolette streckte die Hand aus.

«Nein! Fassen Sie das bloß nicht an!», warnte der Gerichtsmediziner und wich einen Schritt zurück. «Sie sehen doch, dass ich sie in einem Lumpen halte.»

«Zum Teufel noch mal! Ich habe diesen Geruch schon wieder in der Nase!», rief Laviolette

Der Arzt nickte bedächtig.

«Kann ich vor ihm sprechen?», fragte er und deutete auf Sidoine.

Laviolette warf einen prüfenden Blick auf den hageren Bildhauer, der in Holzschuhen und Shorts dastand und sich in der kalten Morgenluft wie ein Vogel zu plustern versuchte.

«Nur zu!», antwortete er.

«Dasselbe Gift wie bei den vorherigen Verbrechen. Das

haben Sie ja bestimmt schon geahnt?», erwiderte der Arzt in fragendem Ton.

«Wie wurde es verabreicht?»

«Ganz einfach. In jeden Finger des rechten Handschuhs ist eine Kapsel Blausäure eingeführt worden. Als der Notar ihn angezogen und dabei gestrafft hat, sind die Kapseln zerbrochen und die Splitter haben sich in die Haut der Fingerkuppen gebohrt. Das Gift wurde von den Kapillaren wie von Löschpapier aufgesogen. Sofortige Wirkung garantiert!»

«Hatte er gestern Abend seine Handschuhe dabei?», fragte Laviolette den Bildhauer.

«Nein, hatte er nicht. Übrigens… das sind Arbeitshandschuhe.»

«Hat er Ihnen gesagt, dass er hinten einen Platten hatte?»

«Nein, das hat er mir nicht gesagt.»

«An solche Einzelheiten können Sie sich sofort erinnern?»

«Ja», antwortete Sidoine, ohne zu zögern.

«Wer war der andere Besucher?»

«Aubert de Chantesprit.»

«Junge, Junge!», entfuhr es Laviolette.

«Och! … Niederer Geldadel», erklärte Sidoine.

«Sind sie zusammen aufgebrochen?»

«Ja.»

«Jeder in seinem Auto?»

«Offenbar ja.»

«Und es hat Sie nicht gewundert, nur eins wegfahren zu hören?»

«Ich habe gar keins gehört. Es blies ein Mistral wie vor dem Jüngsten Gericht, und außerdem hatte ich mich wieder an die Arbeit gemacht.»

«Würde es Ihnen etwas ausmachen, wenn wir hineingingen?», schlug Laviolette vor. «Da könnten wir uns besser unterhalten.»

«Wenn Sie wollen», antwortete Sidoine. «Aber wissen Sie, drinnen ist es genauso kalt wie draußen.»

Trotzdem gingen sie, zusammen mit Richter, Staatsanwalt

und Gerichtsmediziner, ins Haus. Die unangenehme, aber durchaus ergiebige Pusselarbeit durfte ohnehin nur von den Spezialisten der Spurensicherung erledigt werden, die sortierten, alles abmaßen und die Zigarettenstummel aus dem Gras klaubten.

Unterdessen wandelten die Herren mit ernster Miene durch die geisterhafte Kollektion der unvollendeten Frauen. Gelegentlich ertappten sie sich dabei, wie sie gedankenverloren einen attraktiven Hintern betätschelten. Auch der Richter hielt sich nicht zurück. Zunächst war er ein glühender Bewunderer dieses Sidoine Hélios gewesen, dessen frühe Phase er so sehr schätzte; aber diese gegenständlichen Hüften betrachtete er mit schnell wachsender Verachtung, obwohl er sie streichelte. Seine Verehrung für Sidoine wandelte sich von Hintern zu Hintern in eine künstlerische Enttäuschung, die an Ekel grenzte.

Doch plötzlich blieb er stehen. Sein Ästhetenblick ruhte gebannt auf zwei in ihrem gemeinsamen Schicksal versteinerten Greisenhintern: Sie wirkten welk und ausgemergelt. Und obendrein hatte Sidoine ihnen einen grünlichen Farbton zugedacht, als wären sie von Schimmel befallen.

«Was ist denn das?», rief er.

«Das?», antwortete Sidoine. «Es steht doch darunter... Es heißt *Der Krieg*. Erkennen Sie das nicht?»

«Aha!», sagte der Richter, wie vom Blitz getroffen.

Während die anderen zum Kamin gingen, blieb er einige Minuten verzückt vor dieser Offenbarung des Genies stehen.

«Lassen Sie nur», beschwichtigte Laviolette den Staatsanwalt, der allmählich unruhig wurde. «Wir sammeln ihn auf dem Rückweg wieder ein!»

Sidoine schürte das Feuer, schob die Asche beiseite und legte einige grüne Äste auf, die fauchend und qualmend ihren Saft abgaben. Er packte die große Korbflasche mit dem Villeneuve, um ihn den Herren in den alten Wassergläsern vorzusetzen.

Zuerst lehnten sie ab, doch als der Gerichtsmediziner, der jeden Wein probieren musste, den Anfang machte, schlossen sich alle an. Sogar der Staatsanwalt nippte unerschrocken.

«Wieso haben Armoise und Chantesprit Sie besucht?», wollte Laviolette wissen.

«Ach, wenn sie sich langweilen, kommen sie einfach hierher und gehen mir auf den Keks. Sie erzählen mir von ihren erbärmlichen Erlebnissen und glauben auch noch, sie brächten mir Inspiration… Sie halten sich für ungeheuer bedeutend…»

«Kennen Sie sie schon lange?»

«Seit vierzig Jahren! Was würden Sie denn machen mit Freunden, die Sie seit vierzig Jahren kennen?»

«Eine verschworene Gemeinschaft!», erwiderte Laviolette. «*Le Galet des Aures*, das waren doch Sie und Ihre Kumpane, oder?»

«Ja klar, das sind wir. Sie sind richtige Lebemänner, das muss man ihnen schon lassen.»

«Die Lebemänner liegen bald alle im Grab!» Laviolette hatte sich vor Sidoine aufgebaut. Er streckte die Hand aus und spreizte die Finger. «Fünf!», rief er. «Ihr wart fünf! Paterne Lafaurie!» Er krümmte den kleinen Finger. «Félicien Dardoire!» Er krümmte den Ringfinger. «Und jetzt der Notar!» Er krümmte den Mittelfinger. «Zwei!», donnerte er. «Es bleiben nur noch zwei. Sagt Ihnen das was?»

«Oh!», entgegnete Sidoine gähnend. «Das wird wohl ein dummer Zufall sein.»

«Doktor!», rief Laviolette. «Wie viele Kapseln hat der Mörder benutzt?»

«Wahrscheinlich eine für jeden Finger, ausgenommen den Daumen.»

«Es bleiben ihm also zehn. Hören Sie, Sidoine Hélios? Der Mörder hat noch zehn Kapseln. Damit kann er mindestens noch drei Menschen umbringen! Also? Was wissen Sie?»

Sidoine bot Laviolette eine Zigarette an, die dieser ablehnte; dann zündete er sich selbst eine an und horchte nach oben zur Decke. Durch die oberen Stockwerke hallten Schritte, die das Mauerwerk erschütterten.

«Ja», erklärte Laviolette, «das sind die Gendarmen. Wenn wir schon mal hier sind, erledigen wir gleich alles auf einmal…

Na ja… Das Haus ist geräumig. Ihre Sicherheit ist gefährdet. Vielleicht hat sich der Mörder bei Ihnen versteckt…»

«Wenn ich es nicht selber bin, nicht wahr?»

«Als Kandidat kommen Sie tatsächlich in Frage.»

«Stimmt… Und niemand – absolut niemand – kann mir ein Alibi liefern… weil ich seit Wochen da drin stecke!» Mit dramatischer Geste wies er auf den riesigen Kubus, an dem eine Leiter lehnte. «Und wie könnte ich Sie davon überzeugen, dass ich gerade erst vom Tod von Paterne Lafaurie und Félicien Dardoire erfahren habe?»

Er richtete einen drohenden Zeigefinger auf Laviolettes Bauchnabel. Aber sein Blick löste sich nicht von dem dunklen Häufchen der in Zellophan verpackten Handschuhe, die der Gerichtsmediziner auf den Tisch gelegt hatte. Die Gefahr, die vom Mörder ausging oder von der Polizei, kümmerte ihn wenig. Darauf kam es nicht an. Diese triviale Unannehmlichkeit durfte er nicht an sich heranlassen, er musste seine ganze Kraft darauf verwenden, all die wirren Bilder im Gedächtnis zu behalten, die seit gestern Abend seine Phantasie belagerten, sich zu einer unentrinnbaren Vision zusammenfügen wollten, einer Vision, der er sich nur noch hingeben musste, um daraus seine dritte Periode zu gewinnen, seine letzte vermutlich…

«Sie wirken zerstreut», stellte Laviolette fest. «Denken Sie an etwas Wichtigeres als an Ihre Sicherheit?»

«Oh, an unvergleichlich Wichtigeres!», seufzte Sidoine.

«Wissen Sie, dass Sie mein Zeuge Nummer eins sind?»

Sidoine legte ihm die Hand auf den Schenkel.

«Wen wollen Sie einschüchtern?», fragte er. «Wir sind fast gleich alt. Sie sind genauso verzweifelt wie ich. Würden Sie sich denn viel daraus machen, wenn Sie des Mordes angeklagt würden?»

«Es geht ja nicht nur darum. Sie laufen *auch* Gefahr, das nächste Opfer zu sein.»

«Na und? Wechseln Sie nicht einfach das Thema. *Sie* bringen meine Gedanken in Unordnung. Wenn ich einen Wunsch freihätte, würde ich sagen: Verschwinden Sie oder lochen Sie mich auf der Stelle ein und geben Sie mir Bleistift und Papier! Verstehen Sie?»

Sie blickten gleichzeitig zur Decke. Ein Trupp von vier Gendarmen polterte die Treppe herunter.

«Und?», fragte der Staatsanwalt.

«Alles in Ordnung», meldeten sie. «Das Haus ist riesig, aber der Besitzer lebt allein. Niemand versteckt sich hier. Das Einzige, was wir gefunden haben, ist eine dienstbare kleine Holländerin.»

«Was soll das heißen?», fragte der Richter, der aus seiner Betrachtung aufgeschreckt war.

«Nichts als eine Gummipuppe, made in Holland», erklärte Sidoine. «Manchmal braucht man... wie soll ich sagen... eine unmittelbare Gegenwart...»

«Das ist ja das Allerneuste!», platzte der Gerichtsmediziner heraus.

«Ich bin mit mir im Reinen», protestierte Sidoine.

«Oh, ich verurteile Sie nicht», verteidigte sich der Arzt. «Mich interessiert das nur brennend!»

Laviolette war aufgestanden und spazierte gemächlich von einer abgeschnittenen Statue zur nächsten, überwältigt von so viel Verdrängung, vom Geständnis der Kastration, das jedes dieser in lüsterner Pose für immer erstarrten Werke versinnbildlichte. Doch eins von ihnen, das einzige, das von der aufgehenden Sonne durch die weit geöffnete Tür angestrahlt wurde, war frei von erotischen Verrenkungen. Es war fast enttäuschend in seinem klassischen Ebenmaß. Als hätte Hélios Ingres kopiert und ihn einfach in eine andere Dimension, seine eigene, massivere, gehoben. Die Sinnlichkeit, die auch von diesem Stein ausging, war nicht vordergründig, sie war undefinierbar, sie richtete sich offenbar an niemanden, und die Spannkraft des Körpers schien sich mehr in seinem eigenen Wesen zu gefallen, als von einem komplementären Ich angezogen zu werden.

Laviolette umrundete den Sockel, er bewunderte den Schwung der Hüften, die Wölbung des Pos, den kleinen Krater des Nabels auf dem straffen Bauch und die Falte, die quer über der Schamgegend verlief. Er bewitterte diese unvollendete, versteinerte Frau, als verberge sie einen geheimen Mechanismus, den man nur auszulösen brauchte, damit sie sich öffnete und ihr Geheimnis preisgab. Bewusst legte er ihr die Hand auf die lasziven Rundungen und ließ sie lange dort verweilen, wo er die Grübchen spürte.

Mit dem Wasserglas in der Hand hatte Sidoine sich ihm genähert; er hielt den Atem an, während er ihn beobachtete.

«Holen Sie sich manchmal ein Modell?», fragte Laviolette.

«Manchmal.»

«Und haben Sie dafür eins gehabt?»

«Vermutlich schon.»

«Vermutlich oder Ja?»

«Ja... Aber es ist inzwischen verstorben.»

«Ich suche nicht nur nach den Lebenden.»

Plötzlich schien Laviolette das Interesse für das Thema zu verlieren. Er kehrte Sidoine den Rücken und schlenderte zwischen den Statuen umher. Er suchte unentwegt weiter in diesem riesigen Raum, den man mit roten Fliesen aus gebranntem Ton ausgelegt hatte, als habe man einen Ballsaal für versteinerte Gäste schaffen wollen. Tief im Innern war er davon überzeugt, dass unter diesen Deckenbalken ein Geheimnis ruhte, das es unbedingt ans Licht zu bringen galt, wollte man das Rätsel der Verbrechen lösen. Trotz seiner Bewunderung für den Pragmatismus des Richters und des Staatsanwalts, die ganz allmählich, Stück für Stück, ihre Akten füllten mit den minutiösen Zeitplänen der Verdächtigen, glaubte er nach wie vor, dass sich die Wahrheit nicht in einem fehlenden Alibi versteckte.

Sidoine, der noch immer sein Glas in der Hand hielt, folgte ihm, als wäre er an ihn gekettet.

«Natürlich schlagen Sie, wie alle Bildhauer, niemals ein Buch auf, nicht wahr?»

«Das ist ein Vorurteil!», grummelte Sidoine. «Kommen Sie mal...»

Er führte ihn zu dem rechten Winkel, den die Treppe bildete, wohinter sich das Erdgeschoss über die gesamte Länge des gegenüberliegenden Flügels fortsetzte. Vom Kamin her folgten ihnen die lauten Stimmen der Vertreter der Staatsanwaltschaft; soeben teilten ihnen die Männer des Erkennungsdienstes mit, dass sie ihre Untersuchungen abgeschlossen hatten.

«Schauen Sie!», sagte Sidoine.

Er hatte einen Lichtschalter betätigt, so dass man bis zu einer Höhe von drei Metern Regale erkennen konnte, die sich unter dem Gewicht unzähliger Bücher bogen.

«Sie sind sogar sortiert.»

Laviolette stellte in der Tat fest, dass die Bücher in alphabetischer Reihenfolge nach dem Namen der Autoren geordnet waren.

«Wertvolles und Schund!», seufzte Sidoine. «Ich habe immer sowohl Wertvolles als auch Schund gelesen. Aber Sie haben Recht. Ich fasse sie nicht mehr an. In fünfzig Lebensjahren habe ich schließlich daraus eine Auswahl von zwei Dutzend zusammengestellt. Die sind oben in meinem Zimmer... Und diese hier...»

Laviolette antwortete nicht. Interessiert musterte er die Regale, in denen die Bücher dicht an dicht standen; sie wirkten abgegriffen, waren aber offensichtlich seit Jahren nicht mehr angerührt worden. «Warum nicht hier anfangen?», dachte er. «Wonach ich suche, weiß ich nicht. Also ist es ohnehin egal!»

Er setzte die Brille auf und ging schnurstracks zu dem Autor, für den er sich interessierte. Er stand auf dem vierten Regalbrett, in Brusthöhe. Man musste wirklich genau wissen, wonach man suchte, um zu bemerken, dass die Bücher in diesem Fach etwas weniger gedrängt standen als in den anderen, dass es zwischen zwei Bänden eine Lücke von vielleicht einem Zentimeter gab.

Laviolette wandte sich Sidoine zu.

«Haben Sie in Ihrem Zimmer unter Ihrer Bettlektüre zufällig den *Traité du Narcisse?*», fragte er.

Sidoine wandte sich achselzuckend ab.

«Wie können Sie mir bloß so eine Frage stellen: Sie wissen

doch selbst, dass Männer in unserem Alter seit dreißig Jahren kein Buch von André Gide mehr aufgeschlagen haben. Das ist so, als würden Sie mich fragen, ob ich immer noch *Den großen Meaulnes* lese.»

«Folglich haben nicht Sie das Buch herausgenommen, wenn es nicht hier im Regal steht?»

«Wieso soll es nicht im Regal stehen? Ich besitze Gides Gesamtwerk in der Ausgabe von 1928.»

«Überzeugen Sie sich selbst.»

Sidoine ging einen Schritt auf das Bücherregal zu und trat fast im selben Moment wieder zurück.

«Stimmt!», stellte er fest. «Jemand hat es geklaut. Das ist ja seltsam!»

«Erkennen Sie es wieder?»

Er hielt ihm den *Narcisse* vor die Augen.

«Zum Teufel! Sie haben es eben herausgenommen!»

Laviolette schüttelte den Kopf. Er war drauf und dran, Sidoine zu verraten, wo er es gefunden hatte, besann sich dann aber eines Besseren. Er klemmte sich das Buch unter den Arm; dann zog er ein Notizbuch aus der Tasche, schlug eine leere Seite auf, hielt sie Sidoine hin und reichte ihm einen Stift.

«Wollen Sie ein Autogramm?», knurrte Hélios.

«Mitnichten! Ziehen Sie einfach vier Linien, so als wollten Sie eine Stelle in einem Buch unterstreichen…»

«Seltsam, Ihre Art zu ermitteln!», sagte Sidoine und musterte ihn misstrauisch.

«Ach!», seufzte Laviolette. «Das hat nur damit zu tun, dass die Mörder eine seltsame Art haben, ihre Verbrechen zu begehen.»

~ 10 ~

Am Ende eines etwa drei Kilometer langen, ungeteerten Weges, abgeschirmt hinter Steineichenwäldchen und kargen Geröllfeldern, wo sich gerade noch ein paar Trüffel verbergen, tauchte aus der letzten Baumgruppe, inmitten der weit und breit einzigen fruchtbaren Wiese, Chantesprit auf, wie eine sonderbare Überraschung.

Die Straße, die heranführte, bereitete auf eine solche Begegnung nicht vor. Sie schlängelte sich von einer Doline zur nächsten und war da und dort gesäumt von den Gerippen verfallener Bauernhöfe und von Weilern, die so menschenleer waren wie Friedhöfe, von morschen Obstbäumen und von struppigen, der Natur überlassenen Weinbergen. Überall hatte das Leben vor lauter Einsamkeit aufgegeben. Die Raben zogen halb verhungert ihre Kreise und stießen im Flug ihren gotterbärmlichen Schrei aus.

Den Feldweg musste man schon kennen, denn keinerlei Schild gab einen Hinweis. Die Werbung lief über Mundpropaganda, aber auch mittels jener Kärtchen, die sich in den Brieftaschen ansammeln und auf denen folgende drei knappe Zeilen zu lesen waren: «Chantesprit – Alle Annehmlichkeiten – Exquisite traditionelle Küche – Antikes Mobiliar – 16 Zimmer – Reservierung erwünscht.»

Dieses «Alle Annehmlichkeiten» war der einzige diskrete Hinweis auf ein ganzes Arrangement, das sich im Laufe weniger Jahre herausgebildet hatte, um einer neuartigen Nachfrage gerecht zu werden.

Aubert de Chantesprit hatte, nachdem ihn sein Hang zu

Glücksspielen praktisch ruiniert hatte, nach einer Möglichkeit gesucht, aus seinem Erbe Gewinn zu schlagen, ohne es zu verkaufen. Dabei hatte er unter anderem ausgiebig über die Langeweile und die Liebe nachgedacht. Der Mittellose hatte seine Melancholie unter den Schatten seiner freizügigen Vorfahren spazieren geführt und sich von ihnen allerlei eigenartige Vorschläge zuraunen lassen.

Nach den ersten tastenden Versuchen hatte Chantesprit seinen Weg gefunden. Man kam dorthin wie einst in die Closerie des Lilas in Paris: für eine von aller Tragik befreite Liebe. Man traf dort ausschließlich Paare mit gutem Geschmack und Liebe zur Natur, die alle Zwänge hinter sich gelassen hatten.

Chantesprit war eine Fabrik für Erinnerungen. Die Menschen, die seine guten Dienste in Anspruch nahmen, hatten nie Zeit gehabt, die Wahrheit über sich selbst in Erfahrung zu bringen. In ihren Familien konnten sie dies nicht tun, wenn sie nicht die beruhigende Gleichgültigkeit zerstören wollten, die ihnen sonst so viel bedeutete.

So sah man, wie zu später Stunde Liebespaare an kleinen runden Tischen saßen und vergaßen, dass es Zeit war, sich der Liebe hinzugeben. Paare, die sich endlos und mit in sich gekehrtem Lächeln über sich selbst unterhielten, die sich endlich schonungslos enthüllen konnten und die dabei ebenso viel Vergnügen empfanden wie bei den zärtlichsten Umarmungen.

Teils waren es herkömmliche, teils homophile Paare, Männer oder Frauen, denn was Chantesprit am meisten auszeichnete, war sein heiterer Eklektizismus.

Auch bei zwei Männern oder zwei Frauen war das Personal fähig zu unterscheiden, wem von beiden das Probieren des Weins zukam und wen von beiden man zuerst bedienen sollte.

Die Vorzugsstellung war ganz von selbst zustande gekommen. Chantesprit bot nichts als seine Schönheit, aber es lag eingebettet in jene eigenartige Natur, eine Mischung aus Blattwerk und unfruchtbarem Gestein, wo unter dem wechselnden Grün der Steineichen, die der Wind zerzauste, ständig ein großes Versteckspiel stattzufinden schien. Die umliegenden Hügel, auf denen die Pinien die letzten Reste echten Waldes verdrängten, boten als Lichtungen nichts als öde Geröllstreifen.

Das große Gebäude mit dem Frontgiebel und der schnörkellosen, zwei Stockwerke hohen Fassade hielt die Narben, die ihm von all seinen Dramen zurückgeblieben waren, in die Sonne. Die schwarzen Spuren auf den quadratischen Pfeilern waren Zeugnis eines früheren Brands. Alte, unschöne Verfärbungen unter einem zugemauerten Fenster erinnerten an eine erbarmungslose Cholera-Epidemie. Ein zugespachtelter langer Riss war die Hinterlassenschaft eines Blitzeinschlags, der das Gebäude gespaltet hatte. 1794 hatte man von hier die drei einzigen zur Guillotine Verurteilten im ganzen Département Basses-Alpes weggeführt. Die Atmosphäre des Hauses hatte sich davon nie mehr erholt. In manchen Nächten konnte man noch immer das Gelächter jener politisch unbedarften Lebemänner unter den Zedern schallen hören.

Selbst von dem herrschaftlichen Brunnenbecken, so prunkvoll es auch wirken mochte, erklang kein fröhliches Plätschern. An Stelle eines morschen gipsernen Waldgotts war da nur ein angeschlagener Rundziegel, aus dem sich das Wasser lautlos schäumend ergoss. Eine Trauerweide ließ ihre Wasserleichensträhnen auf die Oberfläche des Beckens herunterhängen.

Es fehlten nicht einmal die schützenden Bäume, die vor jedem einsamen Landhaus stehen: Niemand hat sie gepflanzt, und wenn das Leben der Bewohner erlischt, sterben sie auf unerklärliche Weise ab.

Nur oberflächliche Gemüter hielten Chantesprit, wenn sie es von weitem sahen, für einen heiteren Ort. Die Schwachen fanden keinen Gefallen an der vornehmen Strenge des Anwesens. Die Feinfühligen spürten, dass sich dahinter etwas verbarg, und ergriffen sofort die Flucht. Die begeisterungsfähigen Snobs waren zunächst fasziniert, aber schon bald starben sie vor Langeweile und kehrten missgelaunt in ihre geliebten Fünf-Sterne-Hotels zurück, und wenn jemand so unvorsichtig war, ihnen von Chantesprit vorzuschwärmen, warfen sie ihm grenzenlosen Snobismus vor. Es gab weder einen Pool noch einen

Tennisplatz, nicht einmal einen Fernseher. Im Telefonbuch war keine Nummer verzeichnet. Der einzige Apparat thronte auf dem Schreibtisch des Patrons.

Das «Alle Annehmlichkeiten» beschränkte sich auf die Möblierung der Zimmer. Kein Sessel war jünger als hundert Jahre. Die Zimmer waren resedagrün, amarantrot, safrangelb; in jedem standen Schränke mit strengen Türen und Sekretäre mit tintenfleckigen Schreibflächen, die nachts melodisch knarzten.

Das auf hundert Kilometer im Umkreis einzige Haus von dieser Klasse zog unter den Paaren, die sich gerade formierten, erneut zusammenfanden oder umgruppierten, genügend empfindsame – und betuchte – Seelen an, dass eine Zimmerreservierung einen Monat im Voraus getätigt werden musste. Selbst die gefürchteten Wochenenden, die Liebespaare für zwei Tage auseinander rissen, wirkten sich nicht auf die Belegung von Chantesprit aus. Seit zehn Jahren wies man dort jeden Tag Kunden ab.

«Na ja», sagte sich Laviolette mit seiner bestechenden Logik, «ein Liebesnest für bessere Leute.»

In seiner gewohnten Vorgehensweise hatte er das Schmuckstück zuerst einmal umrundet, als handele es sich um eine Zitadelle, die es einzunehmen galt. Ganz selbstverständlich beendete er seine Erkundung an der Nordseite, wo er den Hintereingang suchte.

Also betrat er Chantesprit durch die Wirtschaftsräume. Er hatte die Ecke ausfindig gemacht, wo sich fauliges Obst, stinkende Gemüsesteigen und leere Flaschen ansammelten, die Ecke, wo die Fliegen die überquellenden Mülleimer umsurrten. Ein solches Eingeständnis der Unzulänglichkeit findet sich immer, auch hinter der schönsten Fassade.

Er trat durch eine Schwingtür, die außen verdreckt, innen aber sauber war, und stand unvermittelt in einer musterhaften Küche mit Unmengen von verchromten Utensilien und blank geputztem Kupfergerät. Ganze Berge von Besteck wurden in den Spülbecken eingeweicht. Es war zwei Uhr mittags, die Stunde der Raubtierfütterung. Unflätige Ausdrücke wurden von einer Arbeitsfläche zur nächsten geschleudert, von der Kellnerin zum Küchenjungen, vom Tellerwäscher zur Küchenhilfe, die unablässig allen vor den Füßen herumlief, während sie den Boden mit einem geblümten Scheuerlappen wischte. Der Höllenlärm ließ jede Äußerung in einem unverständlichen Stimmengewirr untergehen. Überdies war die Luft durchtränkt von den Düften der vorzüglichsten Soßen.

Der Chefkoch war eine Frau. Sie stand auf säulenartigen, mit elastischen Binden umwickelten Beinen und band mit ihren Wurstfingern Speckstreifen um die Leichen von zarten Waldschnepfen.

Sie schwatzte, den Rücken zu Laviolette, mit dem Soßenchef, der in einer irrwitzigen Geschwindigkeit ein Dutzend Schüsselchen anrichtete. Die fleischigen Ellenbogen der Köchin bohrten sich in die mageren Rippen ihres Gehilfen. Ein anzügliches Lachen weitete ihre Münder. Doch plötzlich, als hätte sie etwas gekitzelt, drehten sie sich um und entdeckten den Eindringling.

Laviolette setzte sein harmlosestes Gesicht auf, aber der Köchin konnte man nichts vormachen, sie hatte in ihrem Leben schon eine Menge gesehen, bevor es sie hierher verschlagen hatte. Und wenn jemand einen Polizisten zehn Meilen gegen den Wind riechen konnte, dann war sie es. Sie war sich ganz sicher, ließ sich aber nichts anmerken, was ihr ermöglichte, den Störenfried schonungslos anzuschnauzen.

«He, Sie da! Was haben Sie hier zu suchen? Das ist privat!»

«Wo bitte geht es zum Speisesaal?», fragte Laviolette, als bäte er um ein Almosen.

«Nichts da! Sie müssen reservieren. Haben Sie das nicht gewusst?»

Dem Kommissar blieb nichts anderes übrig, als seinen Dienstausweis zu zeigen.

«Das habe ich mir schon gedacht!», kläffte sie, ohne den Tonfall zu ändern. «Der Patron ist da hinten im Büro!»

Sie sah ihn mit einer derartigen Feindseligkeit an, dass er sich vornahm, im Strafregister nachzuprüfen, ob die Polizei der armen Frau nicht ein Leid angetan hatte. Selbst als er ihr schon den Rücken gekehrt hatte, spürte er noch ihren Blick. Er atmete erst auf, als zwei Biegungen des Flurs zwischen ihnen lagen.

Der Durchgang führte ins Vestibül, wo sich auch in einer Ecke der Schreibtisch des Chefs mit dem Telefon befand und in das die große Treppe mündete. Die weitläufige Halle war mit hellen Fliesen ausgelegt. Von dort konnte man die schönen zweiflügeligen Türen sehen, die zu den Speisesälen führten.

Die Kellnerinnen eilten tellerbeladen in beiden Richtungen vorbei. Die Düfte stiegen Laviolette in die Nase, und langsam überkam ihn ein leises Bedauern.

Durch das Entree, dessen Flügel weit geöffnet waren, sah man den Hof mit dem gewölbten Pflaster und weiter hinten das Brunnenbecken und die Weide.

Der Patron saß am Schreibtisch, einen Stift in der Hand, und stellte eine Rechnung aus, auf die eine Kellnerin wartete. Trotz des Monokels, das seinem Blick eine gewisse Arroganz verlieh, war er kein Mann von Format. Man spürte, dass da eine kleine Seele in einem für sie zu stattlichen Äußeren wohnte.

«Monsieur de Chantesprit?», sprach Laviolette ihn an.

Der Patron fuhr auf. Eine Sekunde lang verlor er die vornehme Fasson und wirkte eher wie ein gehetzter Hase.

«Am liebsten würde er von hier wegrennen und sich draußen irgendwo verstecken», dachte Laviolette.

Selbst vom Hasardeur war nichts mehr zu sehen. Es blieben nur rosige Wangen in einem ansonsten fahlen Gesicht mit starren Zügen.

«Mist!», fluchte die Kellnerin innerlich, die auf ihre Rechnung wartete. «Am Ende vertut er sich noch zum dritten Mal innerhalb von acht Tagen.»

«Sie wünschen?», fragte Chantesprit.

«Keine Angst», sagte Laviolette, «ich bin nur ein Polizist.»

Er zeigte ihm seinen Ausweis.

«Wie kommen Sie darauf, dass ich Angst haben könnte?», protestierte Chantesprit und funkelte ihn durch das Monokel herausfordernd an.

«Sie haben also keine Angst! Sollten Sie aber!»

Chantesprit beugte sich über seine Rechnung und erwiderte: «Ich habe Ihren Gendarmen alles gesagt.»

«Ich bin nicht gekommen, um Ihnen Gendarmenfragen zu stellen.»

In diesem Moment tauchten in Laviolettes Gesichtsfeld zwei Personen auf. Sie drehten eine Pirouette und verschwanden genauso schnell wieder durch den Eingang, wie sie gekommen waren. Laviolette hatte keine Zeit, über den Grund für diese abrupte Kehrtwende nachzudenken.

«Ich sehe nicht recht, worauf ich Ihnen sonst noch eine Antwort geben könnte.»

Der Kommissar hatte ihn vergessen. Er betrachtete die Schreibtischlampe. Obwohl die Sonne schien, stand sie angeschaltet auf dem alten Möbel: In die ruhige Ecke, die im engen Durchgang zwischen Küche und Halle mit Blick auf die Seitenwand der großen Treppe gelegen war und in der sich der Patron eingerichtet hatte, fiel kaum Tageslicht.

Doch weder ihr Licht noch der Lampenschirm hatten Laviolettes Aufmerksamkeit erregt; es war der Fuß. Der Fuß war ein Hélios. Das Genie zeichnet sich dadurch aus, dass es keiner Signatur bedarf, um selbst vom unbedarften Neuling in Sachen Kunst erkannt zu werden.

Es war ein Hélios aus der roten Phase. Ein Torso, der an Knien und Hüfte abgeschnitten war, fein und zerbrechlich wie eine Tanagrafigur; er war von einer undefinierbaren Sinnlichkeit, die in sich selbst zu ruhen, sich in sich selbst zu spiegeln schien…

«Ich hab nicht mehr alle Tassen im Schrank», dachte Laviolette. «Das Ding sollte mich an eine Leiche in einem blutbefleckten Koffer erinnern, der alle Teile, die eine Identifikation ermöglichen, abgetrennt wurden, und stattdessen denke ich an die griechische Antike.»

Versonnen streichelte er die Statuette. Die Hélios'schen Formen besaßen eine derartige Suggestivkraft, dass man nicht anders konnte, als sie zu berühren.

Vorsichtig ergriff er den Lampenfuß auf der Schreibfläche, um die Vorderseite zu sich herzudrehen.

«Na so was!», knurrte er.

Die Kellnerin prustete.

«Was ist denn los?», fragte Chantesprit verwirrt. Er war noch immer mit seiner Rechnung beschäftigt.

Unangenehm überrascht, zog Laviolette seine Hand zurück. Der Körper, den er spontan gestreichelt hatte, war der eines Mannes. Dabei stellte die Skulptur, vor der er unlängst während der Ermittlungen auf Bel-Air eine ganze Weile stehen geblieben war, eindeutig den Torso einer Frau dar. Und dieser hier war, wenn nicht die Kopie, so zumindest die verkleinerte Version. Auf jeden Fall hatte derselbe Körper Modell gestanden…

«Ich weiß genau, was der Richter sagen würde», dachte Laviolette. «Ich bin vom Geheimnisvollen so besessen, dass ich überall Geheimnisse sehe. Höchstwahrscheinlich hat das alles nichts mit den Verbrechen zu tun… Und doch… Der *Narcisse*, den ich bei Dardoire gefunden habe, ist bei Hélios entwendet worden. Von wem? Als ich ihn danach gefragt habe, hat Hélios mit den Schultern gezuckt: Er bekomme so viel Besuch!»

Endlich nahm Chantesprit eine Bonbonniere aus Meißner Porzellan, die neben ihm stand, legte die Rechnung hinein, verschloss sie wieder und überreichte sie der Kellnerin, die sie mit großem Gehabe wegtrug.

«Sagen Sie mal», fragte Laviolette, «wie viel kostet so ein Hélios aus der roten Phase wie dieser hier?»

«Das weiß ich doch nicht…», sagte Chantesprit.

«Wie, Sie wissen es nicht? Es wird ja wohl kein Geschenk gewesen sein?»

«Doch. Wir sind Jugendfreunde. Und außerdem ist das eine gute Werbung für ihn…»

«Aha, weil selbst Hélios auf Werbung angewiesen ist?»

«Unsere Klientel besteht aus Leuten mit Geschmack.»

«Hat er viele verkauft?»

«Das weiß ich nicht. Ich habe Sidoine eine ganze Menge Leute geschickt.»

«Gut. Wenn Sie so oft bei Hélios sind, müssen Sie doch wissen, woran er gerade arbeitet. Dieser große Kubus… ich weiß nicht aus welchem Material… was soll das eigentlich werden?»

«Ach, wissen Sie! Mit Sidoine reden wir nie über Kunst… Das einzige Mal – vor mehr als zwanzig Jahren –, als wir es versucht haben, hat er sofort abgewinkt: ‹Bemüht euch nicht!›, hat er gesagt. ‹Ihr versteht nichts davon, und das soll auch ruhig so bleiben. Versucht nicht, originell zu sein…› Aber… Warum fragen Sie ihn eigentlich nicht selbst?»

«Das habe ich bisher nicht für nötig gehalten.»

«Aber jetzt schon?»

«Seit ich den Fuß Ihrer Lampe gesehen habe… Anscheinend ist Sidoine momentan von einem merkwürdigen Leitmotiv besessen… Eine, wie soll ich sagen, lüsterne… Besessenheit… Er scheint die Kontrolle über seine Vorstellungskraft zu verlieren… Und da Sie insgesamt nur noch zwei sind…»

«Wieso zwei?»

«Na, zwei Kameraden vom Bund des *Galet des Aures*. Und da andererseits dem Mörder noch zehn Kapseln mit Blausäure übrig bleiben… Falls Sie an Sidoine Zeichen, sagen wir, der Verwirrung bemerkt haben… vielleicht könnten wir das Morden beenden.»

«Sicher haben Sie ihm über mich ganz ähnliche Fragen gestellt?»

«Über Sie doch nicht. Sie sind ja kein Künstler. Sie würden nur aus praktischen, handfesten Gründen töten. Und momentan kann ich keine solchen erkennen. Ach! Wenn Sie ein enttäuschter Gastronom wären… Übrigens, haben Sie sich eigentlich einen oder mehrere Ehrenkiesel zuerkannt?»

«Nie im Leben! Das würde die Institution jeder Glaubwürdigkeit berauben. Jeder weiß doch, dass ich Mitglied der Jury bin. Außerdem ist es eines der Merkmale von Chantesprit, dass es weder ein Schild noch Sterne, noch einen Klub gibt. So etwas lehnen wir ab! Das ist eine Idee von –»

Plötzlich unterbrach er sich.

«Von wem?», fragte Laviolette.

«Och, von… von einem Chefkoch, der hier vor ein paar Jahren gearbeitet hat. Er behauptete, das würde nur die Snobs anziehen. Und jetzt brauchen wir so etwas nicht mehr.»

«Könnte es sein, dass Sie jemandem irgendwann Unrecht getan haben in Ihren Entscheidungen?»

«Richtig! Jemand bringt uns alle einen nach dem anderen um, weil wir seine Küche nicht mögen!»

«Sie wissen doch: Köche sind wie Schriftsteller. Es gibt keinen einzigen, der nicht steif und fest davon überzeugt wäre, dass seine Küche die beste der Welt ist…»

«Das ist die einzige Erklärung, die Ihnen einfällt?»

«Und Ihnen? Sie kannten die drei Opfer doch sehr gut. Sie waren Jugendfreunde. Aber Ihr Verhörprotokoll ist vollkommen nichts sagend.»

«Ich habe alles gesagt, was ich weiß. Ich kann schließlich nichts erfinden! Für die beiden ersten Verbrechen habe ich ein Alibi…»

«Ach ja, Ihre Alibis… Als der Mord an Dardoire verübt wurde, waren Sie in Pont-de-Vivaux und haben sich das erste Rennen angeschaut. Die Beamten in Marseille sind gerade damit beschäftigt, Ihr Foto zehntausend regelmäßigen Besuchern der Rennbahn zu zeigen, bis jetzt ohne das geringste Ergebnis! Und das bei einem Mann mit Monokel! So etwas dürfte doch heutzutage auffallen, finden Sie nicht?»

«Draußen trage ich es nicht. Ich bin nur auf einem Auge weitsichtig…»

«Gut. Nehmen wir das mal an. Reden wir über den Mord an Paterne Lafaurie. In dem Fall steht es schlimmer: Sie waren in Digne auf der Kundgebung der Schafzüchter, die gegen das englische Schaf demonstrierten. Da waren auch mindestens zweitausend Menschen! Was hatten Sie dort zu suchen? Sie! Ein Hotelier!» Chantesprit seufzte.

«Wenn Frankreich von englischen Schafen überschwemmt wird, verschwinden die französischen Züchter. Und die Schulter vom englischen Lamm ist keinen Pfifferling wert. Es ist gerade gut genug, um im Supermarkt oder in Kantinen angeboten zu werden. Aber meine Spezialität ist nun mal Lammschulter für zwei. Natürlich nicht als Rollbraten. Mit allen Knochen, man bricht sie vorher, bis auf das Schulterstück. Das nimmt man heraus. Das kann man nur mit dem hiesigen Lamm machen, mit anderen schmeckt es widerlich. Wenn das provenzalische Lamm verschwindet, kann ich meinen Laden dichtmachen! Aus diesem Grund war ich auf der Demonstration.»

«Gut!», sagte Laviolette versöhnlich. «Gut!»

Auch er hegte eine Schwäche für das provenzalische Lamm.

«Aber für den dritten Mord haben Sie kein Alibi!», fuhr er fort. «Unter dem Vorwand, Sie müssten mal austreten, hätten Sie durchaus die Kapseln in Maître Armoises Handschuhe stecken können.»

«Nein!», sagte Chantesprit heftig. «Wir durften uns nicht trennen!»

«Warum nicht?»

«Weil...», begann Chantesprit.

«Weil Sie Angst hatten, dass Sie sich gegenseitig vergiften würden?»

Für einen kurzen Moment blickte ihm Chantesprit in die Augen.

«Nein! Wir hatten beide Angst...»

«Vor wem? Vor Sidoine?»

Chantesprit zuckte mit den Schultern.

«Der müsste genauso Angst haben wie wir! Aber er ist ja ein Übermensch...»

Laviolette rief sich den seltsamen Vogel ins Gedächtnis. Mit seinen Holzschuhen hatte er fast wie eine abstrakte Figur ausgesehen.

«Und wovor hatten Sie Angst?»

«Das wissen wir ja gerade nicht! Wir haben unser Gewissen erforscht. Wir haben überlegt, wer Grund hätte, uns etwas Böses anzutun.»

«Möglicherweise hatten die zwei ersten Morde auch gar nichts mit den anderen drei Mitgliedern der Gilde zu tun. Es sei denn, Sie hatten gute Gründe, das Gegenteil zu glauben.»

«Zwei von fünf! Ich glaube, das genügt, finden Sie nicht?»

Seit einer Weile betastete Laviolette den *Traité du Narcisse* in seiner Tasche. Plötzlich holte er ihn hervor, wie ein Zauberer ein weißes Kaninchen aus seinem Hut zieht.

«Und das?», fragte er.

Chantesprit fuhr hoch.

«Wo haben Sie das her?», rief er.

«Aus einem x-beliebigen Buchladen! Es scheint einen erstaunlichen Eindruck auf Sie zu machen.»

«Nicht im Geringsten!» Chantesprit fasste sich und setzte sich wieder. «Es macht auf mich nicht den geringsten Eindruck...»

Aber er starrte das Buch, das ihm Laviolette unter die Nase hielt, voller Entsetzen an und kippte sogar mit seinem Stuhl gefährlich nach hinten, so als würde der bloße Anblick des Bändchens ihm das Gesicht versengen.

«Kommen Sie», versuchte Laviolette ihn zu überreden, «lassen Sie es raus! Sagen Sie mir in aller Freundschaft, an was Sie dieses Buch erinnert?»

«An gar nichts! Diese Art von Fragen können Sie sich sparen! Darauf gibt es keine Antwort.»

«Ach, das ist schade! Na ja, vielleicht wissen wir mehr, wenn der Mörder auch Sie noch umgebracht hat, Sie und Ihren Freund Sidoine... Wenn er danach weiter zuschlägt, haben wir es mit einem Verrückten zu tun. Und wenn das Morden aufhört, werden Sie bei viel Geduld und ein bisschen Glück eine posthume Rache erfahren. Am Ende behält doch immer das Recht die Oberhand... Aber wann wird das sein? Das ist eine andere Frage!»

«Jetzt werden Sie aber zynisch...»

«Nur so kann man mit einem Lügner umgehen! Ich kann Sie nicht foltern, also bin ich zynisch! Machen Sie sich ruhig weiter in die Hose, mein lieber Freund, wenn Sie Spaß daran haben! Sagen Sie Bescheid, wenn Sie genug haben! Aber...» Er reichte Chantesprit ein Notizbuch, das auf einer leeren Seite aufgeschlagen war, und einen schreibbereiten Stift. «... wären Sie derweil so freundlich, drei oder vier Zeilen zu Papier zu bringen?»

«Drei oder vier Zeilen? Schreiben?»

«Ziehen Sie einfache Linien, so als wollten Sie etwas unterstreichen.»

Chantesprit gehorchte widerwillig und warf Laviolette einen verstohlenen Blick zu.

«Was soll das alles?»

«Das weiß ich selber nicht!», antwortete Laviolette.

Er kehrte ihm den Rücken. Diesmal ging er durch den Haupteingang. Als er nach draußen trat, winkte ihm in einer Windböe die Trauerweide mit all ihrer offenen Haarpracht einen feierlichen Gruß zu, der ihm ironisch vorkam.

Chantesprit klammerte sich mit beiden Händen an seine Tischplatte und erhob sich dann in dem instinktiven Verlangen, dem Kommissar nachzulaufen. Er öffnete den Mund, um nach ihm zu rufen, zwang sich aber, es bleiben zu lassen. Die Worte würden ihm nicht über die Lippen kommen. Es war schon zu spät.

Er begnügte sich damit, vor der Tür auf das Brunnenbecken zu starren. Ein bedrohlicher Wolkenberg kündigte einen stürmischen Abend an, der Wasserspiegel wirkte glasig und trüb.

~ 11 ~

«Wieso gehen wir?», wehrte sich Léone.

«Ach!», stöhnte Chabrand. «Ich weiß auch nicht! Aber ich will ihm nun mal nicht meine Schwächen unter die Nase reiben.»

Er hatte sie am Handgelenk gepackt und zog sie im Laufschritt zum Auto. Erst als er am Steuer saß und den Motor gestartet hatte, atmete er wieder auf. Der plötzliche Anblick Laviolettes, genau im Augenblick, als er glaubte, durch die Pforte zum Paradies zu schreiten, hatte wie eine kalte Dusche auf ihn gewirkt.

Vergnügt waren sie angekommen; sie hielten Händchen und wollten gerade eintreten. Und plötzlich, als sie die Schwelle überschritten, fiel Chabrand die Gestalt mit der rundlichen Silhouette und dem festen Stand ins Auge: Laviolette war eingehüllt in seinen weiten Mantel, den Schal hatte er zweimal um den Hals gewickelt.

Dieser verdammte Kerl hatte sich seinen Zeitpunkt für die Vernehmung von Chantesprit genau richtig ausgesucht! Als wären die Antworten nicht schon längst aufgenommen und protokolliert, mit allen Vorbehalten und Zweideutigkeiten.

Chabrand hatte Léone gerade noch zurückreißen können. Laviolette war bereits im Begriff gewesen, sich in mechanischem Reflex den beiden Schatten zuzuwenden, die sich vor das Tageslicht schoben.

Léone protestierte.

«Und was ist mit der Freiheit? Hier, das wäre in Erinnerung geblieben! Woanders haben wir gar nichts!»

«Er hätte mich nicht in Ruhe gelassen!», knurrte Chabrand. «Der macht nie Feierabend! Wenn er uns erst einmal erwischt hätte, wären wir ihn bis heute Abend nicht losgeworden. Glaub mir, es war richtig abzuhauen, so haben wir unseren Abend gerettet.»

Er sah kurz zu ihr hinüber. Er hatte sie nicht überzeugt. Sie war abweisend, verschlossen, wortkarg; eine tiefe, trotzige Falte zerfurchte ihre sonnengebräunte Stirn unter dem langen weizenblonden Haar.

Auf Chantesprit waren die Wirtschaftsgebäude und die hallenden Scheunen, die niemand mehr benutzte, erhalten geblieben. Chabrand steuerte auf eines dieser Gebäude zu, durch dessen offene Tür der Wind pfiff.

Die Scheune roch nach altem Getreide. Durch das kaputte Dach sickerte spärliches Licht. Aufgeschichtete Strohballen, die mit der Zeit schwarz geworden waren, verrotteten langsam.

«Nein!», rief Léone.

Schon am Eingang sträubte sie sich, bremste wie ein störrischer Gaul, der ein Hindernis verweigert. Diese Strohballen riefen böse Erinnerungen in ihr wach. Chabrand musste allen sturen Eifer eines verliebten Mannes aufwenden, um sie dazu zu bewegen, mit ihm diesen Unterschlupf zu betreten. Auf der zu Staub zerfallenden Streuschicht breitete der Richter seinen alten Carrick aus glücklicheren Tagen aus.

Doch kaum knieten sie einander gegenüber und blickten sich zum ersten Mal tief in die Augen, da wurde ihr Glück auch schon durch ein gereiztes Stimmengebrumm gestört. Jemand stürmte in die Scheune.

Der Richter stand auf. Die Mauer aus Strohballen war von alten Geflügelnestern durchbrochen. Die Hühner, die dort früher ihre Eier legten, hatten Löcher in sie hineingebohrt, durch die sie ihre neugierigen Köpfe stecken konnten. Durch diese Scharten konnte man beobachten, ohne gesehen zu werden.

Die Toreinfahrt war wie ein Bilderrahmen um die Landschaft: ein Drittel Hochebene, zwei Drittel bedrohlicher, kupferfarbener Himmel. Die Wolken hatten sich zu einer Decke zusammengeballt, die sich nach Osten hin zog, wo bei Barrême schon ganz leiser Donner grollte. Der Wind wehte nur noch lautlos, wie gebändigt durch diese Bedrohung. Das grüne Meer der Steineichen schimmerte stumm, als hätten die Wolkenmassen seine Klage erstickt.

Vor diesem Hintergrund zeichneten sich die Umrisse zweier Gestalten ab, die gestikulierend auf das Halbdunkel zukamen. Der Richter erkannte sie sofort: Die eine war Chantesprit in seinem abgewetzten Anzug mit dem irreführenden Monokel, die andere war Hélios, dessen Kopf auf dem langen dürren Hals aus dem hohen Kragen seines Pullovers ragte wie der Kopf einer Schildkröte aus ihrem Panzer. Wie immer trug er Shorts und abgelaufene Holzschuhe.

In heller Aufregung traten sie in die weitläufige Scheune, mit wütenden Fußtritten wirbelten sie den Staub auf.

«Rückversicherung! Rückversicherung!», knurrte Sidoine. «Was hättest du denn davon? Die kannst du dir in die Haare schmieren.»

«Du weißt doch genau, dass wir sie schon damals hätten abschließen müssen», sagte Chantesprit. «Und jetzt sind wir nur noch zwei...»

«Und wenn du es nicht bist, bin ich es! Das hast du mir schon gesagt!» Mit einer verächtlichen Geste deutete Hélios auf seinen Kumpan. «Nein, schau sich den mal einer an! Dem geht der Arsch auf Grundeis! Der traut sich nicht auf drei Meter an mich heran, als würde ich ihn stechen! Denk doch mal nach, verdammt noch mal: Du weißt doch genau, dass ich es nicht sein kann!»

«Also bin ich es?»

«Nein! Und du weißt ganz genau, wer es ist! Und du weißt ganz genau, warum!» Er ließ sich auf einen Strohballen fallen und schlug sich auf die Schenkel. «Und ich komme gelaufen wie ein Trottel! Statt an meiner Gruppe herumzuwerkeln! Wenn ich gewusst hätte, dass Jugendfreunde so lästig sein können, hätte ich nie welche gehabt! Verdammt noch mal! Hättest du mich nicht einfach um Geld bitten können, anstatt mich zu beklauen?»

«Das einzige Mal, als ich dich darum gebeten habe, hast du gesagt: ‹Ich leihe dir, so viel du willst, aber du fasst keinen Wettschein mehr an!›»

«Ja und?»

«Und? Ich kann nicht!»

«Er kann nicht!», stöhnte Sidoine. «Er zieht es vor –»

«Du bist dafür verantwortlich! Wenn du mir das alles nicht erzählt hättest, wäre ich nie auf den Gedanken gekommen!»

Sidoine erhob sich, drehte seinem Freund den Rücken, ging im Kreis herum und ließ mit dem Fuß die Spreu fliegen.

«Jetzt ist Schluss!», brüllte er und fuchtelte mit den Händen herum. «Wenn man sich nicht einmal mehr besaufen kann, ohne dass alles in einer Katastrophe endet, lohnt es sich doch gar nicht mehr weiterzuleben.»

Der Richter Chabrand befand sich in einer entsetzlich heiklen Lage. Diese beiden Typen ließen gerade bedeutende Sachen vom Stapel, die die Ermittlung, mit der er betraut war, deutlich voranbringen würden. Schon seit einer Weile wäre er nur zu gerne zwischen sie gesprungen, um sie für den nächsten Tag in sein Büro vorzuladen.

Léone merkte wohl, dass ihr Liebhaber sie vergaß. Sie schmiegte sich an ihn, hauchte ihm heiße Küsschen aufs Ohr und gab sich alle Mühe, sein Interesse für die essentielle Beschäftigung, für die sie hergekommen waren, aufrechtzuerhalten.

«Spannend, hm, eine Szene wie in der klassischen Tragödie?», flüsterte sie ihm spöttisch zu.

Der Richter hielt sie mit dem Ellenbogen leicht auf Abstand, bemühte sich aber, nicht allzu unsanft zu sein.

«Was willst du eigentlich?», fuhr Chantesprit seufzend fort. «Ich brauchte Geld.»

«Ja, aber das Geld ist jetzt weg, und dein Leben hängt nur noch an einem seidenen Faden… Und meines dazu!» Niedergeschlagen setzte er sich wieder auf den Strohballen und fing an, an seinen Nägeln zu kauen.

«Da gibt es nur eine Lösung...», knurrte er. «In drei Tagen bin ich mit meiner Arbeit fertig, und dann gehe ich zur Polizei und lüfte denen haarklein das ganze Geheimnis.»

«Das wirst du doch nicht machen, Sidoine? Das wirst du doch nicht machen?»

«Und ob ich das machen werde!»

Entschlossen drehte er Chantesprit den Rücken und ging mit kleinen Schritten zum Ausgang. Noch immer mit dem Rücken zu ihm gewandt, blieb er stehen, um eine Zigarette aus der Tasche zu ziehen und sie anzustecken.

Diese Haltung machte auf seinen Freund großen Eindruck. Wenn Sidoine sich völlig arglos mit der größten Natürlichkeit abwandte, hieß das, dass er nicht glaubte, dass er, Aubert, eine Kapsel mit Blausäure bei sich trug... Also... Oder vielleicht hatte Sidoine keine Angst, weil er selbst der Mörder war... Oder vielleicht musste man doch die andere Möglichkeit in Betracht ziehen... Dann lautete die Frage aber: Weshalb die drei anderen?

Plötzlich ließ Sidoine seine Zigarette fallen, trat sie im Staub aus und drehte sich um.

«Aubert!», rief er.

«Was?», fragte Chantesprit.

«Nimm dich in Acht vor –»

Der Blitzschlag schnitt Hélios' Worte ab. Er erfüllte die gesamte Scheune mit blauem Licht. Er musste in einen Steinhaufen direkt daneben eingeschlagen haben. Die Scheune bebte und dröhnte, als wären die Mauern Paukenfelle.

Chabrand packte Léone heftig am Arm.

«Wovor?», flüsterte er. «Wovor soll er sich in Acht nehmen?»

«Was weiß ich?», zischte Léone. «Ich habe Angst!»

«Wovor?», rief Chantesprit nach dem Donnerschlag. «Wovor soll ich mich in Acht nehmen?»

Aber Sidoine rannte schon zum Auto und vollführte dabei ein paar fatalistische Gesten. Das Genie stand bei Gewitter Todesängste aus. Es wäre zu dumm gewesen, sich drei Tage vor der Vollendung des Lebenswerks vom Blitz erschlagen zu lassen...

Die Blitze waren noch gestaltlos, die einbrechende Dämmerung noch zu schwach, um ihre gezackten Lanzen zu hintermalen. Der Richter schwieg und fuhr sehr langsam.

«Ich habe Angst vor Gewittern!», jammerte Léone.

Doch Jean-Pierre Chabrand war vom Scheitel bis zur Sohle wieder Richter geworden. Während er den breiten Feldweg entlangfuhr, dachte er nach. Dieser seltsame Weg wies auf seinen drei Kilometern keinen einzigen geraden Abschnitt auf. Die ihn säumenden Buchsbäume begrenzten die Sicht auf fünfzehn Meter. Der Richter fuhr sehr vorsichtig, denn das Gewitter, das sich am Himmel breit machte, war kurz vor dem Ausbrechen, die Wolkendecke war nunmehr geschlossen, es herrschte vollkommene Windstille.

«Glaubst du mir nicht, wenn ich sage, dass ich Angst vor dem Gewitter habe?», fragte Léone.

«Doch», antwortete Chabrand. «Aber als Jurastudentin müsstest du doch wissen, was eine Rückversicherung ist.»

«Ach, Scheiße!», stöhnte Léone. «Wenn du mich verhören willst, schick mir doch eine Vorladung!»

Sie drückte sich auf der anderen Seite des Sitzes gegen die Scheibe und klammerte sich mit beiden Händen am Sicherheitsgurt fest.

Dann brach sie in schallendes Gelächter aus.

«Ach, das ist ja alles wahnsinnig lustig! Ich glaube, das ist das Komischste, was ich je erlebt habe. Ich stelle mir gerade vor, wie du versuchst, dem Staatsanwalt und dem Kommissar zu erklären, wo du warst, als du diese ganzen Dinge erfahren hast!»

«Das… werde ich auch tun», sagte er, «da kannst du dir sicher sein!»

Genau in diesem Augenblick hätte der Richter, trotz seiner Vorsicht, beinahe jemanden überfahren.

Es war ein Mopedfahrer, der sich als Marsmensch verkleidet hatte: ein blutroter Integralhelm mit sternförmigem goldenem Aufkleber, ein himmelblauer Anzug, Gummistiefel. Mitten auf der Fahrbahn kam er ihnen mit aufgeblendetem Scheinwerfer entgegen. Der Richter machte eine Vollbremsung. Abrupt kam das Auto zum Stehen. Léone musste sich mit beiden Händen gegen die Windschutzscheibe abstützen. Gewandt, als hätte er darin schon Routine, zog der Mopedfahrer seine Maschine seitlich hoch und wich der Motorhaube aus. Er verschwand im Halbdunkel, ohne lange darauf zu warten, dass man ihn zum Teufel schickte.

«So ein Arschloch!», schnaubte Léone, während sie sich wieder zurechtsetzte.

«Das war ein ganz junger Kerl…», sagte Chabrand.

«Woher willst du das wissen? Hast du etwas erkennen können?»

«Nein. Aber ein Alter wäre mir reingefahren.»

«Dich bringt wohl nichts aus der Ruhe?»

Ein Blitz zuckte über die Buchsbäume vor ihnen. Der Donner kam von weit her, aber sein Grollen schien minutenlang anzuhalten. Ein neuer Blitz zuckte in der Ferne auf. Drei Gewitter trafen aufeinander, wie es sich von Zeit zu Zeit im Dreieck zwischen Barrême, Saint-André und Castellane ereignet; und alle drei beeilten sich, die Durance zu überqueren, um ein sicheres Ziel zu treffen.

«Ich habe aber wirklich Angst vor dem Blitz», jammerte Léone. «Mein Großvater ist auf seiner Mähmaschine mitten auf freiem Feld erschlagen worden… Ich habe ihn gesehen! Er war ganz schwarz. Er hatte kein einziges Haar mehr! Sein Zahngold war geschmolzen und glänzte ihm aus dem Mund!»

«Lehn dich an mich», beruhigte sie Chabrand. «Wir sterben zusammen, wenn du willst!»

«Na ja», sagte Léone, «ich hab ja keine andere Wahl…»

Die kurz aufeinander folgenden Blitzschläge färbten die einsamen Steineichengruppen auf den Thymianfeldern weiß und golden. Bisweilen war der Abstand so kurz, dass die Schatten der Baumgruppen sich auf dem Boden abzeichneten, so als hätte sie eine flüchtige Sonne erwärmt.

Die Fenster von Chantesprit, deren Läden man in der Hast nicht mehr hatte schließen können, blinkten bei jedem Blitz.

Zuerst war es ein trockenes Gewitter. Am Himmel brodelte es in der dicken Wolkendecke, als wollten Blitz und Donner nach allen Seiten zugleich ausbrechen. Die Luft knisterte wie unter einer Hochspannungsleitung.

Nach außen hin hatte hier niemand Angst vor Gewittern. Dennoch war das feine Netz aus Straßen und Wegen, auf denen abends für gewöhnlich etliche eilige Autofahrer zu sehen waren, merkwürdig verlassen. In einem Umkreis von dreißig Kilometern hatte jeder nach einem flüchtigen Blick zum Himmel einen Vorwand dafür gefunden, sich vorerst nicht von der Stelle zu bewegen.

Um zehn Uhr trieben zwei zeitgleiche Blitze ihr Spiel mit der Versorgung des Stromnetzes. Ein wütendes Gespenst umfasste das Umspannwerk von Telle, seine Arme aus violettem Licht zuckten meterweit um das Bauwerk herum, dann erlosch es. Mit ihm erloschen die Lichter in dreißig Dörfern.

Im selben Moment, als hätte der Blitz gleichzeitig eine Wasserblase aufgerissen, prügelte der Regen buchstäblich auf das Land ein. Der Wolkenbruch dämpfte das eigentliche Gewitter. Der Donner klang dumpfer. Die Blitze wandelten sich zu gewaltigen Lichtexplosionen aus dem Nichts, die den Himmel bis zum Mourre de Chanier, bis zur Tête de l'Estrop erhellten.

Auf Chantesprit fiel wie überall der Strom auf einen Schlag aus. Doch so etwas kam hier derart oft vor, und man war so daran gewöhnt, sich selbst zu helfen, dass das Missgeschick auf der Stelle in ein Fest verwandelt wurde.

Auf den Konsolen standen unzählige vierarmige Kerzenleuchter, mit denen man nun unverzüglich jeden der kleinen Tische im Speisesaal bestückte.

Das kam gerade recht. Es war zehn Uhr abends, Dessert und Kaffee waren bereits serviert. Man sah, dass der letzte Champagner in den Gläsern warm geworden war und nicht mehr getrunken würde.

Die Frauen kicherten. Wenn man liebt und geliebt wird, braucht man keine Angst zu haben. Die Männer erklärten, ein Gewitter im Februar bringe Glück. Das ist so selten, ein Gewitter im Februar. Beinahe wie ein erster Preis beim Preisausschreiben! Nicht wahr, liebster Freund? Unsere Frauen und unsere Kinder sitzen wohl behütet in unseren mit Blitzableitern versehenen Häusern. – Übrigens habe ich um neun Uhr angerufen, alles in Ordnung… – Und wir, wir sind hier! Nun ja, der Himmel ist ein wenig bedrohlich heute Abend… Und wir sitzen mitten drin, es knallt uns ganz schön um die Ohren… Aber was soll's? Dann werden wir halt vom Blitz erschlagen! Und wenn schon! Ein schönes Ende! Und dazu noch auf Chantesprit!

«Und dazu noch auf Chantesprit!»

Die Paare aus den Speisesälen winkten einander anzüglich mit den Kerzenleuchtern zu und stiegen feierlich, mit ihren riesigen Schatten auf den Fersen, die zweimal gewundene Treppe hinauf. Stünden diese Kerzenleuchter, deren weiches Licht den Konturen schmeichelte, erst einmal auf dem Kaminsims, dann würde der Körper der Liebsten noch verführerischer erscheinen. Und so schallte die weitläufige Halle von den munteren Gute-Nacht-Wünschen, die manche langjährigen Gäste austauschten.

In der Küche seufzte die Köchin. Man musste alles liegen und stehen lassen. Der Soßenchef, der seinen Durst mit einem halben Dutzend Pastis gestillt hatte, hatte ohnehin schon vor einiger Zeit die Waffen gestreckt. Die Küchentrampel mussten ins Bett geschickt werden, was sie mit der scharfkantigen Zärtlichkeit erledigte, die ihr eigen war. Danach warf sie einen leidvollen Blick auf die letzten Stapel schmutziger Teller. Normalerweise strich sie um diese Zeit mit dem Zeigefinger nachdrücklich über die Arbeitsflächen; danach schnüffelte sie erwartungsvoll daran, in der Hoffnung, einen anständigen Rüffel austeilen zu können, falls sie zufällig noch irgendeinen Fettgeruch entdeckte.

Doch an diesem Abend… Im Kerzenschein kann man allerlei neckische Spielchen treiben, nicht aber den Abwasch besorgen. Vor allem wenn man mit jenen Maschinen aus blitzendem Chrom, so genannten Spül-Maschinen, ausgerüstet ist, die ohne Strom genauso dumm herumstehen wie armlose Tellerwäscher.

«Ach herrje! Welch ein Jammer!»

Zum ersten Mal an diesem Tag ließ sie sich auf den einzigen Stuhl der Küche fallen. Dann stand sie wieder auf und holte sich von ganz unten aus einem Schrank eine Zinkwanne, die sie zu zwei Dritteln mit Wasser füllte; sie streute etwas Mineralsalz aus einem Päckchen hinein, zog die Schuhe aus und wickelte langsam die elastischen Binden ab, die ihre Beine stützten.

«Ach, was für ein Jammer!»

Bei jedem Seufzer gab ihr der donnernde Himmel Recht. Sie war im Begriff, ganz entspannt die Füße in die Wanne zu stecken, als sie sich eines Besseren besann. Auf einem Serviertisch warteten gut zwei Dutzend Flaschen darauf, weggeräumt zu werden. Manchmal kam es vor, dass in einer von ihnen... Och, natürlich sehr selten nur! Denn bei dem Preis, den die Gäste dafür zahlten, und vor allem angesichts der Qualität leerten sie sie normalerweise bis auf den letzten Tropfen. Trotzdem... Manchmal...

Die Köchin hatte Glück. Unter den leeren Flaschen entdeckte sie einen Château-Canon, Jahrgang 1970, von dem kaum ein Drittel fehlte. In Windeseile spülte sie ein Kristallglas, trocknete es sorgfältig ab, beschnupperte es und schenkte sich schließlich den Wein ein, der wie flüssiges Metall ins Glas floss. Welch himmlischer Augenblick! Die Füße im Saltratbad, im Mund den Château-Canon, der, wenn man ihn in kleinen schlürfenden Schlucken genoss, die Geschmacksnerven reizte und lange nachhallte...

Sie blickte zur Decke.

«Die Schweine! Da oben wälzen sie sich in ihren Betten!»

Sie betrachtete ihre von Krampfadern überzogenen Beine, die sie niemandem mehr zeigen konnte.

«Ach! Was für ein Jammer!»

Der Himmel bebte unter den Schlägen des Gewitters. Bei jeder Entladung war es, als wollte ein unbekannter Atem die Flammen der Kerzen ausblasen.

Es war elf Uhr abends. Im Schein eines Armleuchters, der das zarte Rosa des Epheben unter der nun nutzlosen Lampe betonte, berechnete Aubert auf kleinen Zetteln, die auf der Zeitschrift *Paris-Turf* lagen, seine Wetten für den nächsten Tag. Gleich nach Öffnung des Wettbüros, wo er ein geheimes Konto unterhielt, würde er sie telefonisch durchgeben. Immer häufiger setzte er auf die Außenseiter, weil die Favoriten, auch wenn sie ständig gewannen, nie genug Geld einbrachten, um die riesigen Löcher in seinem Budget zu stopfen.

Im Übrigen konnte ihn an diesem Abend selbst das Fieber der Spielleidenschaft nicht ablenken. Die Wirklichkeit war unausweichlich, sie drängte sich auf. Man konnte sie nicht mehr ungeduldig wie eine lästige Fliege verscheuchen.

Durch die geschlossenen Flügel des Entrees starrte Aubert auf das regengepeitschte Wasserbecken, das im Licht der Blitze immer wieder aufleuchtete. Er kaute an seinem Bleistift. Seine Wetten waren aussichtslos. Es bereitete ihm überhaupt keinen Spaß.

«Wenn Hélios zum Kommissar geht, bin ich geliefert…»

Entsetzt stellte er fest, das er seinen Gedanken laut ausgesprochen hatte. Er hielt den Atem an. Der Blitz schlug irgendwo ein, wohl nicht weiter als einen Kilometer entfernt. Das Innere von Chantesprit aber bewahrte seine heitere Stille. Chantesprit schlief oder ergab sich der Sinnenfreude. Um den Hausherrn kümmerte sich jedenfalls niemand.

Aubert stand auf und sah sich misstrauisch um. Eilig ging er um seinen Sessel herum. Er zog einen Wandteppich beiseite und brachte ein Türchen zum Vorschein, hinter dem sich sein Tresor verbarg. Er drehte das Zahlenschloss und öffnete die Tür. Ein nervöser Blick über die Schulter beruhigte ihn. Er war unbeobachtet. Also entnahm er dem Tresor einen großen Bogen aus weißem Material, den er lange betrachtete, mit Bedauern, wie es schien. Er zögerte noch einen Augenblick. Doch schließlich hielt er das Dokument mit einer schroffen Bewegung in eine der Flammen des Armleuchters, um es auf dem hohlen Glasklotz verbrennen zu lassen, der ihm als Aschenbecher diente. Das war kein leichtes Unterfangen. Die Flamme verursachte eine chemische Reaktion; grüner Schleim bildete sich, der giftige Dämpfe verströmte, ehe dann plötzlich das Ganze auf einmal in Flammen aufging. Sorgfältig fegte Aubert die Asche mit einem Zigarettenstummel zusammen. Dann schloss er den Tresor und setzte sich wieder hin. Sein Blick blieb an dem rosa Epheben haften.

«Und was ist damit?», sagte er.

Er legte seine Hand auf den Lampenfuß und schob ihn ganz langsam von der Schreibtischplatte. Er wollte, dass sein Sturz mit einem Donnerschlag zusammenfiel. Er wartete den nächsten ab. Endlich stieß er den Jüngling hinab, doch die beiden Geräusche unterschieden sich deutlich: Das Donnern ertönte lang und rollend, der Aufprall des Lampenfußes auf den Fliesen war dumpf und kurz, und Aubert zuckte zusammen. Auch die Matrone in der Küche, die gerade ihre gespreizten Zehen begutachtete, zuckte zusammen.

Bei diesem Geräusch stieg ihr die Vergangenheit in den Kopf. Das war doch, nur lauter, das Geräusch eines menschlichen Körpers, der auf dem Boden aufschlägt. Die Köchin stieg hastig aus ihrer Wanne, schnappte sich im Vorübergehen einen Bratspieß und stürzte mit nackten Füßen in den Flur. Aubert sah sie plötzlich vor sich auftauchen, drohend und verstört zugleich.

«Es ist alles in Ordnung, Rose! Lassen Sie nur! Ich war etwas ungeschickt... Ich werde die Scherben schon einsammeln. Machen Sie sich keine Umstände!», rief er ihr zu.

«Jedenfalls haben Sie mir einen Mordsschreck eingejagt!»

«Entschuldigen Sie, liebe Rose! Es tut mir Leid! Eine so wertvolle Erinnerung...»

Rose zuckte ihre feisten Schultern.

«Sie können Ihre Schwuchtel ruhig wieder aufheben, die geht Ihnen nicht verloren! Schauen Sie nur: Noch nicht einmal die Glühbirne ist zerbrochen... So ein Schweinkram ist nicht kaputtzukriegen!»

Sie zog sich wieder in ihre Höhle zurück, wobei sie auf den Fliesen nasse Fußabdrücke hinterließ.

Aubert schaute unter den Schreibtisch. Sie hatte Recht. Zwar war der Sisallampenschirm eingedellt, aber die Glühbirne war nicht zersprungen, und der Jüngling ruhte ohne jeden Kratzer auf der Seite. Aubert hob ihn mit einiger Mühe auf, um ihn im Schatten seines Sessels an der Wand zu verstecken. Er würde ihn gleich mit auf sein Zimmer nehmen, und morgen würde er ihn verschwinden lassen.

Er wollte sich wieder seinen Wetten zuwenden, aber er war nur mit halbem Herzen dabei. In seinem Gedächtnis weckte der Geruch von Pferdemist über grünem Rasen nur noch eine blasse Erinnerung. Er hatte den sonderbaren Eindruck, er leide an Stromausfall, wie das Haus. Seine Energie entwich in Form eines greifbaren Fluidums, das vom Magnetfeld des dicht um die Mauern tobenden Gewitters angezogen wurde. Eine Art matte Bestürzung lähmte Aubert. Durch die Glasscheiben des Eingangs starrte er auf das vom Regen gepeitschte, von Blitzen rhythmisch erhellte Brunnenbecken. Morgen würde er die Lampe dort hineinwerfen… Aber wäre das alles ausreichend? Von nun an saß er in der Klemme, zwischen dem Mörder und der Polizei.

Plötzlich fuhr er auf. Sein Blick blieb nicht länger im Leeren hängen. Die Blitze knallten derart schnell, dass der Vorplatz des Gutshauses fast ununterbrochen erhellt war. Und in diesem pulsierenden Licht sah Aubert mit einiger Beunruhigung, wie sich eine Gestalt, die nicht zu erkennen war, auf das Haus zubewegte.

«Ein Mopedfahrer…», dachte Aubert.

Nun stand der Unbekannte vor der Glastür. Angestrengt spähte er hinein in die dunkle Halle, prallte mit dem Helm mehrfach an die Scheibe, wie eine hartnäckige, dicke Hummel. Er legte die Hand auf den Türknauf. Er drehte ihn. Er trat ein, und in diesem Augenblick donnerte es so gewaltig, als würde der Unbekannte gleichzeitig mit dem Getöse auch den Wassermassen die Tür öffnen.

Es handelte sich tatsächlich um einen Mopedfahrer.

Er trug einen wuchtigen roten Integralhelm, auf den ein

sternförmiges Abziehbild geklebt war. In seinem hellblauen Steppanorak sah er aus wie ein Astronaut. Wassertropfen perlten an ihm herab wie an einem Auto, das gerade aus der Waschanlage kommt.

Wegen der glitzernden Tropfen war sein Gesicht durch das Visier nicht zu erkennen. Stattdessen spiegelten sich auf der Plexiglasfläche lediglich der Leuchter auf Auberts Schreibtisch und die vier flackernden Kerzenflammen. Um die Taille trug er einen abgenutzten Ledergurt mit einer kleinen Tasche, auf der das Kürzel der Postgesellschaft eingebrannt war.

«Ein Telegramm!», dachte Aubert verblüfft.

Die Gestalt war stehen geblieben. Gegen den Türrahmen gelehnt, das eine Bein angewinkelt gegen die Wand gestemmt, kramte sie umständlich in ihrem Ledertäschchen. Die Hände steckten in großen blauen Handschuhen, die ebenfalls vor Nässe glänzten.

«Was haben Sie gesagt?», fragte Aubert, denn er meinte, unter dem Helm eine Stimme gehört zu haben.

«Telegrafische Postanweisung!», wiederholte die Stimme, die Chantesprit diesmal deutlich vernahm.

Eine telegrafische Postanweisung… Wie seltsam… Um elf Uhr abends… Wer sollte ihm schon eine telegrafische Postanweisung schicken? Ein Gast?

Die Gestalt kramte noch immer in ihrem Täschchen, bedächtig rückte sie vor; die Gummistiefel schlurften über den Boden. Sie sah Aubert nicht an. Langsam, als tastete sie sich vorwärts, kam sie im Halbdunkel näher, und mit ihr kam auch die Spiegelung der Kerzen auf dem glänzenden Helm näher. Hin und wieder, wenn ein Blitz aufzuckte, hob sich ihr Umriss gegen das Deckengewölbe der Halle ab. Schließlich blieb sie vor dem Schreibtisch stehen. Es war ihr gelungen, zwei Bündel Hundertfrancscheine aus ihrer Tasche zu zerren. Sie präsentierte sie großspurig und strich sie auf dem Schreibtisch glatt.

Die Macht des Geldes ist so groß, dass Auberts Vorsicht nur noch an einem Faden hing. Er starrte gebannt auf die Geldscheine. Zwei Riesen in der Tasche sind nicht zu verachten, ganz egal, woher sie kommen. Jemand, der zunächst einmal zwei Bündel Geldscheine auf den Tisch legt, kann keine bösen Absichten gegen einen hegen.

Trotzdem versuchte Aubert das Gesicht unter dem Helm zu erfassen, sah aber nach wie vor nur die flackernden Kegel der Kerzenflammen.

«Hier!», sagte der Telegrammbote.

Er wedelte mit dem ersten Bündel, machte die Scheine los und ließ sie ungeschickt durch die behandschuhten Finger gleiten, so dass sie ganz nass wurden.

«Dieser Trottel wird sie noch fallen lassen», dachte Aubert.

Unwillkürlich streckte er die offene Hand aus, um den Geldregen aufzufangen.

Blitzschnell wie eine zuschnappende Falle umklammerte der Unbekannte mit seinen Handschuhen Auberts geöffnete Hand.

«Sind sie verrückt? Was...?»

Doch der Bote hatte die Finger seiner Handschuhe um Auberts Hand verschränkt. Er hielt sie fest wie in einem Schraubstock. Er hielt sie fest, als hinge er über einem Abgrund und krallte sich krampfhaft an einen rettenden Ast. Im nächsten Augenblick hörte Aubert das Geräusch von zersplitterndem Glas. Er spürte den stechenden Schmerz von Glasnadeln, die ihm in die Haut drangen.

Auf dem breiten Plexiglasschirm, der die Gesichtszüge des Unbekannten verbarg, konnte Aubert die Spiegelung seines eigenen verzerrten Gesichts betrachten während der wenigen Sekunden, die es dauerte, bis er starb.

Dass im mitleidlosen Material, hinter dem sich der Mörder verbarg, die flackernden Kegel der Kerzen zuletzt auch seine Augen zum Glänzen brachten, konnte er schon nicht mehr sehen.

~ 12 ~

UM FÜNF UHR FRÜH bewegte sich die feierliche Prozession der Gerichtsautos den ockerfarbenen Weg entlang, den das Gewitter in einen Bach verwandelt hatte und der nach nassem Buchsbaum duftete. Mit dreißig Stundenkilometern fuhr sie in Richtung Chantesprit, wo die Gendarmen und der obligate Krankenwagen auf sie warteten.

Die Köchin hatte Alarm geschlagen. Nachdem in dieser Nacht das Fußbad seine Wirkung getan hatte, nachdem sie fünfzig Seiten der *Herberge von Peyrebelle* gelesen und den Château-Canon leer getrunken hatte, hatte sie sich um halb zwei dazu entschlossen, sich «einen Hauch Ruhe» zu gönnen, wie sie zu sagen pflegte.

Als sie an dem Schreibtisch vorbeiging, hatte sie unwillkürlich einen Blick auf die Höhle des Hausherrn geworfen. Die Kerzen waren auf zwei Zentimeter heruntergebrannt, aber ihr Schein reichte aus, dass sie Aubert in seinem Sessel erkannte. Seine Arme hingen auf beiden Seiten der Lehnen herab. Eine Leiche mit offenen Augen erkennt jeder auf den ersten Blick, eine Köchin ohnehin. Sie begriff auf der Stelle, dass er so tot war wie ein Kaninchen auf dem Hackbrett.

Wenn dieser Küchendragoner laute Töne anschlug, dann geschah dies aus Zorn, Ärger oder Verachtung, niemals aus Erschütterung oder Angst. Beherrscht griff sie zum Telefon und betrachtete dabei Auberts Gesicht. «Ich wusste wohl», dachte sie, «dass er nicht alt wird, er bestand nur noch aus einer Hülle. Innen war er hohl wie die Schlucht von Caladaïré... Aber das will ja nicht heißen, dass... Riechst du diesen Geruch nach

Bittermandeln? Hast du seine Hand gesehen? Wie kommt es, dass sie blutet? Erinnerst du dich, wie die drei andern gestorben sind? Hoffentlich funktioniert das Telefon...»

Es funktionierte. Gewitter, so häufig sie gegen Stromleitungen wüten, beeinträchtigen selten die Telefonleitungen.

Erst als sie die Stimme des Gendarmeriepostens hörte, brachte sie die große Nummer des Entsetzens, der Fassungslosigkeit und der Tränen. Denn mit der Polizei hatte sie so ihre Erfahrungen... Die erste Frage, die man ihr stellen würde, falls sie zu ruhig erschien, würde lauten: «Sagen Sie mal, Sie waren nicht besonders erschüttert, als Sie uns angerufen haben. Man könnte fast meinen, Sie wären darauf gefasst gewesen, Ihren Arbeitgeber ermordet aufzufinden?» Diese Art Fragen hatte schon viele ins Kittchen gebracht. Wartet nur, meine Täubchen, ihr kriegt eure Verzweiflung von mir, ganz nach Wunsch!

«Sie war schon in diesem Zustand, als wir kamen», sagten nun die Gendarmen und deuteten auf sie.

Sie hockte zusammengekauert auf der dritten Stufe der gediegenen Treppe, die sich auf halber Höhe zu einer doppelten Wendung aufteilte. Sie saß da, üppig blond und mit ungehörig angezogenen Knien. Man sah ihre gewaltigen Schenkel bis zur Unterhose. Auch wenn man dem Anblick ausweichen wollte, konnte man nicht umhin, immer wieder hinzuschauen; selbst Richter Chabrand konnte sich dem nicht entziehen, obwohl er zutiefst angewidert war. Noch immer hielt sie den Bratspieß umklammert, man kann ja nie wissen.

«Nun», sagte der joviale Staatsanwalt und stützte sich auf die Schultern des Richters und Laviolettes wie auf zwei Krücken, «finden Sie nicht, dass unsere Akte von Leiche zu Leiche substanzieller wird?»

«Wenn mein Rücktritt etwas...», setzte Laviolette an.

Er lauerte immer auf die erstbeste Gelegenheit, um seinen Rücktritt zu erklären. Aber es fehlte überall an Leuten, die in der Lage waren, alle Schlachten zu verlieren ohne mit der Wimper zu zucken. Auf einen Helfer, der kaum an die Gerechtigkeit glaubte und den Lauf der Zeit philosophisch hinnahm, konnte man nicht ohne weiteres verzichten.

Der Staatsanwalt schnitt ihm das Wort ab.

«Von wegen, mein lieber Laviolette! ‹Wir werden gemeinsam untergehen›, wie Ludwig XIV. zu Père La Chaise sagte.»

«Meiner Meinung nach», sagte die Köchin, «wollte mal wieder einer abhauen, ohne zu zahlen…»

«Warum mal wieder? Kommt das öfters vor?»

«Nie. Aber ich bin immer darauf gefasst, dass es vorkommt…»

Die Männer der Spurensicherung maßen alles aus und stöberten überall herum. Die Gendarmen hatten das Hotel abgesperrt. Der Nordausgang war ebenso wie der Haupteingang bewacht. Bis jetzt hatte noch keiner ein Lebenszeichen gegeben, weder das Personal noch die Gäste. Man konnte in aller Ruhe die Bestandsaufnahme machen. Und sogar die Verhöre würde man unbehindert, in aller Diskretion in den Zimmern durchführen können.

Die Mitarbeiter der Staatsanwaltschaft näherten sich dem Gerichtsarzt, der Aubert de Chantesprits Handgelenk hielt, als wolle er ihm aus den Handlinien lesen.

In Wirklichkeit extrahierte er mit einer Pinzette winzige Glassplitter aus der Hand der Leiche und legte sie in einer Schale auf dem Bürotisch ab.

«Diese Schweine haben ihre Tricks noch verfeinert!», grummelte er zwischen den Zähnen. «Diese Splitter, die sind wie die Stacheln des Feigenkaktus, jeder bringt seine kleine Giftdosis in die Haargefäße… Es müsste verboten sein, Tiere auf diese Weise umzubringen unter dem Vorwand, dass sie Räuber sind und somit schädlich für den größten Schädling unter ihnen…»

«Aber es handelt sich doch um einen Menschen…», warf der Richter ein.

«In diesem Fall ja…», seufzte der Gerichtsarzt. «Aber der Effekt ist derselbe. Der Mörder hat drei Giftkapseln in die Haut des Opfers gedrückt.»

«Aber wie?», fragte der Richter.

«Indem er ihm ganz einfach die Hand gab.»

«Dann wäre der Mörder doch auch umgekommen!»

«Es sei denn, seine Hand war geschützt.»

«Und Chantesprit hätte sich nicht gewehrt? Sie behaupten doch, es gebe keine Spur von Gewalt?»

«Nein, mein Lieber, überhaupt keine. Aber wie die Sache abgelaufen ist, das müssen Sie herausfinden.»

In dem Augenblick bemerkte Laviolette, dass die Lampe mit dem Epheben nicht mehr auf dem Tisch stand. Er entdeckte sie hinter der Leiche, wo sie an der Wand lehnte.

«Nach meiner ersten Schätzung», sagte der Gerichtsarzt, «ist der Tod zwischen zehn Uhr und Mitternacht eingetreten.»

«Nach elf Uhr», schniefte die Frau, die noch immer auf der Treppenstufe saß.

«Woher wissen Sie das?»

«Um zehn vor elf habe ich mein Fußbad genommen; da gab es einen Donnerschlag und zugleich ein höllisches Gepolter in der Eingangshalle. Ich bin aufgestanden und hierher gekommen... Das Pornoding, das als Lampe dient, lag auf dem Boden. Der Chef sagte mir, er hätte eine falsche Bewegung gemacht und dass er die Stücke aufheben würde; ich solle mich nicht aufregen, meinte er... Was die Stücke angeht, gibt es ja nach wie vor nur eins, hab ich ihm geantwortet. So eklige Dinger sind nicht kleinzukriegen, das weiss man ja! Dann ist er aufgestanden und hat das Ding hinter den Schreibtisch gestellt.»

«Warum hat er es nicht draufgestellt?», fragte Laviolette.

«Der Schirm hatte gelitten.»

«Und außer diesem Geräusch haben Sie nichts gehört?»

«Doch. Kurz nach elf habe ich gehört, dass die Eingangstür geöffnet wurde.»

«Von der Küche aus? Trotz Donner?»

«Ja. Wenn man sie öffnet, schabt sie über eine gewölbte Fliese. Wie der Schrei von einem kleinen Mädchen, das vergewaltigt wird. Es läuft mir jedes Mal kalt den Rücken runter.»

«Und Sie, Sie haben sich nicht vom Fleck gerührt?»

«Aber ich bitte Sie, ich bin die Köchin eines großen Hauses

und keine Pförtnerin! Und außerdem war ich mit meinem Fußbad beschäftigt!»

«Schade», sagte Laviolette. «Wenn Sie nämlich… diesen nächtlichen Besucher erkannt hätten, wäre Ihre Lage weniger prekär.»

«Was heißt weniger prekär? Was soll das bedeuten?»

Sie wand sich und fuhr dabei mit dem Hintern über die ganze Stufe, auf der sie saß. Laviolette hatte den Eindruck, dass sie mit dem Bratspieß in Position ging.

«Sie waren als Einzige noch wach, außer Ihrem Chef, und Sie sind diejenige, die ihm am nächsten stand, vergessen Sie das nicht.»

«Ich wusste es doch!», kläffte sie. «Wenn jemals ein Polizist dieses Haus hier betritt, dann muss er sich gleich wie ein Geier benehmen! Sehen Sie sich doch um! Da stehen mindestens sechs herum! Und sind zu nichts nütze!»

Mit der Spitze ihres Bratspießes wies sie auf die Gruppe der Gerichtsleute, die tiefernst miteinander diskutierten. Sie stieß noch viele andere unfreundliche Dinge hervor, doch nichts, was aufschlussreich gewesen wäre. Laviolette ging ziellos auf und ab und wartete, bis sie sich beruhigte.

«Madame», sagte er schließlich – dabei stützte er seinen Fuß auf die unterste Treppenstufe auf und begann, sich eine Zigarette zu drehen, «Madame, Sie sind die Zeugin Nummer eins. Ich verhehle es Ihnen nicht. Erleichtern Sie Ihr Gewissen! Wenn Sie etwas wissen, sagen Sie es dem guten alten Laviolette, er hat für alles Verständnis…»

«Ob alt oder jung, das ist mir scheißegal!», sagte sie widerspenstig.

Er setzte sich neben sie, in aller Einfachheit. Sie rückte von ihm ab, als sei er ansteckend.

«Kannten Sie Ihren Chef gut?»

«O ja, und ich mochte ihn sehr gern! Jeden Sonntag gab er mir Tipps: Dreimal habe ich mit seiner Hilfe beim *Tiercé* gewonnen, wenn auch nur kleine Summen, weil die Reihenfolge nicht stimmte.»

Sie schniefte noch ein wenig.

«Aber nicht doch!», sagte Laviolette.

Er legte seine Hand auf ihre Schulter.

«Sie sind doch eine kluge Frau...», fügte er hinzu. «Ich bin sicher, dass Sie etwas bemerkt haben. Sie haben sicher eine gute Beobachtungsgabe!»

«Das kann man wohl sagen! Beobachtungsgabe habe ich!»

«Dann versuchen Sie mal, Ihre Erinnerungen zusammenzutragen... Ihr Chef war seit einigen Tagen besorgt, er sah ziemlich gehetzt aus. Das wissen alle. Aber Sie haben doch in seiner Nähe gewohnt: Hat er denn nichts preisgegeben?»

«Nachdem Sie gestern Nachmittag weggegangen sind, ist sein Freund Hélios zu ihm gekommen... Ich bin zu ihm gegangen, um ihn darauf hinzuweisen, dass eine neue Gasflasche bestellt werden muss, aber ich hab gesehen, dass er mit dem Bildhauer hinausging; also bin ich in die Küche zurückgegangen, aber ich hab ein paar Worte aufgeschnappt. ‹Wenn ich es nicht bin, dann bist du es! Was willst du...!›, hat er zu ihm gesagt.»

«Ist das alles?»

«Ja. Die Tür quietscht, wie ich es Ihnen schon gesagt habe, und sie hatten sie gerade aufgemacht.»

«Und später? Gestern im Lauf des Abends, vor oder nach dem Sturz der Lampe, versuchen Sie sich zu erinnern... Ist da nichts vorgefallen?»

Laviolette, der neben ihr saß, tätschelte ihr vertraulich den feisten Arm. Die Widerspenstige war nun vollends gezähmt und strich sich mit dem Bratspieß über den Nasenflügel.

«Ich habe wohl etwas bemerkt», sagte sie, «aber das hat nichts damit zu tun...»

«Sagen Sie es trotzdem... Man kann nie wissen...»

«Ja doch, jetzt fällt es mir wieder ein... vielleicht eine halbe Stunde, bevor die Lampe runtergefallen ist, habe ich etwas anderes gehört... Zuerst habe ich geglaubt, dass jemand mit einer Motorsäge Holz sägt... Aber wer? Es gibt niemand in einem Umkreis von drei Kilometern. Und in einer solchen Nacht! Es hätte auch bei uns sein können, aber unser Gärtner legt sich um neun schlafen. Ich bringe ihm seine Suppe und seinen halben Liter Roten und dann nix wie Feierabend! Ja doch!... Jetzt fällt es mir wieder ein... dieses Geräusch... Das hat mich eine Viertelstunde lang beschäftigt. Es kam zwischen den Donnerschlägen durch. Es hat den Regen übertönt, es kam von sehr weit her, dann näherte es sich, entfernte sich wieder... ‹Wer ist der Schwachkopf, der bei so einem Wetter mit dem Moped unterwegs ist?›, hab ich mir gedacht.»

Seit einigen Minuten hatten der Staatsanwalt und der Richter sich dem in vertrautem Gespräch befindlichen Paar genähert. Sie hörten Laviolette und der Köchin zu. Bei den letzten Worten der Frau nahm der Richter mit einer brüsken Bewegung seine Brille ab. Überrascht betrachtete Laviolette dieses neue Gesicht. Seit sie sich kannten, war es das erste Mal, dass er ihn ohne Brille sah, und er begriff auch, warum Chabrand sie selten abnahm: Ohne Brille nahm man ihm den Vertreter der Obrigkeit nicht mehr ab, und er erschien liebenswürdig und viel zu jung für diesen Beruf.

«Mit einem Moped?», fragte er. «Sind Sie sicher?»

«Sicher, absolut sicher...», knurrte die Köchin. «Ich habe gesagt, ein Moped oder eine Motorsäge. Manchmal gibt es auch Holzdiebe, die in unseren Wäldern Bäume fällen, erinnere ich mich... Nicht nachts, das geb ich zu... Aber man weiß ja nie...»

Der Richter wandte ihr den Rücken zu und setzte etwas ungelenk seine Brille wieder auf. Er ging zu der verglasten Tür und starrte hinaus in die Morgendämmerung, die hinter dem Brunnen und der Weide heraufzog.

«Ein Moped!», sagte er leise.

Laviolette, der ihm gefolgt war, betrachtete ihn neugierig.

«Nun?», fragte er. «Was fällt Ihnen dazu ein?»

Der Richter war versucht, sich ihm zuzuwenden, um ihm alles anzuvertrauen. Das würde er tun, hatte er Léone angekündigt, die ihn ausgelacht hatte. Da war er noch sicher gewesen, dass er bei der ersten Gelegenheit nicht zögern würde. Nun war sie da, die erste Gelegenheit, und er traute sich nicht, es ging nicht. Die Worte kamen nicht über seine Lippen.

Diese Furcht, sich lächerlich zu machen, belastete den Ausgang der Geschichte sehr. Sie zwang den Richter, zwei Tage lang mit seinem Gewissen zu ringen. Mal hatte er das Geständnis auf der Zunge, mal schluckte er es wütend herunter.

Zwei Tage... Das war zu lange. Das war viel zu lange.

Laviolette kam in Bel-Air an mit der kleinen Statue unterm Arm, die er in Zeitungspapier gewickelt hatte, als wäre es ein Gastgeschenk.

Bel-Air strahlte noch immer seine heitere Stimmung aus. Hinter dem eleganten Winkelbau aus hellem Stein zeigte das Plateau von Revest-Saint-Martin seine Lavendelfelder vor, seine Eichenhaine mit den zähen Blättern, die der Winterwind vergeblich schüttelte, und seine dünn gesäten Weiler mit ihren Lauze-Dächern, die hie und da schmale Taubenschläge aufwiesen.

Wie konnte dieses arme, aber lichtüberflutete Land, das so schön war wie ein strahlender Sonntagmorgen, das Verbrechen in sich tragen, wie man ein Kind austrägt?

Und dennoch... Laviolette war sich sicher: Der Kern des Geheimnisses lag hier verborgen, in irgendeiner Ecke dieses riesigen Gebäudes, das allen offen stand und dessen Charakter umso trügerischer war, als es wie eine freundliche Bleibe aussah.

«Hélios!», rief Laviolette.

Die tiefen Echos in der Spinnereihalle trugen den Namen von kopflosen Torsi zu armlosen Standbildern, als ob die seltsamen Geschöpfe sich gegenseitig fragten, wer denn dieser Hélios wohl war.

Laviolette ging durch die weit geöffnete Tür auf die qualmende Feuerstelle zu. Ihm kam es vor, als nagte irgendwo eine Maus an Nüssen. Er folgte diesem Nagen, um das Geräusch zu orten. Dann blieb er vor dem großen hellen Würfel stehen, der in der Nähe der Tür einen großen leeren Raum ausfüllte, weit entfernt von jedem andern Werk. Von dort kam, diskret und beharrlich, das Mäusegeräusch.

«Hélios!», rief Laviolette. «Kommen Sie da heraus, ich muss mit Ihnen reden.»

Das Nagen veränderte sich nicht sofort, dann, nach etwa einer Minute, hörte es plötzlich ganz auf. An der Oberseite des Würfels wurde eine Sperrholzplatte heftig beiseite gestoßen. Mager und leichenblass kam Hélios aus seiner Gussform hervor wie Lazarus aus seinem Grab.

«Was haben Sie sich denn schon wieder einfallen lassen, um mir auf die Nerven zu gehen?», rief Sidoine, der noch bis zur Hüfte in der Form steckte.

Er konnte sich nicht entschließen, ganz herauszukommen.

«Kommen Sie!», sagte Laviolette. «Es ist etwas Ernstes!»

Widerwillig stieg Sidoine vom Würfel herab. Seine Augenbrauen waren weiß von der abgeschabten Kreide. Man hätte meinen können, er wäre in Mehl gewälzt worden. Er schüttelte sich wie ein Hund und sah Laviolette fragend an.

«Hélios», sagte der Kommissar, «ich weiß, dass Sie keine Zeitungen lesen. Deshalb bin ich hergekommen, um Sie mit aller gebotenen Rücksicht zu benachrichtigen, dass Aubert de Chantesprit letzte Nacht ermordet worden ist.»

Hélios wandte Laviolette den Rücken zu und schritt, heftig gestikulierend, mit großen Schritten auf den Tisch vor der Feuerstelle zu.

«Ich hab es satt!», schrie er. «Ich hab es satt! Wie soll ich unter diesen Umständen arbeiten? Ruhe, Konzentration! Am Arsch, ja! Werden die denn alle bezahlt, um mich fertig zu machen?»

Laviolette hatte sich gesetzt. Er hatte sein eingewickeltes Geschenk auf den Tisch gestellt und kramte seine Utensilien zum Zigarettendrehen heraus.

«Wissen Sie», sagte er ruhig, «der arme Chantesprit hätte es sicher vorgezogen, Ihnen diese Unannehmlichkeit zu ersparen...»

«Ja, natürlich! Ich bin der Egoist! Der schlechte Kamerad! Der schlechte Bürger! Einverstanden! Ich bin all das! Aber!» Er wies auf die Form. «Ich stecke voll drin! Voll drin! Können Sie das verstehen, hm? Wenn ich auf dem Seil balancieren würde! Wenn ich damit beschäftigt wäre, Nitroglyzerin umzufüllen! Dann würde man mich in Ruhe lassen! Aber so, nein! Das, was ich mache, hat keinerlei Bedeutung! Es dient zu nichts! Sie sprechen vom Leben eines Mannes! Wo doch mein eigenes Leben für mich keinerlei Bedeutung hat!»

«Sie mochten Chantesprit nicht?»

«Ob ich ihn mochte! Ob ich ihn mochte! In drei Tagen werde ich ihn beweinen! In drei Tagen werde ich untröstlich sein über alles, was ich Ihnen jetzt sage! Aber verdammte Scheiße, nicht heute! Nicht heute!»

Ganz plötzlich beruhigte er sich. Er packte die Korbflasche mit Villeneuve und füllte zwei Gläser. Er durchsuchte seine Taschen. Alle Zigaretten waren in der Form geblieben.

Laviolette drehte ihm eine und hielt sie ihm zum Lecken hin.

«Nein», sagte Sidoine, «mach du das. Ich hab keine Spucke mehr. Ich bin trocken wie ein nagelneues Löschblatt.»

Laviolette erfüllte ihm diesen Wunsch.

«Verstehst du», sagte Sidoine, «das wird vielleicht das einzig Gute sein, was ich je geschaffen habe. Ich bin voll drin, wie in einem Ei. Das Essen schmeckt mir nicht mehr. Ich bin wie eine Gebärmutter. Und manchmal… Manchmal bin ich wie eine schwangere Frau, die sicher ist, dass sie ein mongoloides Kind zur Welt bringen wird. Und ein andermal… glaube ich, es wird frisch und neu sein… Ich esse nur einmal am Tag, abends… Letzte Woche bin ich darüber eingeschlafen.»

«Aus welchem Material ist diese Form?»

«Aus einem speziellen Gemisch. Sie kann hohen Schmelztemperaturen standhalten. Ich habe das selbst zusammengemischt… ja, du verstehst schon. Zuerst habe ich den Entwurf gemacht, dann habe ich die Form gebaut, und dann habe ich sie ausgehöhlt, wie eine Nussschale, und seitdem mache ich die Feinarbeit… Ich will keine Nahtstelle. Ich will das Objekt danach nicht mehr bearbeiten. Sauber und rein…»

Er legte seine staubbedeckte weiße Hand auf Laviolettes Knie.

«Schau», sagte er. «Ich habe mich nicht vom Fleck gerührt. Ich habe kein Alibi. Willst du mich verhaften? Dann tu es. Tu mir nur einen Gefallen: Setz so viele Polizisten auf mich an, wie du willst, damit ich nicht abhaue... Aber lass mir zwei Tage Zeit! Damit ich das zu Ende bringe!» Sein magerer Arm deutete mit tragischer Geste auf den großen Würfel, von dem er herabgestiegen war. «Danach... alles, was du willst! Aber zwei Tage! Verstehst du? Zwei Tage!»

Er hob zwei Finger vor die Nase des Kommissars, um anschaulich zu machen, worum er bettelte.

«Das ist nicht so einfach», seufzte Laviolette. «Denn entweder bist du der Täter, oder du bist das nächste Opfer. Das eine ist nicht erfreulicher als das andere...»

«Zwei Tage!», beharrte Sidoine.

«Einverstanden!», räumte Laviolette ein. «Zwei Tage... Aber ich werde es zutiefst bereuen, wenn...»

Er wickelte den Epheben aus rosa Marmor aus dem Zeitungspapier. Sidoine betrachtete sein Werk mit kritischem Auge.

«Wenn alles vorbei ist», knurrte der Bildhauer, «kehre ich zur informellen Kunst zurück...»

Laviolette stand auf und kehrte Sidoine den Rücken; er nahm den rosa Epheben auf den Arm und ging in der weitläufigen Rumpelkammer umher. Er suchte den graziösen Rumpf mit den Grübchen auf dem Po, der ihm am Morgen, nachdem der Notar gestorben war, so viel zu denken gegeben hatte. Sidoine war ebenfalls aufgestanden und folgte ihm auf Schritt und Tritt.

Laviolette kam es vor, als würde er Ostereier suchen und der Spielkamerad, der einen leitet, falsche Anweisungen geben, um die Sache spannender zu machen. Aber Sidoine mogelte nicht. Er folgte ihm, ohne ein Wort zu sagen.

Laviolette blieb vor der Statue stehen, die seine Neugier erweckt hatte. Er ging einmal um sie herum. Sie war elfenbeinfarben, aus einem unbestimmbaren Stein. Die Kunstfertigkeit des Bildhauers hatte ihr jene sonderbare, perverse Geschmeidigkeit zu verleihen gewusst, die eine undefinierbare, verhalten erotische Bewegung andeutete. Der Kommissar hielt den Marmorepheben auf Augenhöhe, um die beiden Wölbungen des Rückens besser vergleichen zu können. Dann stellte er den Lampenfuß auf den Boden und trat einen Schritt zurück.

«Ohne jeden Zweifel», sagte er, «hat ein und dieselbe Person für beide Modell gestanden. Warum ist einmal ein Ephebe und einmal eine Frau daraus geworden?»

«Wenn du mir zwei Tage Zeit lässt», hauchte Sidoine, «dann sage ich es dir…»

«Und du sagst mir dann auch, warum man dir den *Traité du Narcisse* geklaut hat?»

Sidoine schwieg einen Moment, ehe er antwortete.

«Ja», sagte er schließlich. «Was soll's… Ich werde es dir sagen!»

«Abgemacht…», wiederholte Laviolette. «Zwei Tage. Außer, es stellt sich in der Zwischenzeit heraus…»

«Dass ich der Täter bin?»

Laviolette stimmte ihm mit einem Kopfnicken zu. Ihm war bewusst, dass er einen großen Fehler beging, aber er übernahm alle Verantwortung dafür. Sidoine hatte ihn überzeugt, dass es unendlich viel wichtiger war, ihn sein Werk beenden zu lassen, als ihm das Leben zu retten, falls er das nächste Opfer war, oder, falls er der Mörder war, einem anderen das Leben zu retten, indem man Sidoine außer Gefecht setzte.

«Wenn das der Richter wüsste…», dachte Laviolette.

Sidoine sah ihm nach, als er das Haus verließ, wie er beim Gehen die Blätter vor sich herschob; er beobachtete, wie er sich widerwillig entfernte und sich mehrmals umdrehte, um das Gebäude mit den Augen zu messen, als erwarte er davon irgendeine Erleuchtung. Es stimmte, dass Bel-Air in seinem Lichterglanz noch immer die festliche Stimmung bewahrte.

«Zwei Tage», sagte sich Sidoine. «Die hat mir die Polizei gewährt. Aber der Mörder? Wie soll ich es anstellen, ihn ebenfalls darum zu bitten?»

Sobald er sich allein glaubte, ging er zum Telefon, nahm den Hörer ab und wählte eine Nummer. Eine unpersönliche

Stimme am anderen Ende der Leitung nannte einen Firmennamen.

«Apparat 24 53 bitte», sagte Sidoine, «oder 54...»

Laviolette, der zurückgekommen war und an der Mauer neben der Eingangstür lehnte, hörte selbstverständlich nur die Stimme Sidoines und nicht die seines Gesprächspartners.

«Bist du's, Werner?», fragte Sidoine. «Hör mal, ein unvorhergesehenes Ereignis zwingt mich, die Aktion vorzuziehen. Du musst schon übermorgen hier sein. Was, das ist nicht möglich? Ich habe keine Zeit, bis nächste Woche zu warten! Nein! Nein! Ich muss keineswegs ‹wohl oder übel› warten! Ich werde von einem Mörder bedroht! Ja! Du hast richtig gehört... von einem Mörder! Da musst du schon verstehen, dass deine dringenden Fälle... Ich bezahle! Ich bezahle die Konventionalstrafe! Ich bezahle die Überstunden; ich stecke jedem deiner Männer einen Hunderter Trinkgeld zu! Ich bezahle alles, hörst du? Die Erlaubnis der Präfektur? Die krieg ich auch. Ich rufe an. Verstehst du, Werner? Ich will es sehen, bevor ich sterbe... Und vielleicht sind zwei Tage noch zu lang... Werner, ich weiß ganz genau, was ich sage: Wir arbeiten seit dreißig Jahren zusammen. Wenn du nicht übermorgen kommst, hast du meinen Tod auf dem Gewissen, hörst du? Meinen Tod auf dem Gewissen!»

Laviolette schlich auf Zehenspitzen davon. «Von einem Mörder bedroht...» Fühlte er sich beobachtet und sagte er das, um ihn in die Irre zu führen? Oder aber... «Apparat 24 53, Werner», notierte Laviolette.

~ 13 ~

«DER MÖRDER geht mit rasender Geschwindigkeit vor», stellte der Staatsanwalt fest. «In weniger als vierzehn Tagen hat er vier Verbrechen begangen. Man könnte meinen, er hat Angst, dass sich sein Gift verflüchtigt.»

Im Büro des Staatsanwalts wurde ein Kriegsrat abgehalten, der mit großem Trara angekündigt worden war. Unter dem Druck der öffentlichen Meinung – die Presse schürte Angst und Empörung nach Kräften –, hatte man wohl oder übel so tun müssen, als ob man die Situation unter Kontrolle hätte. Der Sous-Préfet in Uniform war ostentativ über die Schwelle des Gerichtsgebäudes getreten, ebenso der Hauptmann der Gendarmerie. Keiner von beiden hielt sich länger auf. Sie hatten Wichtigeres zu tun. Als sie wieder herauskamen, erklärten sie den Vertretern der Presse, die Verhaftung des Mörders sei nur noch eine Frage von Tagen. Am Ende waren drei Mann im Büro zurückgeblieben, die sich ratlos anblickten: der Staatsanwalt, der Richter und Laviolette.

Vor ihnen, auf dem Pseudo-Empire-Schreibtisch, prangten die Tatwaffe und das Beweisstück Nummer eins. Es handelte sich um einen blauen gefütterten Handschuh und einen Ledergürtel der Post, an dem die kleine Tasche mit dem Brandstempel P.T.T. hing. Die drei Männer ließen diese beiden Gegenstände reihum gehen. Der Handschuh war im Brunnenbecken schwimmend gefunden worden und das Koppel in einem Dickicht zweihundert Meter vom Tatort entfernt.

«Wer würde sich schon vor einem Telegrammboten in Acht nehmen?», sagte Laviolette.

«Natürlich niemand. Aber ein Telegrammbote, der Ihnen die Hand gibt, das ist doch ziemlich merkwürdig, finden Sie nicht?»

«Er muss es überraschend gemacht haben. Unter einem Vorwand oder mit einem Trick.»

«Jedenfalls war es ein teuflischer Trick», sagte der Richter, der die Innenseite des Handschuhs begutachtete, «die drei Kapseln mit Klebeband am Nylon zu befestigen. Als der Mörder, wie auch immer, die Hand des Opfers zu fassen gekriegt hat, musste er nur noch so fest zudrücken, dass die Ampullen auf der Haut zerbrachen und diese winzig kleinen tödlichen Schrammen herbeiführten. Ihm selbst reichte der gefütterte Handschuh als Schutz.»

Laviolette hörte nicht zu. Beim Untersuchen des Gürtels hatte er soeben eine höchst wichtige Entdeckung gemacht, hatte jedoch, seiner schlechten Angewohnheit entsprechend, den Ausruf unterdrückt und die Sache lieber für sich behalten.

«Dieser Gürtel ist den Leuten von der Post vorgelegt worden», sagte er hastig, um kein verdächtiges Schweigen aufkommen zu lassen. «Sie behaupten, dass dieses Modell bereits vor dreißig Jahren ausrangiert wurde…»

«Auf jeden Fall», stellte der Staatsanwalt fest, «führen diese beiden Entdeckungen praktisch zur Entlastung der Bewohner von Chantesprit, die in dieser Nacht dort schliefen.»

«Leider auch der Köchin mit ihrem Spieß», seufzte Laviolette.

«Aber die Gendarmen haben natürlich trotzdem die üblichen Vernehmungen durchgeführt…» Er seufzte und blätterte im Aktenordner, der dick wie das Evangeliar in einer Kathedrale auf seinem Schreibtisch thronte. «Wer sich nicht zu beschränken weiß, wird auch nie richtig schreiben können», zitierte er knurrend.

Er setzte seine Brille auf.

«Natürlich werden wir uns um die unglaubliche Entdeckung, die der Gendarm Percheron im amarantroten Zimmer gemacht hat, nicht kümmern – weil sie für uns völlig irrelevant ist: der Prokurist der Banque du Sud, Vater von drei Kindern, zusammen mit dem Ingenieur des Atomkraftwerks, seinerseits Vater von zwei entzückenden kleinen Mädchen...» Er blätterte in der Masse der Vernehmungsprotokolle. «Ach! Und das Stelldichein dieses Mannes in den Vierzigern mit einer Minderjährigen müssen wir auch vergessen. Ja... Es sind noch keine zwei Stunden her, dass ihr Vater mich regelrecht bekniet hat! Um Gerechtigkeit zu fordern, glauben Sie? Mitnichten! Angeblich liebt sie ihn. Der Vater wollte zuerst dem Verführer die Fresse polieren, aber man musste die Kleine davon abhalten, im dritten Stock aus dem Fenster zu springen. ‹Und außerdem›, hat mir ihr Vater gestanden, ‹setzt sie mir noch ihre ganze Ausbildung in den Sand, wenn man ihr den Onkel wegnimmt!› Also? Was soll man da machen? Eine Abiturientin weniger auf Erden? Können wir eine solche Verantwortung auf uns nehmen?»

Der Richter lachte gequält, aber nicht ganz so hämisch wie sonst, angesichts dieser mit gleichgültiger Stimme angekündigten Rechtsverweigerungen. Er hatte eine unruhige Nacht damit verbracht, sich seine Unterlassungssünde vorzuwerfen. Mehrmals hatte er den nackten Fuß auf den kalten Fliesenboden seines Zimmers gesetzt. Mehrmals hatte er schon den Hörer in der Hand gehabt. Doch mehr noch die Angst, sich der Lächerlichkeit preiszugeben, als die Angst vor dem Skandal hatte ihn jedes Mal zurückgehalten.

Dabei konnte das nicht so weitergehen. Der Tod ging um in Manosque. Dem Mörder blieben noch sieben Kapseln. Jetzt galt es, seinen Stolz zu überwinden und sich tapfer dem öffentlichen Spott auszusetzen. Er machte den Mund auf, doch der Staatsanwalt kam ihm zuvor.

«Was unsere Aufgabe so erschwert», erklärte er, «ist die Tatsache, dass alle, die diese Verbrechen logischerweise begangen haben könnten, die Mutter, die Frau, die Tochter von Paterne, der Verwalter von Félicien Dardoire und – warum auch nicht – seine minderjährigen Kinder, die flatterhafte Ehefrau von Maître Armoise, seine Haushaltshilfe, die er geschwängert hatte, sie in dem Glauben wiegend, er sei zeugungsunfähig, die Köchin von Chantesprit, die ihm Geld geliehen hatte, damit er weiterspielen konnte – alle haben sie ein wasserdichtes Alibi für wenigstens die Hälfte der Verbrechen. Und es ist keine plausible Erklärung, dass jeder dieselbe Waffe für seinen jeweiligen Mord benutzt haben soll.»

«Plausibel ist es nicht, nein», seufzte Laviolette.

«Wir müssen also annehmen, dass ein und derselbe Mensch die vier Morde begangen hat. Drum neige ich eben dazu, sie für das Werk eines Verrückten zu halten.»

«Ich nicht», widersprach Laviolette.

«Ich auch nicht», unterstützte ihn der Richter.

«Na dann… Bestimmt haben Sie schlagende Argumente… Ich kann es kaum erwarten, sie zu hören…»

«Seien Sie so gut und gewähren Sie mir zwei Tage Zeit», bat Laviolette. «In zwei Tagen werde ich Ihnen mehr sagen können.»

«Was mich angeht», bekräftigte der Richter eilig, «so muss ich mehrere Dinge klarstellen, und ich möchte erst mit Kommissar Laviolette darüber reden.»

«Aber bitte sehr! Nur zu, meine Herren, nur zu! Stellen Sie klar! Währenddessen werde ich meinerseits versuchen, meine Überzeugung zu untermauern… Apropos! Hier, nehmen Sie das!», sagte er und wuchtete dem Richter das Evangeliar in die Arme. «Grübeln Sie ein wenig darüber nach, Monsieur Chabrand. Vielleicht springt Ihnen ja irgendwas ins Auge. Sie sind jung. In Ihrem Alter kann man schneller denken und manchmal besser…»

«Manchmal…», wiederholte Chabrand, als wolle er sich entschuldigen.

Sie verließen das Büro des Staatsanwalts und traten in den Flur, der mit einem nagelneuen Teppichboden ausgelegt war. Es roch nach Billigmöbellager.

«Kommen Sie doch noch kurz in mein Büro», forderte Chabrand den Kommissar auf.

Laviolette gehorchte. Chabrand ließ ihm den Vortritt. Er lud den mit Gendarmerieberichten voll gestopften Aktenordner auf dem Schreibtisch ab und ließ sich in seinen Sessel aus Kunstleder fallen. Wie gewohnt nahm Laviolette auf dem ziemlich unbequemen Stuhl für die Beschuldigten Platz.

«Ich glaube…», begann Chabrand.

Laviolette wartete auf die Fortsetzung. Er betrachtete das Gesicht des Richters, der ihm durch seine Brille direkt in die Augen sah.

Er schlug die Beine übereinander, packte seine Raucherutensilien aus und begann, sich eine zu drehen. Chabrand sah ihm neidvoll dabei zu. Diese friedliche Übung war ihm seit seiner Hepatitis untersagt. Er konnte auf kein Hilfsmittel zurückgreifen, das ihm die Entscheidung erleichtern würde.

«Ich glaube», hob er gequält wieder an, «dass ich den Mörder beinahe überfahren hätte…»

Laviolette unterbrach seine mechanischen Handgriffe und sah den Richter prüfend an, worauf dieser den Blick abwandte.

«Ja…», bestätigte er und sah dabei zum Fenster hinaus. «Jemand auf einem Moped oder so was Ähnlichem, ich weiss nicht genau. In einem hellblauen Anzug und mit einem wuchtigen Helm, auf dem ein goldener Stern aufgeklebt war. Er hatte genau solche Handschuhe an, wie wir sie aus dem Becken gefischt haben.»

«Haben Sie sehen können, ob er auch einen Gürtel der Post trug?»

«Nein, es war dunkel. Ich konnte gerade noch bremsen. Er hat sein Moped hochgezogen und war weg. Das Ganze war eine Sache von Sekunden.»

«Wann war das?», fragte Laviolette.

«Sonntagabend.»

«Wo?»

«Auf Chantesprit. Aber ich glaube, es ist besser, ich fange von vorne an, denn das ist noch nicht alles.»

Er holte tief Luft und legte ein umfassendes Geständnis ab.

«Ach, Sie waren das?», sagte Laviolette, als Chabrand fertig war. «Mir war es auch so vorgekommen, als hätte ich eine vertraute Gestalt vorbeihuschen sehen, blitzschnell, während ich mit dem Patron von Chantesprit sprach.»

«Ja, das war ich. Es war ja schließlich Sonntag... Außerdem bin ich ein Mann, dem sich nicht oft solche Gelegenheiten bieten. Anderen werfen sich die Frauen an den Hals. Mir nicht. Ich muss nehmen, was ich kriegen kann, manchmal empfinde ich anfangs kaum Verlangen dabei...»

«Aber ich mache Ihnen keinerlei Vorwurf!», stellte Laviolette fest und vollendete die Herstellung seiner Zigarette.

«Natürlich nicht. Aber Sie sind auch nicht gerade traurig darüber, dass Sie mich bei einem Fehler ertappen.»

Laviolette zuckte mit den Schultern.

«Schade!», sagte er. «Schade, dass Sie den Mopedfahrer nicht angefahren haben...»

Seufzend stand er auf und ging zum Fenster. Das unbewegte Bild von Manosque unter dem Februarhimmel spendete ihm keinen großen Trost. Die Stadt war wie erloschen, die großen, kahlen Äste der Platanen sahen aus, als wollten sie vor dem Nordwind fliehen.

«Eine Rückversicherung...», sagte er versonnen. «Wann genau muss man eine Rückversicherung abschließen?»

«Tja, diese Frage stelle ich mir seit vorgestern Abend ...»

«Und vor wem sollte sich Chantesprit in Acht nehmen? Das war es doch, oder? Hélios hat ihm zugerufen: ‹Nimm dich in Acht vor...›, und den Rest haben Sie nicht verstanden?»

«Genau. Ein Donnerschlag hat Hélios' Worte übertönt.»

An den Fingern seiner linken Hand zählte Laviolette auf: *«Le Traité du Narcisse!* Liebesbrief! Mopedfahrer! Lederkoppel der Post! Können Sie sich da was draus zusammenreimen? Im Aschenbecher von Chantesprit lagen die Reste eines Dokuments, das kurz vor dem Mord vernichtet worden ist. Die Asche eines Fotos oder einer Fotokopie, sorgfältig gehäufelt, sorgfältig zusammengedrückt... Bei der Obduktion wurde keinerlei Anzeichen von Gewalteinwirkung festgestellt. Die Köchin hat nichts gehört. Also hat sich Chantesprit nicht in Acht genommen. Die Anwesenheit ...»

Das Telefon klingelte. Der Richter hob ab.

«Chabrand am Apparat. Ja. Ich bin es selbst. Ja. Wer? Ach so! Maître Chalgrin, ausgezeichnet. Sie wollen mit mir sprechen? Mit Kommissar Laviolette?»

Mit Nachdruck deutete der Richter auf den zweiten Hörer. Am anderen Ende der Leitung kreischte eine panikerfüllte Stimme. Laviolette musste sich den Hörer vom Ohr weghalten, um sein Trommelfell zu schützen. Mit schmerzverzerrtem Gesicht tat der Richter es ihm nach.

«Ja, genau. Maître Chalgrin am Apparat. Jawohl, Monsieur Chabrand. Ich möchte mit Kommissar Laviolette persönlich sprechen. Ich habe ihm eine Mitteilung von allergrößter Wichtigkeit zu machen. Was diese… diese unglückselige Sache betrifft.»

«Heute Abend?», fragte der Richter.

Er warf Laviolette einen fragenden Blick zu.

Laviolette nickte.

«So schnell wie möglich! So schnell wie möglich!» Die Stimme überschlug sich.

«Ich schicke ihn vorbei.»

«Die Kanzlei wird schon geschlossen sein. Er soll durch die Rue des Marchands kommen und klingeln. Ich werde ihm selbst öffnen.»

«In Ordnung, Maître. Auf Wiederhören.»

«Moment! Hallo! Hallo! Denken Sie daran, geben Sie ihm ein Rechtshilfeersuchen mit!»

«Aber das entscheide ich alleine!», rief Chabrand.

«Nein, nein, ich brauche unbedingt ein Rechtshilfeersuchen. Damit ich meinen Kollegen gegenüber abgesichert bin. Vergessen Sie nicht, dass wir einen Berufseid leisten müssen, Sie wissen schon…»

Der Notar legte auf.

«Kennen Sie ihn?», wollte der Richter wissen.

«Ein Jugendfreund», antwortete Laviolette. «Ein Typ, dessen Charakter durch den Spitznamen, den wir ihm auf der Penne gegeben haben, verdreht worden sein muss. Wir nannten ihn nach Balzacs Erzählung ‹Chagrinleder›. Und weil das irgendwie zu kompliziert war, hieß er bald nur noch ‹Sorgenhaut›.»

«Wie geistreich!», erwiderte der Richter höhnisch. «Wie dem auch sei, seine Aussage werden Sie in aller Schlichtheit entgegennehmen... Ohne Rechtshilfeersuchen!»

«Na, na! Wenn es Ihr Einfall gewesen wäre, mich hinzuschicken, um ihn zu vernehmen, dann hätten Sie mir doch eins ausgestellt, oder etwa nicht?»

«Ich kann es nun mal nicht leiden, wenn man mir vorschreiben will, was ich zu tun habe!»

«Gut!», seufzte Laviolette. «Dann geh ich so hin. Und wenn er die Aussage verweigert, dann komm ich halt wieder zu Ihnen und bitte Sie um dieses verdammte Ersuchen.»

Der Richter war zwar dickköpfig, aber zum Ausgleich hatte er einen wachen Verstand.

«Na gut!», lenkte er ein. «Hier haben Sie es, Ihr Ersuchen!»

Sobald er sich wieder auf dem futuristischen Flur des menschenleeren Gerichtsgebäudes befand, um das ein stürmischer Wind pfiff, begriff Laviolette, dass der Februar seinen Kurs geändert hatte. Er hüllte sich fest in seinen Mantel, zog den Hut tief ins Gesicht, wickelte sich den Schal zweimal um den Hals und schlüpfte vorsichtig in seine Handschuhe. Seit dem seltsamen Mord an Maître Armoise verzichtete er lieber auf den letzten, kräftigen Ruck, der den Notar das Leben gekostet hatte.

Manosque entließ seine Bürokraten, seine Maurer, seine Maler und seine Schüler. Es war sechs Uhr abends. Schwärme von Mopedfahrern jagten über den Asphalt, schnitten die Autos, fuhren Slalom um die Fußgänger auf den Zebrastreifen. Der Auspufflärm ihrer hochfrisierten Maschinen beeindruckte die arbeitende Bevölkerung überhaupt nicht.

Fast alle hatten auf ihren Marsmenschenhelmen goldene Sterne. Das war wohl momentan große Mode. Eine Sirene ertönte. Um diese Zeit ereigneten sich die meisten Unfälle. Laviolette hatte die Saunerie noch nicht überquert, als mit schrilltraurigem Doppelhorn ein Feuerwehrauto um die Ecke raste.

Einen Augenblick lang wurde das Gedröhn der Zweiräder übertönt.

Im Vorbeigehen warf Laviolette einen flüchtigen Blick auf das Café Glacier. Heute war das nur noch eine Kneipe wie jede andere, aber für ihn war es die Kneipe der Gespenster. Auf der menschenleeren Terrasse sah er ganze Tischgesellschaften von Toten sitzen, hinter den großen Fenstern saßen ganze Runden von Toten und spielten Karten. Er konnte jeden Einzelnen beim Namen nennen. Ein halbes Jahrhundert lang hatten sie ihren Stammplatz hinter diesen Fenstern oder auf dieser Terrasse gehabt. Auf jeden Stuhl hätte man einen Namen eingravieren können, wie es andernorts bei den Kirchenbänken üblich ist.

An diesem Februarabend um sechs konnte der makabre Wind, der in den hohen Platanen pfiff, trotz des lebhaften Treibens der Jugendlichen nichts anderes aufwirbeln als den Tod.

Erleichtert bog Laviolette schließlich in die Grand-Rue. Gott sei Dank begegnete man da, solange man den Blick nicht von den Schaufenstern ab- und nach oben wandte, nur dem Geld, nur den wohlgenährten Kaufleuten, die seelenruhig damit beschäftigt waren, sich eine goldene Nase zu verdienen.

Er war versucht, Hermerance einen Besuch abzustatten, doch noch verfügte er nicht über alle Details, die es ihm erlaubt hätten, mit der Fünfundneunzigjährigen ein ernsthaftes Gespräch zu führen.

An der Ecke zur Rue du 14 Juillet wäre er fast von einem der Zweirad-Marsmenschen überfahren worden, der mit quietschenden Reifen um die Ecke bog und mit Karacho auf ihn zukam. Auch er trug einen Helm mit goldenem Stern. Laviolette blickte ihm einige Sekunden lang nach. Er sah, wie er mit seiner Maschine die drei Stufen zu Hermerances Haus hinauffuhr und mit dem Vorderreifen die Tür aufstieß. Dann schoss er in den Flur und die Reifen quietschten erneut.

Im Augenblick, als die Gestalt im Haus verschwand, bemerkte Laviolette ein sonderbares Detail; seinen Gedanken verfolgte er jedoch nicht bis zum Ende. Er versuchte sich vielmehr vorzustellen, was im Laufe der Jahre aus Jean-Baptiste Chalgrin geworden war.

Als er zur Place des Marchands gelangte, hatte der Wind alle Passanten wie trockenes Laub zusammengefegt und vor die Fernseher getrieben. Nur noch die Platane stand trübselig und ächzend in ihrer Betoneinfassung, dazu die geheimnisvolle Muse, die über den Platz wachte.

Es war Hélios, der in jungen Jahren dieses Bildnis eines sitzenden Fräuleins aus porösem Sandstein verbrochen hatte, dessen Haupt unter der Last der schweren Haarpracht etwas zur Seite geneigt war. Die Schulkinder rächten sich dafür, dass ihnen die Freuden der Liebe noch versagt waren, indem sie ihre Kaugummis auf den wohlgeformten steinernen Leib klebten. An diesem Abend jedoch war sie, dank des Regens und der Winterferien, die die Kinder einige Tage lang fern gehalten hatten, ausnahmsweise sauber.

Jedes Mal, wenn Laviolette vor ihr stand, kam ihm die Erinnerung an das Modell wieder in den Sinn, das er dreißig Jahre zuvor in den Armen gehalten hatte...

In Chalgrins Kanzlei, die an der Ecke des Platzes lag, brannte hinter den halb geschlossenen Läden ein fast heimliches Licht.

Laviolette fiel wieder ein, dass der Notar nachdrücklich von ihm verlangt hatte, er möge die Hintertür benutzen. Fast verborgen ging sie oberhalb drei unbequemer Stufen auf die Rue des Marchands.

Er betätigte eine scheußliche Klingel, an der er sich fast das Handgelenk ausgerenkt hätte, um ihr einen dünnen Ton zu entlocken. Aber der Notar hatte wohl hinter der Tür auf ihn gelauert. Er öffnete sofort, packte den Kommissar am Arm und zerrte ihn ins Haus. Eine seitlich gelegene Tür stand offen. Geschickt drehte Chalgrin Laviolette jedoch herum und schob ihn in sein Arbeitszimmer. Danach verschloss er sorgfältig die mit Leder gepolsterte Tür. Laviolette beobachtete ihn ungläubig. Es kam ihm vor, als sehe er sich selbst in einem seltsamen Spiegel, der ihm ein Allerweltsgesicht zurückwarf, ja ihm den allerletzten persönlichen Zug absprach. Dieses Spiegelbild trug einen Schnauzbart und blickte über eine Lesebrille hinweg in die Welt.

«Seltsam», dachte Laviolette. «Haben wir erst einmal einen gewissen Grad des Älterwerdens überschritten, sehen wir uns alle ähnlich!»

«Du hast dich nicht verändert!», sagte Chalgrin mit einem ermutigenden Lächeln.

Leutselig, einschmeichelnd, honigsüß klangen seine Worte; er hatte Zeit gehabt, seine Panik zu bezwingen und seine Stimme war merkwürdigerweise wieder fest geworden. Seine Hand hingegen flatterte, als er sie seinem Gast reichte, wie die Flügel einer Fledermaus.

Das Arbeitszimmer roch nach gegerbtem Leder.

Chalgrin räusperte sich, lauschte ein wenig in die Stille des großen Hauses, in dem oben die Familie mit dem Abendessen auf ihn wartete.

«Hast du dieses Rechtshilfeersuchen dabei?», wollte er wissen.

Laviolette, der es schon die ganze Zeit in seiner Tasche zwischen den Fingern hielt, reichte es ihm über den Schreibtisch.

«Ach, weißt du», sagte Chalgrin, «das ist natürlich alles reine Formsache; ich meine, unter uns...»

«Aber es ist vollkommen legitim», erwiderte Laviolette.

«Weißt du...», fuhr Chalgrin fort; er erhob sich und machte ein paar Schritte durch sein geräumiges Büro. «Weißt du... Ich habe gezögert. Ganze Nächte lang habe ich mit meinem Gewissen gerungen. Aber jetzt, verstehst du... nach vier Morden! Das ist eine gar zu ernste Angelegenheit! Da ich also im Besitz einer Information bin, die dazu beitragen könnte, die Wahrheit ans Licht zu bringen...»

Er setzte sich wieder und steckte sich diskret drei Lakritzbonbons in den Mund.

«Weißt du», sagte Laviolette ganz sanft, «ein Mord, zwei Morde, drei Morde, das war auch schon ziemlich ernst...»

Über die Brillengläser hinweg warf Chalgrin Laviolette einen verdutzten Blick zu und schaute dann ausweichend in Richtung Wand und Decke.

«Ich habe den Zusammenhang nicht sofort hergestellt», verteidigte er sich.

Zerstreut kaute er auf seiner Lakritze, die sich vermutlich in einer Zahnlücke eingenistet hatte. Er befeuchtete seinen Daumen und blätterte in der Akte, die vor ihm auf dem Schreibtisch lag.

Plötzlich blickte er, nach wie vor über die Brillengläser hinweg, Laviolette fest in die Augen.

«Weißt du, was eine *Tontine* ist?», fragte er geradeheraus.

«Keine Ahnung…», antwortete Laviolette erstaunt.

«Natürlich weißt du es nicht, wie die meisten Leute im Übrigen. Also: Eine *Tontine* ist eine Gemeinschaft, die aus einer bestimmten Anzahl von Teilhabern besteht und eine Leibrente zum Zweck hat, *die unter den Überlebenden aufgeteilt wird*… Du verstehst mich richtig, nicht wahr? Die Leibrente wird nach Ablauf einer festgelegten Frist unter den Überlebenden aufgeteilt.»

«Eine Gesellschaft?», fragte Laviolette.

Chalgrin bewegte den Zeigefinger verneinend hin und her.

«Nein, keine Gesellschaft. Keine Anteile, kein Gesellschaftskapital. Es handelt sich um eine Gesamthandgemeinschaft unter Leuten, die nicht derselben Familie angehören. Dies wurde in der Zeit nach der Vertreibung der Ordensgemeinschaften häufig praktiziert. Vermögende Katholiken schlossen sich zusammen, um die Güter des Klerus zurückzukaufen. Gegebenenfalls, sollte sich die politische Lage entsprechend entwickeln, wollten sie sie der Kirche zurückerstatten. Was, nebenbei gesagt, nicht immer ganz ohne Pannen abgelaufen ist…»

«Ich kann dir nicht ganz folgen. Welchen Zusammenhang…?»

«Moment, darauf komme ich gleich zu sprechen. In gewisser Weise ist die *Tontine* eine Herausforderung an die Zeit, denn nach der vereinbarten Frist fallen die Güter an den oder die letzten Überlebenden. Klar? Beispiel: Sechs Personen gründen im Alter von vierzig Jahren eine solche Leibrentengemeinschaft, die beispielsweise durch Grundbesitz abgesichert ist. Sie beschließen, dass sie dreißig Jahre dauern soll. Der Letzte der sechs – oder die Letzten – werden nach Ablauf dieser Frist Eigentümer der *Tontine* und können frei über sie verfügen.»

«Es sei denn...», sagte Laviolette unbedacht.

Er biß sich auf die Zunge. Plötzlich war ihm eine Erleuchtung gekommen, und um ein Haar hätte er sie dem Notar mitgeteilt. Er legte jedoch Wert darauf, dass Chalgrin von sich aus auspackte, sei es nun voll und ganz oder nur zur Hälfte.

«Es sei denn was?», fragte Chalgrin verblüfft.

«Nein, nichts! Überhaupt nichts! Meine Phantasie ist mit mir durchgegangen. Mach weiter. Deine Ausführungen interessieren mich brennend. Also?»

«Also? Chantesprit ist das Kapital einer *Tontine*.»

Er tippte mit dem Zeigefinger auf die Urkunde, die er im Aktenordner vor sich liegen hatte.

«Das war es, worauf ich hinauswollte!»

Er schlug die Mappe auf und begann, laut vorzulesen:

> Hiermit bezeuge ich, Jean-Baptiste Chalgrin, Notar, Dr. iur., Nachfolger seines Vaters, usw. usw., dass die unten genannten Personen am 12. Oktober des Jahres 19.. in den Räumen meiner Kanzlei erschienen sind:
> Lafaurie, Paterne Omer, Landwirt, geboren am ... usw.
> Dardoire, Félicien Émile, Winzer, geboren am... usw.
> Armoise, Severin Lambert, Notar, geboren am... usw.
> Chantesprit de Gaussan, Aubert Calixte Anne, Grundbesitzer, geboren am... usw.
> Hélios, Sidoine Apollinaire, Bildender Künstler, geboren am... usw. usw.
> Die genannten Personen gründen für die Dauer von dreißig Jahren...

Der Notar rasselte seinen Text herunter, als sei es völlig unnötig, dass sein Zuhörer das Kauderwelsch verstand. Als er sämtliche Klauseln des Vertrags vorgelesen hatte, legte er die

Urkunde in die Mappe zurück und drehte seinen Stuhl so, dass er seinem Gegenüber nur noch das Profil zuwandte.

«Dieser Chantesprit», sagte er nachdenklich, «hat nach dem Tod seines Vaters allmählich den gesamten Besitz verspielt, verstehst du. Oh, er hatte auch gute Seiten. Von ihm stammte der Einfall für dieses... dieses... na ja, dieses Haus eben –»

«Für dieses Liebesnest!», unterbrach ihn Laviolette.

«Der beste Betrieb der ganzen Region!», sagte Chalgrin anerkennend und strich sich den Schnurrbart glatt. «Der ganzen Region. Aber... die Pferde, weißt du... Was soll man da machen?» Er machte ein paar fahrige Bewegungen mit seinen kurzen Armen. «Irgendwann kam der Zeitpunkt, an dem er – meinen Schätzungen zufolge – mehr als zwei Millionen Schulden hatte. Und da haben ihm seine Freunde vom *Galet des Aures* dieses Geschäft vorgeschlagen... eine *Tontine*. Im Grunde wurden sie somit die Herren über Chantesprit, aber sie ließen Aubert an der Spitze des Betriebs.»

Er seufzte.

«Schade...», sagte er versonnen. «Als Bildhauer war er durchaus begabt... und ich verstehe einiges davon, weil ich nämlich selbst...»

«Was willst du damit sagen?»

«Dass ich auch ab und an ein bisschen Bildhauerei betreibe... Oh, es ist nur ein Hobby!», stammelte er und errötete wie ein junges Mädchen. Er drehte den Kopf nach allen Richtungen, als koste ihn dieses Geständnis große Kraft und als wolle er den Beifallsbekundungen ausweichen.

«Nein, nein... Wen meinst du mit ‹Als Bildhauer war er›?»

«Sidoine Hélios, natürlich! Wer soll es denn sonst sein? Denk doch mal nach: Lafaurie wird beseitigt, Dardoire wird beseitigt, Armoise wird beseitigt und jetzt auch noch Chantesprit! Wer bleibt übrig? Sidoine Hélios! Nach den Regeln der *Tontine* ist er jetzt der alleinige Eigentümer eines Betriebs, der gegenwärtig so was wie fünf Millionen wert ist. Überleg doch mal, wem das Verbrechen nutzt! Er ist der letzte Überlebende. Das ist doch glasklar! Fünf Millionen! Stell dir das mal vor!»

«Sein eigener Marktwert dürfte höher sein!», sagte Laviolette nachdenklich. «Die Amerikaner sind verrückt nach ihm…»

«Der? Das muss mir erst einmal einer weismachen! Seine Arbeit ist doch keinen Pfifferling wert! Komm mit! Das musst du dir doch mal anschauen, ob sich das vergleichen lässt! Komm!»

Er packte seinen unvollkommenen Doppelgänger am Arm; dieser war viel zu sehr in seine Überlegungen vertieft, um an Widerstand zu denken. Chalgrin zerrte ihn aus dem Arbeitszimmer und überquerte mit ihm den gepflasterten Hof. Durch eine verglaste Tür schob er ihn in eine Art Höhle in Blutrot und Gold, die ein paar alptraumhafte Kreationen zur Geltung bringen sollte, bei denen sich der Notar alle Mühe gegeben hatte, Giacometti nachzuahmen. Der Lehm sah aus, als ob er den Wurstfingern, die ihn formten, möglichst bald entkommen und zur Erde zurückkehren wollte.

«Das hier», sagte er stolz, «das hätte Rodin auch nicht besser gemacht!»

«Ach, weißt du, von Bildhauerei habe ich keine Ahnung!», erwiderte Laviolette ausweichend.

Der Notar vertrat ihm den Weg.

«Aber du wirst ihn doch verhaften, oder? Sag: Du verhaftest ihn doch? Er ist es, der von den Verbrechen profitiert!»

Er war voller Hoffnung. Wenn das klappte, wäre Sidoine unten durch. Ein Mörder kann kein Genie sein… Und wenn sie sich zusammentäten, dann könnten sie sein Werk totschweigen, zumindest hier; dann wäre der Notar der einzige Bildhauer von Manosque. Dann könnte er endlich Ausstellungen veranstalten, ohne dass man ihn öffentlich verspottete.

Diese Möglichkeit hat man nicht alle Tage, dass man seine Bürgerpflicht erfüllen kann und gleichzeitig einen Rivalen aus dem Weg räumt.

«Diese Sorgenhaut», dachte Laviolette.

«Ihn verhaften? Dazu bedarf es der Zeit und der Geduld. Und jeder muss auspacken mit allem, was er weiß. Und vorerst sagt keiner alles, was er weiß… Du auch nicht.»

«Wie meinst du das, ich auch nicht?»

«Das liegt doch auf der Hand. Übrigens muss ich mir von dir einmal erklären lassen, was eine Rückversicherung ist.»

Nachdenklich blickte ihn Chalgrin über die Brillengläser hinweg an, sagte jedoch kein Wort mehr. Er wagte nicht, ihm die Hand zu geben, und begleitete seinen Gast nicht einmal zur Tür.

Laviolette stand erneut auf der Place des Marchands, die nun hell erleuchtet war und menschenleer. Hinter den geschlossenen Läden dröhnten die Fernsehgeräte. Der Kommissar wandte sich der rätselhaften Statue zu, die den Verlust seiner Jugend beschwor.

«All das ist dir entgangen», wisperte an ihrer statt der Wind in der Platane.

Die Erinnerung entlockte dem reifen Mann mit dem faltigen Gesicht ein kindliches Lächeln, doch er verweilte nicht lange bei den nostalgischen Gedanken.

«Übrigens...», dachte er und förderte aus seiner Tasche den alten abgewetzten Postgürtel zutage, dessen Fundort zweihundert Meter vom Tatort entfernt lag. Er trug ihn ständig bei sich, so sehr beschäftigte er ihn.

«*Tontine* hin oder her», dachte er. «Aber wozu der *Traité du Narcisse* und wozu dieser Gürtel?»

~ 14 ~

In Bel-Air wollte Sidoine Hélios ein letztes Mal in sein «Ei» steigen. Auf dem schmutzigen Tisch vor dem fast erloschenen Kaminfeuer lag verstreut der Inhalt einer Bestecktasche, und er suchte sich ein paar winzige glänzende Werkzeuge aus.

Hin und wieder unterbrach er seine Arbeit, um einen Käsewürfel zu picken und auf der Spitze seines Taschenmessers zum Mund zu führen. Dann biss er in ein Baguette und schenkte sich etwas Villeneuve in ein Wasserglas nach, um seine armselige Mahlzeit ein wenig aufzubessern. Im Kühlschrank stand zwar ein Topf mit Pot-au-feu, aber den hätte er aufwärmen müssen, dafür hätte er einen Teller, einen Löffel, den Senf herausnehmen müssen – viel zu aufwändig!

Ja, wenn er fertig wäre... Wenn er fertig wäre, dann würde er sich eine richtige Mahlzeit gönnen... Er würde Gäste einladen. Sie würden alle zusammen zu Napoléoni gehen... Plötzlich hörte er auf zu kauen. Nein. Sie würden nirgendwo mehr hingehen, alle fünf zusammen.

«Das hätte ich nie tun dürfen...», dachte er. «Damit hat alles angefangen...»

In Gedanken erweckte er seine toten Freunde wieder zum Leben. Sie saßen um den Tisch an jenem Abend, um diesen Tisch, den zwei von ihnen umzustoßen versuchten, um ihn schneller zu packen: ihn, Sidoine, und das, was er in der Hand hielt, beides wollten sie in das Feuer werfen, das hell aufloderte.

Sidoine kaute noch immer nicht weiter. Er trank nicht. Er hielt das Glas in der Hand, und sein Blick wanderte durch den riesigen, voll gestellten Raum, als würde er noch wie ein Wahnsinniger darin herumhetzen, als ertönte noch das Gebrüll seiner Freunde. Er sah sich noch, wie er von einer Statue zur anderen floh, stolperte, Schreie ausstieß, wie er um Haaresbreite den klobigen Händen seiner Freunde auswich, die immer wieder nach seinem mageren Hühnerhals griffen.

Zum Glück war die Verfolgungsjagd durch die zehn Liter Villeneuve und den einen Liter Marc, die sie sich zu fünft hinter die Binde gegossen hatten, nicht mehr sehr zielsicher gewesen. Zweimal schon waren sie über den Sockel einer Statue gestolpert. Sie waren sogar mit einer solchen Wucht gegen den *Krieg*, das leichteste seiner Werke, gerempelt, dass dieses fast umgefallen wäre und sie erschlagen hätte.

Vor seinem inneren Auge erlebte Sidoine noch einmal die haarsträubende Parforcejagd: Zwei seiner Jugendfreunde versuchten ihn zu fangen, um ihn zu töten; die beiden anderen taten ihr Bestes, um sie davon abzuhalten; und schließlich hatten sie sich – betrunken und aufs Geratewohl – gegenseitig verprügelt.

In dem Durcheinander war es Sidoine gelungen, die Treppe hochzulaufen und sich in seinem Zimmer zu verbarrikadieren. Er hatte die bretonische Truhe vor die Tür gezerrt und darauf den gußeisernen Bullerofen und eine marmorne Kopie des Apoll vom Belvedere – einen abgetrennten Kopf, der vierzig Kilo wog – gestapelt.

Er hatte gehört, wie sie die Treppe heraufkamen und über jede Stufe stolperten, wie sie mit den Füßen gegen die Tür traten und sich mit der Schulter dagegenwarfen, während die zwei andern sie nach wie vor zurückzuhalten suchten. Die Tür hatte nicht nachgegeben. Worauf sie drohten, das Haus in Brand zu stecken... Aber das letzte Glas Schnaps hatte dann wohl doch gewirkt.

Als er nach einer Weile nichts mehr hörte, hatte Sidoine die Barrikade abgebaut und war aus dem Zimmer getreten. Sie lagen alle vier schnarchend auf der breiten Treppe, immer einer pro Stufe, sturzbesoffen! Chantesprit hing das Monokel schief am Auge; Armoise hatte überall Beulen und sah aus wie ein

Hampelmann, den die Kinder in die Spielzeugkiste geworfen haben; und aus den biederen Wildschweingesichtern von Lafaurie und Dardoire, den beiden Wüterichen, sprach das primitive Tier.

Sidoine hatte sich auf den Treppenabsatz gesetzt, um sie in seinem Skizzenbuch zu verewigen, einen nach dem anderen, dann alle zusammen. Draußen wurde es hell.

Das alles war erst sechs Monate her… sechs Monate… Der Herbst hatte gerade angefangen… Jetzt war Winter, und sie waren tot, alle vier… Und wahrscheinlich war es seine Schuld.

Jetzt konnte er nichts mehr gutmachen, und er war allein. Er horchte in die Stille hinein, die nie mehr durch Freundschaftsgezeter, Hilferufe, brüderliche Beschimpfungen unterbrochen würde. Nie mehr würde sein Name, munter und vehement gerufen, unter den hohen Balken der Spinnerei ertönen. Dabei war ihm, als könnte er ihn immer noch hören, als warteten seine Freunde nur hinter den Mauern auf ihn, um sich an einen anderen Ort zu begeben, wo man sie alle hinbestellt hatte.

«Der König der Idioten!», sagte er laut zu sich selbst, und seine Stimme klang niedergeschlagen. «Ich war der König der Idioten!» Mit seinen Händen schlug er sich auf die mageren Oberschenkel und belegte sich ein Brot mit *Filetti di alici*. Dann verließ er den Tisch und stieg schwerfällig die Treppe hinauf.

In seinem Zimmer ging er sofort auf das gewaltige Bett zu, in dem er sich verloren vorkam, jetzt, wo er niemanden mehr darin empfing.

Kopfschüttelnd betrachtete er den Raum, der nur mit einer Truhe, dem abgetrennten Kopf des Apoll vom Belvedere und – vor der versteckten Tür – jenem chinesischen Paravent aus schwarzer Seide ausgestattet war, auf dem regenbogenfarbene Drachen mit Mandarinköpfen sich monströser Unzucht hingaben.

Dieser Paravent war das Instrument des Dramas gewesen.

Im großen Fenster seines Zimmers betrachtete Sidoine fragend sein Spiegelbild, das die schwarzen Äste der Kastanienbäume überlagerte.

«Du bist ja nur ein lüsterner Hampelmann», dachte er.

Auf einmal fand er den Drang, in das Ei zurückzukehren, die Leere zu vollenden, in die der Bronzekörper fließen würde, von dem er seit nunmehr sechs Monaten besessen war, abstoßend. Er fühlte sich im Zentrum einer ungeheuren Einsamkeit, in der er freudig seine schlimmsten Feinde empfangen hätte. Er dachte dabei an Chalgrin, der sich einredete, Bildhauer zu sein. «Wenn mir das Werk misslingt, kann ich auf keinerlei Vergebung hoffen.» Diese Leere hatte jetzt schon vier Menschen das Leben gekostet. War das nicht genug?

Er saß auf dem Bett, die Hände zwischen den Beinen.

Nichts machte ihm Mut, niemand antwortete ihm. Bel-Air, seine Wiege, ließ ihn hilflos allein. Sidoine hatte seit langem akzeptiert, dass dieses Haus, seine Kastanienbäume und sein Brunnen, die Aussicht auf den hellen Glockenturm von Sigonce, der die Stunden schlug, dass dieses Haus die Quelle seines Talents war, mehr als seine Hände, mehr als sein Verstand. Aber nun hatten sich das Haus und das Land von ihm zurückgezogen, wie das Meer sich bei Ebbe von der Küste zurückzieht.

Allein… Er hatte auf einmal das Gefühl so allein zu sein, weil die Dinge, die ihn liebten, sich von ihm abgewandt hatten; er würde sie bald nicht mehr ausdrücken können.

«Der Letzte, der dran glauben muss, bist du», so übersetzte er seine Stimmung. Plötzlich überfiel ihn die panische Angst zu sterben, bevor er sein Werk betrachten könnte, und er stand auf. Mit großer Mühe hob er die Decken und die dreißig Kilo schwere Matratze an und zog aus dem Versteck eine große grüne Zeichenmappe hervor, die mit zwei schwarzen Bändern zugeschnürt war. Er ließ das Bettzeug wieder fallen und verließ mit seiner Beute den Raum.

Die Mappe war so hoch wie er, und auf der Treppe hielt er sie mit beiden Armen schräg vor sich, um zu sehen, wo er hintrat.

Er stellte sie auf den Tisch zwischen die schmutzigen Gläser, neben die angebrochene Dose *Filetti di alici* und die Korbflasche mit dem Villeneuve. Vorsichtig band er die Schleifen los. Die Mappe enthielt großformatige Zeichnungen, die Sidoine in das spärliche Licht des Kristalllüsters hielt, um sie eine nach der anderen zu begutachten und dann mit lockerer Handbewegung in den Kamin zu werfen. Graziös landete ein Blatt nach dem andern in der Glut.

Wie üblich war das Feuer fast aus. Die Blätter nahmen den Umriss des kleinen Häufchens Asche an und fielen in sich zusammen, als würden sie schmelzen.

Bei jeder Skizze, die Sidoine sich ansah, wurde sein gequältes Gesicht ruhiger, bis es wieder fast wie in alten Zeiten eine schelmische Freude verriet. In seine Züge trat wieder die prickelnde Spottlust desjenigen, der bereit ist, alle Welt zum Narren zu halten.

«Wenn ich mich erinnere...», sprach er halblaut. «Wenn ich mich recht erinnere...»

Im Kamin zischte das wieder auflebende Feuer. Von dem Zeichenpapier, das allmählich braun wurde, stieg vor der Kaminplatte eine geschwungene, nahezu greifbare Rauchsäule empor. Der Sog der letzten Zeichnung verstärkte sie urplötzlich. Es gab eine kleine dumpfe Explosion und die Flamme stieg bis zum Verschlussblech; sie wirbelte Fetzen von unverständlichen Zeichnungen mit hoch wie Teile eines Puzzles.

Sidoine sah zu, wie sie niederbrannten, und grinste zufrieden. Auf einmal wusste er wieder, warum er existierte, sein Stolz und sein Selbstvertrauen waren wieder da. Es kam ihm vor wie ein Wunder.

Die Zeichenmappe war leer. Sidoine stellte sie rittlings auf die glühenden Reste ins Feuer. Als sie – lange Zeit danach – aufflammte, leuchtete die Werkstatt auf bis hin zur Bibliothek, bis zu den verstaubten Karyatiden, die sich hinten im Halbdunkel gegenüberstanden. Das zitternde Licht beleckte die wollüstigen Frauenhüften, die seit zehn Jahren das Richtmaß von Hélios' Produktion verkörperten.

Sidoine steckte sich eine Zigarette an und warf einen kritischen Blick auf die barocke Gruppierung, mit der er so lange Zeit seine Hoffnungslosigkeit abreagiert hatte.

Sein Blick fiel auf die kubische Gussform, die er sein Ei

nannte und die unweit der wie üblich sperrangelweit offenen Eingangstür stand. Er betrachtete die Form in neuem Licht. «Man muss wirklich bescheuert sein», dachte er, «so was zu machen, wo es doch so einfach gewesen wäre, die übliche Methode zu befolgen. Wenn das jetzt schief geht, wird mich alle Welt verspotten.»

Aber in seinem tiefsten Inneren herrschte eine bedrohliche Stille, die keiner seiner gewöhnlichen Späße aufheitern konnte. Er fand sich nicht komisch. Zwar hatte er bereits nach seinen Werkzeugen auf dem Tisch gegriffen, aber nun merkte er, dass er den Augenblick, wo er die eiserne Leiter hinaufklettern würde, so lange wie möglich hinauszögerte. Sein Scharfsinn riet ihm, höchst vorsichtig zu handeln. Der Würfel, der dreimal so groß war wie er selbst, erinnerte ihn plötzlich an ein Familiengrab auf einem Friedhof, so pompös sah er aus.

Falls Sidoine das Motiv des Mörders richtig erkannt hatte, dann hatte dieser viermal umsonst zugeschlagen, und ihn umzubringen wäre erneut eine vergebliche Tat; denn nichts mehr – vorausgesetzt, Werner baute nicht im letzten Moment Mist – konnte jetzt die Vollendung des Werks vereiteln.

Nur Sidoine selbst hatte noch die Macht, diese «Geburt» zu verhindern und den Mörder zu entwaffnen. Er brauchte dafür nur den Presslufthammer aus der Werkstatt zu holen, den Kompressor zu starten, die Gussform mit dem Stoßbohrer anzufallen, sie zu zerstückeln, zu zerbrechen, zu zerstampfen, so dass nie jemand sie wieder zusammenfügen könnte. Um diesen Preis würde die Ordnung wiederhergestellt, und er rettete sein Leben. Die Entscheidung hing einzig und allein von ihm ab.

Sidoine meinte, dass dies der Grund war, weshalb seine vertrauten Ratgeber – Bel-Air, die Kastanienbäume, der Brunnen, der Glockenturm von Sigonce – sich nicht äußerten.

«Niemals!», zischte er. «Der kann mich mal… Niemals! Und überhaupt, ich täusche mich! Ich bin das Opfer meiner Phantasie! Ich schnappe noch vollkommen über!»

Er ging in seinen Pantoffeln zur Leiter und stieg o-beinig hinauf. Oben untersuchte er sorgfältig den Miniatur-Würfel, den er auf den großen gestellt hatte und der den Verschluss der Form bildete. In seine Basis waren Rillen und Zeichen eingraviert. Zufrieden mit der Überprüfung schnallte er sich seine Stirnlampe um und ließ sich in die Form hineingleiten.

Im Kamin knisterten die zuckenden Reste der Zeichenmappe, die fast abgebrannt waren. Ein paarmal noch beleuchteten aufzüngelnde Flammen die Rundungen der Marmorfrauen, und es sah sekundenlang aus, als tanzten all diese weiblichen Torsi eine stumme Samba.

Dann betrat jemand den Raum. Jemand stand aufrecht auf der Schwelle des großen, allzeit offenen Ateliers, lauschte in die Stille, schreckte ein wenig zurück von den im Feuerschein tanzenden Figuren.

Sidoine hatte das Licht ausgemacht. Eine einzige Glühbirne in einem Winkel der großen Treppe hielt das Dunkel in Schach. Die Gestalt zögerte jedoch trotz der spärlichen Beleuchtung. Ängstlich und verstohlen schlüpfte sie schließlich zwischen die unzüchtigen Rümpfe, als wären es Säulen. Bei jedem Schritt hielt sie inne und horchte. Dann bewegte sie sich weiter, in hastigem, abgebrochenem Laufschritt. Einen Augenblick lang betrachtete sie den Würfel, in dem Sidoine eingeschlossen war und dessen scharfe Kanten kaum zu erkennen waren. Dann steuerte sie auf ihr Ziel zu.

Es war der anmutige Rumpf mit den Grübchen, den Laviolette so neugierig betrachtet hatte.

Der Schatten stürzte sich auf den leblosen Gegenstand und umschlang ihn wie eine Liane. Die Hände tasteten zitternd die runden, harten Formen ab. Ein seltsames Gewimmer ertönte in der Stille, eine Art stammelnde Litanei, es hätte eine Liebesklage sein können.

Dann wurde draußen in der Nacht das reißende Geräusch einer Kettensäge oder eines Mofas hörbar, es war nicht genau auszumachen… Ein haarsträubendes Geräusch, wie von einem Zahnbohrer; ein Geräusch, das sich langsam näherte, das sich über die ganze Talmulde verbreitete. Es war so laut, dass es das Schnarchen der Hartgesottenen, die Träume der Ängstlichen und die schwarzen Gedanken der Schlaflosen durchdringen musste.

Wie ein sausender Pfeil kam das Getöse genau auf Bel-Air zu.

Währenddessen schlängelte sich eine Kolonne von drei Fahrzeugen durch die kalte Nacht. Sie waren umkränzt mit Signallichtern wie Schiffe im Nebel.

Ein am Kühler des vorderen Wagens angebrachtes Warnschild trug die Aufschrift «Sondertransport» zwischen den Blinklichtern. Ein Kranlaster schloss den Zug. Dazwischen kroch dicht über der Straße auf zehn Reifenpaaren ein gepanzertes Monstrum, aus dem der dumpfe Lärm der Kompressoren ertönte und das im Umkreis von zehn Metern dampfend einen lauwarmen Nieselregen versprühte. An der Tür der Kabine war ein Messingschild angebracht, das über den Nutzen des Fahrzeugs informierte: «S.O.C.M. – Transport für schmelzflüssiges Metall». Es war gepanzert und hermetisch abgedichtet wie ein Unterseeboot.

Im Führerraum saßen vor einem Armaturenbrett, das so ausgeklügelt war wie das eines Flugzeugs, zwei Männer, die gelassen rauchten und dabei den vorderen Wagen nicht aus den Augen ließen.

Der eine lenkte. Der andere hielt auf seinen Knien eine separat beleuchtete Navigationstafel, worauf ein Plan mit dem Straßenverlauf geheftet war.

«Fang schon mal an, dich zu konzentrieren», sagte der Beifahrer. Auf der Brücke über den Lauzon hast du auf beiden Seiten eben mal zehn Zentimeter Platz.»

Der Fahrer nickte.

«Mach dir keine Sorgen, allmählich kenne ich mich hier aus. Ich komme jetzt schon zum fünften Mal hierher.»

«Der ist total beknackt, dieser Hélios... Was glaubst du wohl, was das kostet, so eine Lieferung? Anstatt die Gussform einfach zur Gießerei zu transportieren?»

«Einmal haben wir ihm eine Form kaputtgemacht... Das

kostet ihn bestimmt mehr als fünf Riesen. Der Boss mag die Strecke hierher nicht sonderlich. Er hat immer Angst, wir könnten ihm eine Brücke kaputtfahren. Aber Sidoine ist das Wurscht. Am Ende verkauft er seinen Klotz für hunderttausend Mäuse irgendeinem Venezolaner. Vielleicht wird er ihn aber auch überhaupt nicht hergeben wollen. Weißt du, dieser Hélios, das ist ein echter Spinner...»

Ein ungewöhnliches Rütteln, das die Hydraulikstangen ihres Sitzes dreimal in Bewegung brachte, unterbrach die Unterhaltung.

«Sag mal», seufzte der Fahrer schließlich, «würde es dir was ausmachen, mir Bescheid zu sagen, wenn auf deinem Dingsda ‹vierzig links› steht? Wo glaubst du denn, wo du bist? Auf einer Vernissage?»

Sechs Räder des Anhängers hatten die Böschung erwischt.

Viermal hintereinander betätigte der Mann am Steuer den kleinen schwarzen Hebel, der sich in Handhöhe zwischen den beiden Sitzen befand. Auf der von spärlichem Gras gesäumten schmalen Landstraße, schob sich das Verkehrsungeheuer vorsichtig voran, wie ein Seiltänzer auf der gespannten Schnur.

Der funkelnde Geleitzug rumpelte nun über den neuen, mit der Walze nivellierten Weg in Richtung Bel-Air. Die Scheinwerfer und die Blinklichter erfassten allmählich die Fassade und spiegelten sich in den großen Fenstern.

«Komisch», sagte der Steuermann, «das ganze Jahr über haust der Kerl allein da drin, mit seiner ganzen Kohle...»

«Komisch ist das nicht, das ist eher tragisch. Der findet sicher alle Welt zum Kotzen.»

Sie hielten vor dem Haus. Die Scheinwerfer des vorderen Wagens beleuchteten den Brunnen mit den vier Wasserspeiern. Das grelle Licht durchdrang die Wasserstrahlen, die unmittelbar über dem Wasserspiegel des Beckens hervorsprudelten.

Der Kran überholte das Monstrum und parkte unter einem Kastanienbaum, etwa zwanzig Meter vom Eingang entfernt.

«Lässt der Typ immer alles offen stehen?», fragte der Steuermann besorgt und schlug die Tür des Wagens zu.

«Ja», sagte der Fahrer, der nun ebenfalls ausstieg. «Hier gilt die Regel: Wer vorbeikommt, bedient sich.»

«Ich bin schockiert!», sagte der Steuermann. «Du etwa nicht, Werner?»

«Ich wünschte», sagte der Fahrer, «ich wäre so reich – oder so arm –, dass ich dasselbe machen könnte…»

Vor der Motorhaube streckte er seine fünfundsiebzig Kilo, was bei einem Meter dreiundachtzig nicht viel Fleisch auf den Knochen ausmachte. Er sah sich um und stellte fest, dass sich die ganze Mannschaft die Beine vertrat. Und dann, mit der gleichen Bewegung und fast zur gleichen Sekunde, drehten sie sich nach den drei Lastwagen um, deren Motoren langsamer brummten. Das Ungeheuer stand einsatzbereit, in planer Position, parallel zur Fassade. Es dampfte wie ein Samowar, und der Wind wirbelte den Schmiedegeruch, der aus seinen Flanken aufstieg, in die Runde.

Bel-Air war weniger hell erleuchtet als sonst, dafür schimmerten seine Mauern weiß im Mondlicht. Von Lure herab brachte der Wind eisige Kälte.

Werner ging zu der offen stehenden Tür. Er hielt die Hände um den Mund und rief:

«Sidoine!»

«…doine!», antwortete das Echo im höchsten Taubenschlag.

Werner wartete einen Augenblick, dann trat er über die Türschwelle und brüllte noch einmal:

«Sidoine!»

Diesmal hallte das Echo im ganzen Haus wider.

Der Steuermann und der Kranführer waren hinter Werner getreten, sie folgten ihm auf Zehenspitzen ins Haus und blickten sich vorsichtig um.

«Sidoine! Sidoine!», rief Werner. «Wo steckt der komische Vogel bloß?»

Er betrachtete die Überreste des bescheidenen Mahls auf dem Tisch: Die Dose *Filetti di alici* war fast leer, der Schweizer

Käse lag auf seinem auseinander gefalteten Papier, das Brot lag verkehrt herum auf dem Tisch, das Taschenmesser war nicht richtig zugeklappt und die Korbflasche mit dem Villeneuve war offen, mit dem Korken daneben.

«Es ist doch immer dasselbe Chaos hier», dachte Werner. Er ließ seinen Blick über die Statuen schweifen, vor denen seine Kameraden in lautstarke Bewunderung ausbrachen. «In den vier Jahren, die ich ihn nicht gesehen habe, hat er sich wahrlich nicht verbessert...»

«Rémy!», rief er. «Rémy!», schrie er noch lauter, denn das heitere Gegröle seiner Kumpane übertönte seine Rufe.

«Was ist?», antwortete der Kranführer.

«Geh doch mal in die Garage neben dem Becken nachsehen, ob seine Ente da steht...»

Der Steuermann folgte dem Kranführer, denn er legte keinen großen Wert darauf, allein zwischen den steinernen Weiberpos zurückzubleiben. Wenn man sie zu zweit betrachtete, waren sie ja ganz aufregend, aber alleine... Er hatte das Gefühl, sie könnten plötzlich Nussknacker spielen und ihn zwischen ihren jäh sich schließenden Rundungen einklemmen.

Werner stieg die große Treppe hinauf. Seine Schritte hallten durch den Flur.

«Sidoine!», rief er.

Dann horchte er in Richtung der Nebengebäude, der Dachböden, der an der Nordseite hinter den Grundmauern angebauten Scheunen. Schwerfällig stieg er die Stufen wieder hinab und kratzte sich am Hinterkopf. Der Kranführer und der Steuermann erschienen wieder auf der Türschwelle.

«Und?»

«Nichts!», antwortete Rémy kopfschüttelnd. «Der Schuppen ist leer, die Türen sind offen. Da ist nur ein Ölfleck auf dem Boden.»

«Er ist weggefahren!», rief Werner. «Ach, das wäre nicht das erste Mal, dass er solche Spielchen mit mir treibt. Aber heute hätte ich gedacht...»

Noch einmal blickte er über den Tisch auf das unterbrochene

Mahl und auf den Kamin, wo nur noch eine dünne Rauchschwade hochstieg, nicht dichter als die einer Zigarette. Dann endlich fiel sein Blick auf den Würfel. «Da steht es also», dachte er, «sein famoses Meisterwerk...»

Er trat näher. Die eiserne Leiter war an die Gussform gelehnt. Werner stieg hinauf. Neben der Luke, durch die der Künstler einstieg, um sein Werk zu vollenden, lag der gravierte Deckel, der sich der Öffnung genau anpassen würde, wenn der Pegel der flüssigen Bronze an den Rändern im Gleichgewicht wäre. Werner schüttelte den Kopf. Dieser Sidoine verlangte von ihm eine Präzisionsarbeit, die er als einer von nur sehr wenigen in Frankreich ordentlich ausführen konnte. Wenn er doch bloß hier wäre, dieser verdammte Hélios!

«Hélios!», rief er noch einmal, aber ohne Überzeugung.

Da fiel ihm auf, dass die Öffnung der Gussform mit einer Sperrholzplatte zugedeckt war, die von einem großen Marmorkopf beschwert wurde; er stellte einen lorbeerbekränzten Jüngling dar.

«Großer Gott!», knurrte Werner.

Nur mit Mühe gelang es ihm, den Kopf anzuheben.

«Rémy! Mamazian! Kommt mal her!»

Die Arbeiter stiegen ihrerseits die Leiter hinauf, Mamazian packte den Kopf und brachte ihn schnaufend zu Boden.

Werner zog die Sperrholzplatte vom Einstiegsloch weg.

«Großer Gott», rief er, «das kann doch nicht wahr sein! Das riecht ja nach Marzipan da drin! Das muss wohl eine sehr geheime Mischung sein, seine Gussform...»

Rémy war näher gekommen und schnupperte nun seinerseits.

«Tatsächlich! Dabei fällt mir ein, dass ich jetzt ganz gerne ein Stück essen würde!»

«Vorerst kannst du mir ja helfen, den Deckel abzunehmen. Ich weiß noch nicht, mit welchem Pressholz er den hergestellt hat, aber das sieht mir alles sehr kompakt aus. Und pass auf! Es ist das letzte Stück des Puzzles. Wenn wir ihn fallen lassen und die Kerbungen beschädigen, bringt uns Hélios glatt um!»

Sie ließen ihn sanft zu Boden gleiten. Werner untersuchte die Gussform und stellte fest, dass Sidoine sie auf verschiebbaren Rollplatten errichtet hatte, die einfach mit Keilen blockiert waren. Man brauchte diese nur zu entfernen, um sie rollen zu können.

Er drehte sich um. Die Nordafrikaner hatten schon weitere Rollplatten aus dem Lastwagen herangebracht und auf dem Boden angeordnet.

«Und nun?», rief Mamazian, der wieder hereinkam. «Und nun? Sollen wir ohne ihn anfangen?»

«Wir können ja schon mal das Ding da nach draußen bringen», antwortete Werner.

Der Asbeststaub verwandelte die Männer in blasse Pierrots. Sie klappten sich ihre Schutzmasken vors Gesicht. Sie schwangen ihre langen Haken, die im Mondschein wie Lanzen aussahen.

In seiner Kabine zündete sich der Kranführer eine Zigarette an. Der Haken des Dreharms baumelte über der Öffnung des immer noch hermetisch verschlossenen Schmelztiegels.

Werner streckte den Kopf durch das heruntergekurbelte Lastwagenfenster, um sicherzugehen, dass seine Männer die richtige Stellung eingenommen hatten. Der Steuermann wurde von den Scheinwerfern des Krans angestrahlt; er hielt, zehn Meter von der Form entfernt, die Arme hochgestreckt und hatte die Hände über dem Kopf zusammengelegt. Er war bereit, die Bewegungen der Maschine auf den Zentimeter genau zu dirigieren. Die Form war mit der Wasserwaage lotrecht auf ihr Fundament gesetzt worden, ihre Öffnung befand sich genau in der Verlängerung des Hakens und in der Fluchtlinie des Steuermanns mit den hochgereckten Armen.

«Wenn sich der komische Vogel in seinen Berechnungen geirrt hat…», dachte Werner. Aber er verscheuchte diesen unangenehmen Gedanken gleich wieder. In vier präzisen Bewegungen tat er das Unwiderrufliche: Er stellte das Gebläse ab. Er zog an den drei Hebeln des Differenzials.

Oben auf dem Panzer öffnete sich langsam ein scharlachroter Spalt. Die gepanzerten Wände schoben sich zur Seite, glitten langsam in den Rumpf des Waggons, der die Kernzelle der Gießerei bildete, und klappten zusammen. Zur gleichen Zeit stieg wie aus einem gewaltigen Lavakessel die Masse der schmelzenden Bronze empor.

Die glühende Masse, die wie ein aufgebrochener Granatapfel zum Vorschein kam, ließ den Mond blasser erscheinen; sie wirkte wie eine grelle Sonne, und die Nacht drum herum wurde undurchdringlich. Es sah aus, als wollten die in der strahlenden Hitze funkelnden Fenster von Bel-Air zerbersten.

Die wuchtige Masse des Schmelztiegels, dessen Gehäuse vom Kran hochgehoben wurde, überragte nun den Trichter, der über der Öffnung der Gussform in Stellung gebracht war. Seine Träger rasteten in die Zahnradschienen ein, die sein allmähliches Kippen steuerten.

In einer langsamen Bewegung breitete der Steuermann die Arme aus. Im selben Augenblick schoss aus der Tülle des Schmelztiegels der rote Strahl der flüssigen Bronze. Der Hals gab diesem Strahl nur einen armgroßen Spalt frei. Aber in dem engen Kanal, um die dickflüssige Ausscheidung herum, blitzten blau und grün die Oxyde in der beißenden Kälte der Nacht. In einem seltsamen Hin und Her von aufeinander stoßenden Kräften pulsierten die Lichter. Mit der Präzision einer barbarischen Vergewaltigung drang der glühende Bronzestrom in das Innere der Form.

Mit dem gespenstischen Gedröhne eines Nebelhorns schoss die Luft aus den Abzuglöchern, die oben auf dem Würfel eingelassen waren, um seine Explosion zu verhindern.

Werner überwachte mit erhobenem Arm die Zeiger des Zifferblatts, das an der Mündung eines sonderbaren Apparats angebracht war. Es war eine schmale, zugposaunenartige Rohrschlange, deren Ende in den von Luftwirbeln erschütterten Raum, zwischen dem glühenden Strom und der Kante des Eingangs glitt. Als die roten Sekundenzeiger auf der Skala zusammenstießen, senkte Werner den Arm.

Mit einem Kettenrasseln, als würde ein Schiff den Anker

werfen, erhob sich das Schmelzgehäuse wieder auf seinen Zahnstangen, kehrte in die Horizontallage zurück, und der Dreharm des Krans zog sich langsam zurück. Der leere Schmelztiegel sah aus wie ein rötlicher Mond und verblasste allmählich in der Kälte der Nacht.

Werner und seine Gehilfen reichten sich vorsichtig den Würfel, der die Gussform versiegeln sollte. Sie steckten ihn in seine Rillen über der roten brodelnden Masse, die wie Sahne zu gerinnen begann. Sie befestigten ihn mit kleinen Hammerschlägen, bis er sich ganz genau in die Öffnung eingefügt hatte.

Der leere Schmelztiegel ruhte in seinem Behälter. Werner stieg in die Kabine, um das Differenzial wieder einzuschalten. Die Wände des Wagens schlossen sich langsam. Der Kranführer stellte die Motoren ab. In der zurückkehrenden Stille schlug die Glocke von Sigonce fünf Uhr.

«Wir schließen den Laden!», rief der Steuermann.

«Eigentlich», sagte Werner, «glaube ich, dass dieser Hélios vielleicht doch nicht so verrückt ist, wie er scheint. Aber wenn aus seinem Ding was wird, ist das hier nicht unsere letzte schlaflose Nacht.»

«Können wir denn nicht am Tag fahren?»

«Ausdrücklich verboten! Höchstgefährliche Substanz!»

«Ist doch komisch», sagte Werner, «dass Sidoine Hélios nichts von sich hat hören lassen...»

«Der ist bestimmt bei irgendeiner Nutte», sagte Rémy. «Bei all den Ärschen, die er da formt, muss er doch bestimmt erst mal Material sammeln.»

Sie befreiten sich mit schwerfälligen Bewegungen aus ihren Schutzanzügen. Sie warfen ihre Helme in die Ablagen des Lastwagens und zündeten sich Zigaretten an. Die Araber schoben die Rollleiter zwischen die Seitenwände.

Ein letztes Mal trat der Metallgießer ins Haus. Eine weiße Staubspur markierte die freie Stelle, an der vorher die Form gestanden hatte. Er legte die Hand an den Mund und rief:

«Sidoine! Sidoine! Hélios!»

«...ios!», wiederholte das Echo aus der Tiefe des Hauses.

Werner hob ratlos die Arme. Er kehrte zu den Männern zurück und gab das Zeichen zum Start. Mit allen Blinklichtern machte die Fahrzeugkolonne einen weiten Bogen um den Klotz, der zwischen den beiden Kastanienbäumen stand. Sie kroch in derselben Reihenfolge wie auf dem Hinweg über den neu planierten Weg zurück. Lange noch konnte man das Getöse der Motoren hören, dann wurde alles still.

Oben auf dem Würfel antwortete der letzte Hauch warmer Luft aus den Abzuglöchern als kaum hörbarer Seufzer auf das Murmeln der vier Röhren, die ihr Wasser in das Brunnenbecken spieen.

Der schleichende Nebel über der Durance quoll plötzlich auf, schwappte über das Tal, zog durch das Bett des Lauzon bis nach Sigonce, wo er sich endgültig breit machte. Nebelsäulen füllten die kleinen Täler und stiegen schließlich hinauf bis nach Bel-Air. Wie mit Fangarmen erfassten sie die Fassade und dämpften die Lichter. Nebengebäude und Scheunen verschwanden fast, aber vor den Kastanienbäumen stockte der Nebel. Er hatte in gewisser Entfernung die Gussform umzingelt. Manchmal streckte er lahme Zungen in ihre Richtung aus, die jedoch gegen ein unsichtbares Hindernis stießen wie Wellen gegen eine Klippe.

In der völlig unsichtbaren Landschaft blieb allein diese kleine, milchweiße Insel zurück, dieser Klotz, den eine bebende Hitzeblase isolierte. Und dieser seltsame Lichthof ließ in der Luft der Morgendämmerung ein Kastanienblatt zittern, das der Winterwind verschont hatte und das nun versuchte, in der warmen Brise davonzufliegen.

Es war das einzige Lebenszeichen. Vor dem gähnenden Eingang von Bel-Air atmete allein der Hügel in seinem Winterschlaf.

~ 15 ~

«EINE *TONTINE*!», rief der Richter. «Das wäre also das Motiv, nach dem wir so lange gesucht haben?»

Laviolette antwortete nicht. Er beobachtete den Regen. Es regnete so heftig, dass man vom Gerichtsgebäude aus nicht einmal den Glockenturm von Manosque erkennen konnte.

«Es ist verlockend...», sagte er endlich. «Und selbstverständlich würde man es uns nicht verzeihen, wenn wir denjenigen, der aus dem Verbrechen Nutzen zieht, nicht festnehmen würden... Ich muss Sie um einen Vorführungsbefehl bitten.»

Der Richter stand auf und trat neben ihn.

«Ich weiß nicht», sagte er, «ob ich Ihnen einen ausstellen soll. Irgendwie stört das meinen Kunstsinn. Ich bitte Sie! Hélios! Der gehört nur deshalb nicht zu den Größten, weil er alle Ehrungen verachtet und verschmäht! Weil er sich nicht mit der Gesellschaft einlässt. Er wird nie eingeladen, weil man sicher ist, dass er in kurzen Hosen auftauchen und alle Fenster aufreißen würde.»

«Und alle Türen dazu...», seufzte Laviolette. «Wahrscheinlich, ja... Aber der Notar behauptet, dass Chantesprit fünf Millionen wert ist – materielle und immaterielle Vermögenswerte zusammengenommen... Und Sidoine ist der einzige unter all unseren Verdächtigen, der kein Alibi vorweisen kann.»

«Wie auch immer, ich unterschreibe Ihnen den Befehl, aber es bricht mir das Herz.»

«Ich habe ihm seine achtundvierzig Stunden gewährt. Mehr konnte ich nicht tun.»

«Was wollte er denn damit?»

«Ein Werk beenden, an dem er arbeitete und das ihm sehr wichtig war. Gerade darum hat er ja kein Alibi, weil er seit Wochen sein Leben in dieser Gussform verbringt…»

Der Richter fühlte sich sichtlich nicht wohl in seiner Haut. Er schlug sich auf die Brust.

«Ich habe den beängstigenden Eindruck», sagte er, «dass ich die Lösung habe, ohne es zu wissen…»

Laviolette nickte.

«Na dann! Wenn wir jetzt beide schon übersinnliche Wahrnehmungen haben…»

Genau in diesem Augenblick klingelte das Telefon. Der Richter nahm ab. Laviolette erkannte sofort die Stimme von Maître Chalgrin, die immer dann so schrill klang, wenn er in Panik war. Mit einer Geste, die keinerlei Widerspruch duldete, deutete Chabrand auf den Zweithörer. Leise nahm Laviolette ab.

«… Ich musste meine Erinnerungen auffrischen, verstehen Sie…», rief Chalgrin, «im Register nachsehen… Außerdem war ich in den letzten Tagen überlastet. So dass ich diese Geschichte mit der Rückversicherung vollkommen vergessen hatte. Ich habe gerade versucht, meinen verehrten Freund Laviolette anzurufen, aber sein Mitarbeiter hat mir gesagt, dass er nicht da ist.»

«Er ist hier», sagte der Richter ruhig.

«Ach so! Er ist bei Ihnen…»

Laviolette sah Chalgrin vor sich, wie er vor Angst schwitzte. Es kommt ja nicht jeden Tag vor, dass man der Justiz einen kapitalen Hinweis verschweigt. Man hörte, wie der Notar auf seinem Schreibtisch fieberhaft Papier zerknitterte.

«Nun ja», fuhr Chalgrin fort, nachdem er sich freigehustet hatte, «in der Tat… der liebe Laviolette hat ganz Recht, den Einwand vorzubringen… Paterne Lafaurie hat in der Tat eine Rückversicherung abgeschlossen… Und natürlich hebt sie, zu seinen Gunsten und – da er tot ist – zu Gunsten der Erbberechtigten, die Folgen der *Tontine* auf.»

«Aber…», sagte der Richter in süßlichem Ton, «es gibt doch

einen Beleg, eine Unterlage, was diese Rückversicherung betrifft?»

«Selbstverständlich!»

«Dann ist diese doch bestimmt der Originalurkunde beigefügt worden, wie das normalerweise bei einer Hypothek der Fall ist... Und wenn dem so ist, dann hatten Sie sie doch vor Augen, als Kommissar Laviolette bei Ihnen war?»

Der Richter und der Kommissar grinsten einander zufrieden an. Sie stellten sich Chalgrin vor, wie er sich den Schweiß von der Stirn wischte.

«Beigefügt! Herr Richter. Sie sagen es: beigefügt! Versehentlich habe ich die Papiere leider nicht bis zum Schluss durchgesehen...»

«So wichtig war es ihm also, dass ich Hélios in den Knast schicke...», murmelte Laviolette.

Gut fünfzehn Sekunden lang ließ der Richter eine drohende Stille herrschen, dann sagte er spitz:

«Unter diesen Umständen bin ich natürlich gezwungen, Sie vorzuladen, um Ihre Aussagen in einem Protokoll aufzunehmen, das dürfte Ihnen wohl klar sein, Maître?»

«Aber selbstverständlich, jederzeit! Ich stehe Ihnen zu Verfügung!»

Chabrand legte grußlos auf. Er sah den Apparat an mit dem bösen Blick eines frustrierten Jakobiners, dem das Revolutionsgericht zu milde ist.

«Seit diese Notare bei Geschäften mitmischen, wo ein Dutzend Wirtschaftsprüfer nicht mehr durchblicken, glauben sie, es wäre ihnen alles erlaubt...», sagte er in bedächtigem Ton.

«Diese verspätete Aussage bringt uns sowieso nicht weiter.»

«Nur, dass sie Sidoine Hélios entlastet. Von nun an...»

«Von wegen entlastet: Alle Verwandten von Paterne Lafaurie haben ein sicheres Alibi für mindestens ein Verbrechen von fünf. Fassen wir zusammen: Die Großmutter ist seit dem Tod ihres Sohnes im Krankenhaus. Sie wird dort voll gepumpt mit Beruhigungsmitteln. Fabienne, die Ehefrau, war am Abend, als Armoise starb, in einem Kurs für Ausdruckstanz bis ein Uhr morgens, dafür gibt es zwölf Zeugen. Was die Tochter Léone anbelangt...»

«Schon gut!», knurrte der Richter. «Am Abend von Chantesprits Tod habe ich sie bis vors Haus begleitet. Als sie sich von mir verabschiedet hat, war es nach halb zwölf. Selbst wenn sie fliegen könnte, hätte sie Chantesprit nicht rechtzeitig erreichen können, um Aubert umzubringen...»

«Das einerseits! Andererseits, erinnern Sie sich: Als Sie mir – ohne etwas auszulassen – von der Auseinandersetzung zwischen Hélios und Chantesprit in der Scheune erzählt haben... Sagen Sie mir doch noch einmal, mit welchen Worten sie von der Rückversicherung gesprochen haben.»

«Sidoine sagte: ‹Rückversicherung! Was hättest du denn davon? Die kannst du dir in die Haare schmieren.›»

«Und was hat Chantesprit geantwortet?»

«‹Du weißt doch genau, dass wir sie schon damals hätten abschließen müssen...›»

«Sie schienen also beide nicht zu wissen, dass einer aus ihrem Kreis eine Rückversicherung abgeschlossen hatte. Sie glaubten in diesem Moment, beide und gemeinsam Besitzer der *Tontine* zu sein. Was den letzten Überlebenden betrifft, gilt das Motiv also noch immer.»

«Ich gestehe es Ihnen zu», sagte der Richter seufzend, «und so weit uns unsere Untersuchungen gebracht haben, stimmt es, dass er der Einzige ist, der *kein* Alibi liefern kann, für *keinen* der Morde...»

Niedergeschlagen nahm er aus der Schreibtischschublade ein Formular heraus, unterschrieb es, drückte seinen Stempel darauf. Er sah den Zettel noch einen Moment an, bevor er den Namen Sidoine Hélios einsetzte.

Er reichte ihn Laviolette und sagte:

«Ich gebe dieses Schriftstück mit einem sehr eigenartigen Gefühl aus der Hand. Auch wenn ich weiß, dass die Sache damit noch nicht beim Schwurgericht angelangt ist... Ich habe den Eindruck, einen Justizirrtum zu begehen, der unwiderruflich ist.»

«Gut!», seufzte Laviolette. «Da Sie das so sagen, werde ich Ihnen etwas gestehen: Ich werde Sidoine Hélios verhaften, weil alles dafür spricht, dass er der Täter ist, aber in meinem tiefsten Innern bin ich davon überzeugt, dass er mit keinem der Verbrechen etwas zu tun hat…»

Es war ein verregneter Winter. Man hörte die Wasserfälle rauschen wie in den Hochalpen. Der Béveron, der gewöhnlich ein Bächlein war, hatte sich in einen wilden Sturzbach verwandelt und überflutete die letzten Reste einer jener alten Mühlen, die ihre Besitzer stets in den Ruin getrieben haben. Diese hatte noch nie so viel Wasser durch ihre verrotteten Räder hindurchlaufen sehen.

«Das ist tödlich für den Tourismus», knurrte Courtois, dessen Vater Hotelbesitzer war.

«Aber es ist gut fürs Gras», entgegnete Laviolette. «Wir werden Gras brauchen. Ohne Gras gibt es keine Schafe mehr – nur noch die englischen –, und dann können wir uns endgültig von den gegrillten Koteletts verabschieden…»

«Ich mag das Lamm aus der Gegend hier nicht», murrte Courtois. «Es schmeckt nach Wolle…»

«Sie verstehen doch überhaupt nichts davon! Das tiefgekühlte Fleisch hat Ihnen die Geschmackspapillen kastriert. Mir jedenfalls bringt der Regen wieder Hoffnung. Es ist genau das, was der Provence fehlt, der Regen!»

Es gehörte einiges dazu, diesen Glauben zu verkünden, denn es schien, als ob ein eifriger Fensterputzer Eimer voll Wasser gegen die Scheiben kippte. Die Scheibenwischer kamen nicht nach, und Laviolette fuhr noch vorsichtiger als gewöhnlich.

«Bei dem Tempo», jammerte Courtois, «werden wir niemals für die Acht-Uhr-Nachrichten zurück sein.»

Laviolette konnte ihm nicht gestehen, dass für ihn der Regen ein guter Vorwand war, die Verhaftung hinauszuschieben. Noch nie war ihm seine Arbeit so bitter vorgekommen.

«Ein Bündel von Vermutungen!», knurrte er. «Aber auch ein ganzer Sack voll davon ergibt noch lange keinen Beweis…»

«Wie bitte?», fragte Courtois.

«Och», antwortete Laviolette, «ich führe Selbstgespräche wie jeder paranoide Mensch…»

Der Weg nach Bel-Air, der erst kürzlich mit der Planierraupe verbreitert worden war, war halb weggeschwemmt. Ein kümmerliches Rinnsal, das von Revest-Saint-Martin herunterkam und auf das man nie geachtet hatte, weil es meist versiegt war, war zu einem reißenden Bach angeschwollen, der die Straße auf zehn Metern Breite querte. Zufällig war der Untergrund felsig, so dass man doch noch passieren konnte.

Bel-Air war hinter dem Regen verborgen, und den weißen Klotz unter den nassschwarzen Kastanienbäumen erblickten sie erst im letzten Moment. Er stand verkeilt auf einem Sockel aus eisernen Rollen, und in der ganzen Umgebung roch es noch wie in einer Kupferschmiede. «Aha!», dachte Laviolette. «Deshalb also hat Sidoine neulich angerufen. Wer weiß, ob…»

«Was ist denn das?», fragte Courtois.

«Ein Meisterwerk…», sagte Laviolette.

«Du lieber Himmel!», rief Courtois.

Laviolette fuhr den Wagen bis zum Eingang der Spinnerei; die beiden Männer stürzten ins Haus und schüttelten sich. Kaum im Trockenen, drehten sie sich um und betrachteten ungläubig den Himmel. Man hätte – wie so oft – meinen können, er beschere der Provence so viel Niederschlag auf einmal, wie anderswo über das ganze Jahr verteilt.

Entschieden wandten sich die beiden Männer wieder dem Inneren des Hauses zu. In der kargen Tageshelligkeit kam der schmutzige Lüster nicht zur Geltung, er warf spärliches Licht über das Atelier, das durch die jetzt leere Stelle der Gussform noch weiträumiger als sonst wirkte.

«Wir sollten die Tür schließen!», schlug Courtois vor.

«Lassen Sie das! Sidoine würde das nicht gefallen.»

«Aber es ist kalt hier drinnen!», erwiderte Courtois.

«Ja. Es ist kalt. Kälter als sonst.»

Laviolette stand da, die Hände in den Taschen, und betrachtete den Tisch und das Feuer, das nicht mehr brannte.

«Hélios!», rief er laut.

Courtois schlenderte unberührt durch die Reihen der Marmorhintern. Er hatte keinerlei erotische Phantasie.

«Hélios!», rief Laviolette noch einmal.

«Er scheint nicht da zu sein», sagte Courtois.

«Sehen Sie in der Küche nach. Ich gehe nach oben. Dort treffen wir uns dann.»

Courtois war darauf gefasst gewesen, die verwahrloste Küche eines Junggesellen vorzufinden – Konservendosen auf dem Tisch verteilt und im Spülstein der Abwasch von dreißig Mahlzeiten. Aber die Küche war blank und aufgeräumt, nur ein einziges gewaschenes Glas stand im Abtropfkorb herum. Der Kühlschrank surrte. Der Raum war leer.

Er kam ins Atelier zurück. Oben rief der Kommissar immer wieder Hélios' Namen, aber der Hall wurde vom Regen gedämpft.

Laviolette erschien auf dem Treppenabsatz neben dem gemaserten Unterleib aus Achat, der dort in der Ecke stand. Er sah, wie sein Gehilfe mit ausgebreiteten Armen dastand, und stieg die restlichen Stufen hinab.

«Da oben ist alles leer», sagte er, «aber es ist unglaublich, wie groß dieses Haus ist… Sie sollten mal…»

Er zögerte, den Befehl zu erteilen, der ihm auf der Zunge lag, das Wetter draußen bremste jeglichen guten Willen. Aber er entschloss sich, es doch zu sagen.

«Es tut mir Leid, mein Lieber, aber Sie werden die Nebengebäude durchsuchen müssen.»

Courtois machte eine Grimasse, aber dann erhellte sich sein Gesicht. Er griff zufrieden nach einem roten verschossenen Regenschirm, den er gerade neben dem Kamin entdeckt hatte.

«Sie werden unter anderem nachsehen», sagte Laviolette, «ob die Remise, die als Garage dient, leer ist. Wenn er irgendwo unterwegs ist, dann bestimmt mit dem Auto.»

«Aber er hätte doch nicht alle Lichter angelassen…»

«Das sagen Sie!», rief Laviolette. «Weil Sie Hélios nicht kennen… Über solche Belanglosigkeiten setzt der sich hinweg.»

Aber Courtois gab nicht nach:

«Mag ja sein! Aber jemand, der seine Küche sauber hält, macht auch das Licht aus, wenn er geht.»

Er drehte seinem Chef den Rücken zu und spannte den Regenschirm auf, noch bevor er draußen war.

«Ich werde mir eine Erkältung holen!», sagte Laviolette laut zu sich selbst. «Und wenn ich krank bin, dann kann ich nicht mehr nachdenken...»

Auf einem Holzstapel neben dem Kamin lagen trockenes Reisig und Tannenzapfen. An der Wand waren zerhackte Teile von Olivenstämmen aufgeschichtet.

Einen Augenblick lang starrte Laviolette nachdenklich auf den großen Haufen Asche, aus dem kein Rauch mehr aufstieg. Mit dem Handrücken befühlte er die Steinfassung über der Feuerstelle. Sie war kaum mehr warm.

«Das muss schon viele Stunden her sein, dass sich jemand um dieses Feuer gekümmert hat...»

Mit einem Schürhaken schob er den Haufen Asche auseinander. Es blieb noch etwas Glut übrig, ein rot flackerndes Gewimmel wie von Würmern. Er legte ein paar Tannenzapfen und etwas trockenes Reisig darauf. Nach zehn Sekunden stieg eine hohe, leuchtende Flamme auf. Vorsichtig versorgte Laviolette das Feuer, um es nicht unter zu viel Brennstoff zu ersticken. Als schöne rote Flammen vor ihm aufloderten, nahm er sich einen Stuhl und versank in seinen Gedanken.

Er vergaß sogar, sich eine Zigarette zu drehen, so gespannt lauschte er auf die Geräusche des Hauses; aber der prasselnde Regen übertönte alles.

«Chef! Chef!»

Courtois kam zurück. Der aufgespannte rote Schirm hatte, als er nass geworden war, wieder Farbe angenommen. Er stellte ihn verkehrt herum auf den Boden. In der rechten Hand schwenkte er zwischen Daumen und Zeigefinger einen unsichtbaren Gegenstand.

«Na?», fragte Laviolette.

«Ich habe die Karre gefunden!», rief Courtois. «Sie war

nicht in der Remise, aber ich hab sie in der Scheune aufgespürt! Zwischen zwei alten Strohhaufen! Es war niemand drin. Der Motor war kalt.»

«Also ist er zu Fuß weggegangen… Oder mit jemand anderem», sagte Laviolette.

«Kann sein! Jedenfalls habe ich im Auto auf dem Fahrersitz das hier gefunden!»

«Was denn?», fragte Laviolette.

Seit zwei oder drei Jahren schon wollte Courtois seinem Chef raten, sich eine Brille anzuschaffen, aber er traute sich nicht.

«Das hier!», wiederholte er.

Er fasste den für Laviolette immer noch unsichtbaren Gegenstand mit der linken Hand und hielt ihn ihm zwischen zusammengepressten Fingern vor die Augen.

«Ein Haar!», rief er betrübt. «Ein Haar… Halten Sie es bitte für mich.»

Schließlich konnte Laviolette eine Art Faden erkennen, den das Feuer heimtückisch anzog. Aber er nahm ihn erst wirklich wahr, als er ihn anfasste. Courtois holte einen Schlüsselbund aus seiner Tasche und zog aus dem Ring ein winziges Metallband.

«Sechsunddreißig Zentimeter!», verkündete er voller Bewunderung. «Ein blondes Haar, das sechsunddreißig Zentimeter lang ist, in Hélios' Karre, auf dem Fahrersitz…»

«Sagen Sie mal, es kräuselt sich ja, Ihr blondes Haar!»

«Was wollen Sie, es regnet… Es spielt eben Barometer. Aber wenn es Sie nicht interessiert…»

«Aber ja doch! Wir schicken es ins Labor. Nehmen Sie es, bevor das Feuer es noch ansaugt. Wir werden die Beschaffenheit des Shampoos erfahren, mit dem es gewaschen worden ist, mit welchen Kosmetika es behandelt wurde. Es gibt hier in der Gegend viele Hersteller von Bioprodukten. Wenn wir Glück haben… Vielleicht werden wir sogar das Geschlecht der Person erfahren, die es verloren hat…»

«Das Geschlecht?»

«Ein sechsunddreißig Zentimeter langes Haar kann heutzutage leider genauso gut einem Mann wie einer Frau gehören.»

Laviolettes Blick wanderte über den Tisch. Wie ein römischer Augur, der im Magen eines Huhns liest, betrachtete er die Reste von Sidoines Mahl.

Jedes einzelne Element des Imbisses verriet etwas über Hélios' Charakter: Die Dose *Filetti di alici* war seine Provokation für die Ernährungsspezialisten; das etwas schmutzige, halb geöffnete Opinel-Messer war seine Verachtung für die Güter dieser Welt; das verkehrt herum auf dem Tisch liegende Brot war seine Absage an den Aberglauben; was den Villeneuve in der Korbflasche betraf, so war er das Symbol seiner brüderlichen Verbindung mit den Menschen dieser Gegend. Es war sicherlich nicht der beste Wein, aber er stammte von hier.

Laviolette stand auf und schenkte sich mechanisch ein Glas davon ein. Courtois, der gerade damit beschäftigt war, das Haar in einen Umschlag zu stecken, hörte das Gluckern der Flüssigkeit und sah seinen Chef überrascht an.

«Wollen Sie auch einen Schluck?», fragte Laviolette.

«Um Gottes willen! Ich trinke keinen offenen Wein!»

«Ach so… Sie trinken keinen offenen Wein… Wissen Sie, was Sie jetzt machen werden, Courtois? Sie werden jetzt nach Manosque zurückfahren und das Haar ins Labor schicken. Danach werden Sie alle Brigaden alarmieren und ihnen eine Personenbeschreibung von Hélios durchgeben.»

«Aber… Sie, Chef, wie kommen Sie denn nach Hause?»

«Ich bleibe hier. Ich warte auf Hélios.»

«Aber Sie werden sich eine Erkältung holen! Glauben Sie wirklich, dass er kommen wird?»

«Ja, er wird kommen. Es gibt etwas, das für ihn wichtiger ist, als abzuhauen oder festgenommen zu werden…»

«Was denn?»

«Das da!», sagte Laviolette.

Er zeigte durch die offene Tür auf den großen, weißen, regennassen Klotz, der unter den Kastanienbäumen kaum sichtbar war.

Als Laviolette allein war, sprach das Haus zu ihm. Neben dem hämmernden Regen vernahm er ein einsames, eindringliches Tamburin: Aus einer undichten Stelle im Dach tropfte das Wasser in einen eisernen Eimer. Dieses Nebengeräusch bildete in Laviolettes Ohr einen schnell gesprochenen Satz, der sich beharrlich wiederholte.

Er riss sich zusammen. «Zum Teufel mit dir und deinen übersinnlichen Wahrnehmungen...»

Er stand jedoch auf und stieg noch einmal die Treppe hinauf. Die Musik der Tropfen im Eimer ertönte jetzt munter wie ein Orchester, das eine Ballerina begleitet.

Die Türen im oberen Stockwerk, wie die des Dachbodens darüber, standen weit offen – seit jeher, wie es schien –, sie führten in einen Billardsaal und in ein Esszimmer mit schweren Eichenmöbeln. Am Ende des Flurs, der mit roten Tommette-Fliesen belegt war, thronte vor dem letzten Fenster auf einem Atelierschemel ein Topf mit einer Tradeskantie, deren Ableger bis zum Boden reichten.

Zuvor hatte Laviolette nur einen kurzen Blick in das Schlafzimmer geworfen, um festzustellen, dass Hélios abwesend war. Diesmal ging er hinein, um es zu durchsuchen. Das gewaltige, mit Tierfellen bedeckte Bett war der einzige Komfort, die hohen Fenster der einzige Luxus. Die Wände waren kahl und weiß. Ein geflochtener Stuhl diente als Nachttisch. Darauf lagen zwei aufgeklappte Bücher. Die am Kopfende des Bettes angeschraubte, verstellbare Nachttischlampe war aus Schmiedeeisen.

Nur der chinesische Paravent, auf dem prächtige, bunt schillernde Drachen mit Mandarinköpfen sich paarten, stellte seine sonderbare Erlesenheit zur Schau und unterstrich die hochmütige Armut ringsum. Es musste sich um ein Einzelstück handeln.

Laviolette umrundete ihn. Er versteckte einen maroden Sessel mit Strohgeflecht und dahinter eine niedrige, rahmenlose Tür. Sie bewegte sich geräuschlos in den Angeln, als Laviolette den rautenförmigen Riegel hob und sie aufstieß.

Sie verbarg Hélios' Schwäche. Zu entdecken, dass er eine hatte, machte Laviolette froh, aber gleichzeitig tat es ihm Leid.

Es war ein Badezimmer mit einem schäbigen dreiteiligen Spiegel, der von irgendeinem Jahrmarkt stammte. Die Badewanne hingegen war aus einem einzigen Granitblock geschlagen. Die goldenen Armaturen stellten – in mehreren Exemplaren – eine Waldnymphe dar, die einen Waldgott bestieg.

Gegenüber der ersten Tür befand sich noch eine andere. Sie war ebenfalls geschlossen und führte zum Esszimmer. Auch ihre Angeln bewegten sich geräuschlos.

In diesem immer offen stehenden Haus wurden also nur zwei Türen geschlossen. Konnte man daraus schließen, dass es in Hélios' Leben ein Geheimnis gab und dass es sich zwischen diesen beiden Türen verbarg?

Laviolette kehrte zum chinesischen Paravent zurück. Von dieser Stelle aus übertönte das Tamburin des Lecks im Dach den Regen. Laviolette schätzte, dass es sich ungefähr über der Gipsrosette befand, die über ihm an der Decke zu sehen war. Die Tropfen hämmerten ihr seltsames Morsealphabet in den eisernen Eimer.

Seufzend ließ sich Laviolette in den Sessel hinter dem Paravent fallen. Unter seinen Füßen knirschte etwas, das er für eingetrocknete Erde hielt, aber als er sich bückte, um nachzusehen, fand er einige Überreste von Kohle, die schwarze Spuren auf seinen Fingern hinterließ. Als er sich wieder zurücklehnen wollte, streifte er den Paravent und entdeckte, dass man aus dieser Entfernung durch ihn hindurch in das Zimmer sehen konnte, als ob er nicht existierte. Man sah das Bett, den Stuhl mit den aufgeschlagenen Büchern, die beiden Fenster, hinter denen die regennasse Dunkelheit hereinbrach.

Er trat zurück. Der Wandschirm wurde wieder undurchsichtig. Jetzt konnte er die Rückseite der Drachenmotive erkennen. Er trat auf die andere Seite, um das Experiment zu wiederholen, aber es gelang nicht. Dieser Wandschirm war nur von einer Seite aus durchsichtig.

Plötzlich ertönte unter den Fenstern das Stottern eines

Motors. Laviolette verließ das Zimmer und ging zur Treppe. Im Untergeschoss wurde laut gerufen:

«Hélios! He, Hélios!»

Als Laviolette den ersten Treppenabschnitt erreichte, von dem man in das Atelier sah, erblickte er in der Mitte des Raums eine Gestalt in einem gelben Regenmantel, die auf überraschende Art schielte und ihn ansprach:

«Ist Hélios nicht da?»

«Offenbar nicht», antwortete Laviolette.

«Und? Was machen wir jetzt?»

Der kurzbeinige Mann schielte noch mehr. Er hielt die Hände offen, als erwartete er von dieser Begegnung die Antwort auf all seine Fragen.

«Ich weiß es nicht», sagte Laviolette. «Was sollten Sie denn tun?»

«Die Gussform aufbrechen, natürlich, aber Hélios wollte eigentlich dabei sein. Angeblich hat er am Montag den Chef angerufen, dass wir heute vorbeikommen sollen...»

«Um diese Zeit?»

«Nein... Um zwei... Aber wir hatten eine Reifenpanne, einen Kilometer von hier entfernt. Das Ersatzrad war platt. Ich habe einen meiner Männer nach Forcalquier geschickt – zu Fuß! –, damit man uns das Rad repariert...»

«Sie sind also um zwei Uhr nachmittags unterwegs hängen geblieben?»

«Ungefähr, ja.»

«Und Sie sind Hélios nicht begegnet? Sie haben ihn weder mit dem Wagen noch zu Fuß gesehen?»

«Nein, es sind genau zwei Autos vorbeigefahren. Wir mussten sie vorbeileiten, weil wir zwei Drittel der Straße einnahmen. Aber Hélios war nicht dabei... Und zu Fuß? Ich habe Hélios noch nie zu Fuß gesehen.»

Er schielte hartnäckig und versuchte, seinen Gesprächpartner einzuschätzen.

«Sind Sie Kunsthändler?», fragte er.

«Nein», antwortete Laviolette. «Ich bin Kommissar.»

«Ach so! Na dann, vielen Dank. Ich mach mich an die Arbeit.»

«Sie wollen die Arbeit ohne ihn anfangen? Bei diesem Wetter?»

«Ach, das wäre nicht das erste Mal. Klar, bei diesem Wetter! Ich hab versucht, beim Chef von Unwetter zu sprechen, er hat mich nur gefragt, ob ich ihn verarschen will... Angeblich hat er ohnehin schon zu viel Zeit verloren – durch unsere Schlampereien...»

Draußen warf jemand einen Kompressor an. Das Geräusch überdeckte augenblicklich alles. Laviolette griff nach dem roten Regenschirm und trat hinaus.

Fünf Männer fielen die Gussform mit der Spitzhacke und dem Presslufthammer an. Es war schon fast dunkel. Unter den Kastanienbäumen verdrängte ein Windstoß für einen Augenblick das Getöse des Kompressors. Dreihundert Meter weiter weg kamen unter dem aufgewühlten Nebel auf den Hängen von Revest Schneeböen auf wie blühende Mimosensträucher. Die Flocken kamen den Hang herunter, vertrieben den Regen. Auch die gelben Ölmäntel der Arbeiter waren bald davon bedeckt. Der Nordwind blies dicht über den Boden und umtobte die Knöchel der Männer. Die klebrigen Flocken waren so groß wie Fünf-Franc-Stücke, und zunächst fielen sie so dicht und mit der gleichen Geschwindigkeit wie der Regen.

Als der Sturm dann waagrecht peitschte, ohne sich um die Regenmäntel und den Schirm zu scheren, wurde es endgültig dunkel, und man wäre vor so viel Schnee am liebsten geflohen.

Im Lärm des Presslufthammers gingen die Verwünschungen der Männer unter, die ohne Handschuhe arbeiten mussten und denen die Schneekristalle übers Gesicht und in den Schnurrbart jagten.

Die Arbeiter grölten sich ihr Leid aus dem Leibe und sangen mit italienischem Akzent: *«L'important, c'est la rose l'important...!»*

Mit Flüchen feuerten sie sich gegenseitig an:

«Forza! Porca putan!»

Einer von ihnen eilte zum Lastwagen, um die Szene anzustrahlen, da man überhaupt nichts mehr sah. Ein Scheinwerfer leuchtete auf, der andere war außer Betrieb. Bei dieser Entdeckung fingen sie an, ihren Chef zu verfluchen. Aber das Ballett der Stemmeisen und der Spitzhacken wurde nie unterbrochen. Stücke der Gussform rollten am Boden, und die Arbeiter warfen sie auf die Ladefläche des Lastwagens. Sie hackten mit kleinen, maßvollen Schlägen in das weiße Material. Sie waren Spezialisten. Trotz der Umstände arbeiteten sie mit Präzision, auf den Zentimeter genau, nach einer lange erprobten Methode. Von Zeit zu Zeit riefen sie:

«Aquéou putan d'Hélios!»

Das erleichterte sie. Aber im Licht des einzigen Scheinwerfers – das übrigens immer schwächer wurde –, schimmerte aus einer zerbröckelten Ecke der Gussform eine elegant geschwungene Rundung auf. Die Farbe war die des Meeresgrunds.

«Porca Madonna! Aldo!», rief der Schielende. «Schmeiß den Motor an, sonst sitzen wir im Dunkeln! Die Batterie entlädt sich!» Einer der Männer gehorchte und betätigte den Anlasser. Das Licht wurde noch schwächer und ging fast aus. Der Motor sträubte sich, hustete, heulte schließlich auf, und der Scheinwerfer leuchtete wieder.

Im diesem trüben Licht fuhren sie mit ihrer Irrsinnsarbeit fort. Der ganze obere Teil der Gussform war zusammengefallen, aber das kontrastlose Scheinwerferlicht, das von den dünnen Schwaden der Schneeflocken durchkreuzt wurde, ließ keinerlei Umrisse deutlich werden. Die Rundungen verschmolzen mit dem schwarzen Hintergrund der Nacht.

Laviolette, der mit Mühe seinen nutzlosen Regenschirm festhielt und dessen Füße allmählich zu Eisklötzen wurden, riss die Augen auf. Er war innerlich überzeugt, dass sich ein Großteil der Wahrheit in der dunklen Masse befand, die sich da vor seinen Augen aus dem Nichts herausschälte: Es war wie die bedrohliche Geburt eines Ungeheuers. In einer Viertelstunde – aber wie sollte er das noch eine Viertelstunde lang aushalten? – würde sich vor ihm die Aufklärung des Geheimnisses ereignen, und vielleicht würde man den Anblick gar nicht aushalten.

«Forza! Porca Madonna!»

Die Flüche waren ihnen eine große Hilfe, so schien es, und Laviolette hatte große Lust, es auch einmal zu versuchen. Er trat näher, bis er von den Männern gerempelt wurde, bis er sie berührte, aber die Konturen des Kunstwerks entgingen ihm noch immer. Er konnte lediglich eine Art unförmigen Wal erkennen, der in die Brandung des Schneegestöbers tauchte. Die Flocken blendeten ihn, als würde man ihm Sand in die Augen streuen.

Plötzlich fiel ihm auf, dass das Ballett der Männer um ihn herum sich in Flucht verwandelte. Der Schlauch des Kompressors, den man abgeschaltet hatte, peitschte ihm gegen die Füße. Die Luft entwich zischend aus der Maschine, und er hörte, wie sie das Gerät zum Wagen rollten und ankuppelten.

«Fahren Sie den Wagen heran!», rief er. «Beleuchten Sie dieses Ding! Beleuchten Sie es!»

Aber sie warfen eiligst ihre verschiedenen Werkzeuge auf die Ladefläche. Sie riefen ihm etwas Unverständliches zu, er glaubte zu hören, dass sie am nächsten Tag wiederkommen wollten, um die Arbeit zu beenden.

Er befahl ihnen dazubleiben, aber ohne Erfolg. Mit gehetztem Blick, wie aufgestörte Hasen, flüchteten sie schon in die Kabine. Der Fahrer trat die Kupplung. Auf der fünf Zentimeter hohen Schneeschicht, die sich inzwischen gebildet hatte, rutschten die Räder weg. Sie hätten ihn glatt niedergewalzt, dachte Laviolette, wenn er sich vor die Motorhaube geworfen hätte, so sehr waren sie in Eile. Er verzichtete wohlweislich.

«Porca putan!», rief er ihnen nach, um sich zu erleichtern.

Er war allein, die Nacht war so dunkel, dass er seine eigenen Füße nicht sah, der Schneesturm peitschte ihm das Gesicht, an den Ohren pfiff der schneidende Wind vorbei. Im Hintergrund, mehr als zwanzig Meter entfernt, waren die Tür von Bel-Air und sein Licht kaum noch zu erkennen.

Trotzdem gab er nicht auf. Tastend näherte er sich dem Werk. Er berührte es. Es war kalt und roch nach neuem Metall. Er stolperte um die Konturen herum. Seine Hände glitten über Vertiefungen, die schon mit Schnee gefüllt waren. Zweimal ging er um das Werk herum – den Regenschirm hatte er geschlossen und in den Schnee gesteckt, wo er auch blieb –, aber er besaß nicht den Tastsinn eines Blinden. Er konnte aus seinem Tasten nichts schließen. Es schien ihm nur, dass er einen Augenblick über ehernes Haar gestrichen hatte.

Als die Kälte an den Füßen ihn endlich besiegt und er sich zum lebendigen Schneemann verwandelt hatte, ging er schwerfällig wieder zum Haus zurück. Der Anblick der Feuerstelle weckte noch einmal seine Lebensgeister. Er schüttelte sich wie ein Jagdhund, um den Schnee abzuklopfen, nahm einen Arm voll Reisig und warf es auf die Holzscheite. Als die Flamme aufloderte, stellte er sich davor und drehte sich wie ein Derwisch. Er brauchte jetzt etwas Starkes, aber da sonst nichts zu finden war, schenkte er sich ein Glas Villeneuve ein.

Oben im Rauchabzug des Kamins tönte der heulende Wind wie die Saite eines Kontrabasses. Manchmal fiel eine Schneeflocke bis hinab ins Feuer, versuchte den Flammen auszuweichen und verdunstete zischend in der Glut.

Laviolette wandte sich zum Tisch und ohne nachzudenken drehte er das Brot auf die richtige Seite. Das Brot, die Sardellendose, der Schweizer Käse und das Taschenmesser... Dieser griffbereite Trost brachte ihn in Versuchung. Er begann, ohne große Überzeugung, eine Sardelle auf einer trockenen Brotscheibe zu verstreichen.

So saß er ein paar Minuten gedankenverloren und kaute an dieser Schienenlegermahlzeit, als der durch den Schnee gedämpfte Lichtstreifen eines Scheinwerfers auf die Fensterscheiben fiel. Eine Tür knallte. Der Richter Chabrand tauchte aus der Nacht auf und näherte sich dem Kamin.

«Man muss Sie wirklich mögen, um bei so einem Wetter hierher zu kommen. Man sieht keine zehn Meter weit. Sogar mit meinen Winterreifen wäre ich fast im Béveron gelandet! Ich bin einem Lastwagen begegnet! Mit nur einem Scheinwerfer! Und dazu noch mitten in einer Kurve!»

«Kommen Sie!», rief Laviolette. «Ich muss das unbedingt sehen!»

Er ließ sein Brot auf dem Tisch liegen und zog den Richter nach draußen.

«Was sehen?», rief der Richter. «Können *Sie* hier etwas sehen? Schauen Sie doch mal!»

Der Sturm war wie eine wild gewordene Peitsche. Sobald man einen Fuß nach draußen setzte, spuckte er einem ins Gesicht. Eigentlich fiel gar nicht viel Schnee, aber es war der Wind, der ihn so bissig machte. Laviolette hörte dem Richter nicht zu, er stürzte hinaus, und Chabrand musste ihm wohl oder übel leuchten. Der Wind hatte die Schneeflocken gegen den Bronzeklotz geblasen, und man sah nur eine gewaltige Masse mit verschmelzenden Umrissen.

Aber Laviolette gab nicht auf. Bis zu den Knöcheln im Schnee, versuchte er mit seinen behandschuhten Händen die Schneemasse von der Bronzeoberfläche zu wischen, aber sie war schon festgefroren.

«Sie sind völlig unvernünftig!», schimpfte der Richter, der sich neben ihm abplagte, mit einer Effizienz, zu der nur ein Intellektueller fähig ist. «Man müsste wenigstens ein Werkzeug haben!», rief er verzweifelt.

Zu zweit schafften sie es, in einer Zeitspanne, die ihnen wie eine Ewigkeit vorkam, eine Stelle von fünfzig Zentimetern freizulegen, aber alles, was sie entdeckten, war ein eherner Unterarm, der sich in den behaglichen Schneemantel kuschelte.

Sie waren außer Atem und völlig durchgefroren, der Richter hielt es nicht mehr aus.

«Sie schaffen es noch, meine Batterie außer Gefecht zu setzen!», rief er. «Dann sitzen wir da! Und Sie holen sich eine Erkältung! Nun seien Sie doch vernünftig! In Ihrem Alter!»

Er zog ihn fast mit Gewalt zum Feuer zurück, auf das er trockene Äste warf. Laviolette ließ sich in einen geflochtenen Sessel fallen.

«Weshalb sind Sie eigentlich hierher gekommen, verdammt?», knurrte er.

«Um Sie zu unterstützen», sagte der Richter.

Er war in seinen Carrick eingewickelt, der endlich so aussah, wie er es wünschte: olivgrün vor lauter Abnutzung. Er beobachtete Laviolette mit einem Hauch von neugieriger Zärtlichkeit, in seiner Brille spiegelten sich die Flammen.

«Sagen Sie mal! Könnten wir nicht versuchen, diese Tür zu schließen?»

«Die steht schon zu lange offen. Die Flügel sind blockiert. Haben Sie Courtois gesehen?»

«Ja, ich habe ihn gesehen. Wir haben im ganzen Bezirk eine Suchanzeige ausgegeben, aber Hélios hat jetzt mindestens sechsunddreißig Stunden Vorsprung, Ihrer Großmut sei Dank... Trotzdem müssten wir ihn bald haben...»

«Wir müssten ihn bald haben», wiederholte Laviolette nachdenklich. «Und das Haar?»

Der Richter antwortete nicht sofort. Laviolette war ihm schon so oft mit dieser Masche gekommen, dass es ihm jetzt selbst angebracht schien, eine wesentliche Beobachtung, die er gemacht zu haben glaubte, erst mal für sich zu behalten.

«Wir haben es ins Labor geschickt», sagte er endlich.

«Sie hätten ruhig schlafen gehen können», knurrte Laviolette.

«Ja... Hätte ich. Aber stellen Sie sich vor: Als ich so ganz allein in meinem Büro in diesem seelenlosen Gerichtsgebäude saß, da fiel mir auf einmal ein, dass der Mörder noch ein halbes Dutzend Kapseln besitzt. Außerdem fiel mir ein, dass der Mörder vermutlich kein Pardon kennen würde, sollten Sie bei Ihrer komischen Manie, die Wahrheit auch ganz ungewollt zu entdecken, plötzlich – durch Zufall! – das Geheimnis lüften...»

«Vielen Dank für diese liebenswürdigen Worte», sagte Laviolette bitter.

Chabrand zog ein vornehmes Etui aus der Tasche und hielt es ihm hin.

«Erschrecken Sie nicht», sagte er, «es sind Gauloises ohne Filter. Ich sehe, dass Sie nicht einmal in der Verfassung sind, sich eine zu drehen... Nehmen Sie eine... besser als gar nichts...»

Er nahm sich auch eine und gab dem Kommissar Feuer.

«Sie rauchen wieder?», fragte Laviolette.
«Ja...», antwortete der Richter nachdenklich, «seit...»
«Seit wann?»
«... ein paar Tagen...»
Sie blieben beide in ihren Sesseln sitzen, die Füße zum Feuer hingestreckt, rauchten mit Handschuhen und waren in ihre schweren Mäntel eingewickelt. Es zog ganz schrecklich, und immer wieder knallte es irgendwo im Haus, oder es waren Seufzer wie von armen Seelen zu vernehmen. Die Kälte im Rücken war schneidend wie eine Säbelklinge. Manchmal drehten sie sich um, um ihr Kreuz ans Feuer zu halten, dann sahen sie Flocken, die wie weiße Insekten durch die Luft taumelten und sich schließlich unsichtbar auf den kalten Marmor der Frauenrümpfe legten. Gegen zehn Uhr ging das Licht aus.
«Das ist ja ganz was Neues!», sagte Chabrand.
«Was soll's!», seufzte Laviolette. «So viel gibt's hier auch wieder nicht zu sehen...»
Die Flammen des Kamins ließen ihre Gesichter hohl und furchterregend erscheinen. Sie kauerten sich in der Kälte zusammen und schliefen trotz allem nach einer Weile ein.

War es das Totengeläut? Die Sturmglocke? Sie saßen beide in ihren Sesseln, steif vor Erstaunen, in Alarmbereitschaft, und versuchten mit Mühe, einander im Halbdunkel zu erkennen. Das Feuer gab keine Flammen mehr. Es glühte nur noch. Das glimmende Holz fing an zu verblassen.
«Hören Sie das?», fragte der Richter.
Sie liefen beide zur Türschwelle.
Der Wind blies aus Norden. Es fror Stein und Bein. Der Himmel sah aus, als hätte man ihn mit einem Wischlappen sauber geputzt, die Sternbilder hatten sich vor die Nacht geschoben, genau so, wie sie in Kinderbüchern dargestellt werden.
Ungefähr zwanzig Meter weiter hinten, unter den Kastanienbäumen, im blendenden weißen Licht der Scheinwerfer eines Autos, plagte sich eine undeutliche Gestalt ab. Ihre Arme

hoben sich und fielen wieder, und bei jeder dieser Bewegungen erklang dieser eherne Gong wie eine Totenglocke.

Sie stürzten los, rutschten im festgefrorenen Schnee aus. Der Richter griff nach dem Handgelenk, das einen Steinbruchhammer schwang. Laviolette umklammerte die Gestalt. Es war ein kräftiger Frauenkörper, der ihm aus den Händen glitt und ihm ungemein heftige Hiebe mit den Knien und den Füßen verpasste, der versuchte, ihm zu entkommen, und der wirre Dinge schrie. Der Richter hatte es geschafft, ihr den Hammer abzunehmen und ihn weit weg zu werfen, aber die Unbekannte kämpfte mit der Kraft der Verzweiflung, und jedes Mal, wenn sie es mit Fußtritten oder wildem Kratzen schaffte, sich zu befreien, ergriff sie nicht die Flucht, sondern wandte sich wie besessen ihrem Opfer zu und schlug sich daran die Fäuste blutig.

Das Opfer war ein Gesicht aus Bronze, dreimal so groß wie ihr Frauengesicht, und es sah aus, als hätten die Hammerschläge ihm nicht einmal einen Kratzer zugefügt. Die Unbekannte hatte es mit einer soliden Schaufel freigelegt, die jetzt auf dem Boden lag; auf dieses Gesicht hatte sie vorher wie besessen losgeschlagen.

Aber ein ehernes Gesicht zu zertrümmern ist nicht so leicht, wie ein menschliches Gesicht zu zerschlagen, vor allem, wenn dieses Gesicht das Spiegelbild eines Traums ist.

Laviolette war es gelungen, ihr die rostigen Handschellen umzulegen, die er schon so lange in der Tasche trug und mit denen er herumspielte wie mit einem Schlüsselbund. Aber um die Unbekannte ins Haus zu bringen, mussten sie sie regelrecht tragen. Dabei bekamen sie noch ein paar Fußtritte ab. Endlich schafften sie es, sie in einem Sessel beim Kamin abzusetzen.

Ihre Finger waren aufgeschürft. Sie war blass und hielt die Lippen fest zusammengebissen. Während Chabrand sie noch festhielt, warf Laviolette ein paar Holzscheite und den Rest vom Reisig auf die Glut, bis hohe Flammen aufstiegen.

Plötzlich beleuchtete das Feuer die Gesichtszüge der Unbekannten. Sie versuchte, den Kopf abzuwenden.

«Wozu?», fragte Laviolette, der im Feuer herumstocherte, ohne sie anzusehen. «Sie sind doch die Witwe von Paterne Lafaurie…»

«Ja…», sagte sie leise. «Ich bin Fabienne Lafaurie.»

Leise fing sie an zu weinen.

~ 16 ~

SIE SCHWIEGEN. Die Frau zitterte. Während Laviolette sich damit beschäftigte, ein Höllenfeuer zu entfachen, hatte der Richter eine Petroleumlampe angezündet, die einsam auf dem Kaminsims thronte, und nun schnüffelte er in der Küche herum. Er kam mit einer Flasche Cognac zurück, womit er ein Wasserglas zu einem Drittel füllte.

Laviolette löste die Handschellen und ließ sie in seiner Tasche verschwinden.

«Verzeihen Sie…», sagte er, «aber Sie hätten sich sonst die Handgelenke gebrochen. Bronze ist ganz schön hart, wissen Sie…»

«Trinken Sie das hier!», befahl der Richter und hielt ihr das Glas hin.

Sie griff gierig danach und führte es an ihre Lippen. Ihre Hände zitterten noch immer.

«Haben Sie sich wehgetan?», fragte der Richter.

«Ich fühle nichts», antwortete sie.

Ihre hellblauen Augen starrten ins Feuer. Sie war eine schöne, ruhige Frau, die ihre Verführungskraft unter einem so schlanken Aussehen verbarg, dass man sich ihrer zunächst gar nicht bewusst war. Es war eine disziplinierte Schönheit, bedacht auf eine gewisse Unnahbarkeit und notgedrungen bescheiden, als könnte die verhaltene Sinnlichkeit, die ihre Formen ausstrahlten, ihr mehr schaden als nützen.

«Ich fühle nichts mehr», flüsterte sie. «Ich bin tot. Ich bin seit drei Monaten tot.»

«Und doch frieren Sie», sagte Laviolette.

Er erinnerte sich an die Tierfelle auf Sidoines Bett; er griff nach der Lampe, stieg die Treppe hinauf und kam mit zwei Fellen zurück, die er Fabienne umlegte. Sie ließ es sich brav gefallen.

«Die stammen aus Sidoines Zimmer...», sagte sie.

«Ja...», antwortete Laviolette überrascht.

Dann führte sie eine Ecke des Fells an ihr Gesicht und streichelte damit sanft ihre Wangen.

Für eine längere Weile schwiegen sie alle drei. Rund um Bel-Air drückte der Frost auf die Stille, um sie festzubannen.

Fabienne trank ihren Cognac mit kleinen Schlucken. Abwechselnd starrte sie die beiden Männer an, die sie fragend ansahen. Sie warteten gespannt auf das geringste Wort von ihr.

Laviolette versuchte, die Züge der blonden Frau mit dem kantigen, einer Lanzenspitze nachgeformten Bronzegesicht in Einklang zu bringen, das dreimal so groß war wie ein echter Frauenkopf und aus dem die Nase schmal wie eine Dolchschneide hervorstach. Erkennbar stimmten weder Fabiennes breiter Mund – ihr vorherrschendes Merkmal – noch die kecke Nase – das einzige Zeichen von sinnlicher Raffinesse, das ihre Bescheidenheit nicht verhüllen konnte – mit dem Fragment überein, das er nur ganz flüchtig draußen im Schnee erspäht hatte. Die Wahrheit schien ihm auf einmal ganz banal und er drückte sie genauso schlicht aus.

«Es war nicht Ihr Bild, das Sie eben zu zerstören versuchten, nicht wahr?»

«Nein, es war nicht meins.»

«Hatten Sie sich geirrt?»

«Nein, ich hatte mich nicht geirrt.»

«Madame», sagte der Richter, «Sie sind nicht verpflichtet zu reden. Darauf möchte ich Sie hinweisen.»

Er saß im Schatten. Man sah nur seine Brille funkeln. Sie betrachtete ihn mit einem traurigen Lächeln.

«Sie werden mich also verhören», sagte sie, «komisch... Ich wollte schon so lange von mir reden, aber ich wusste nicht wie und vor allem nicht vor wem...»

«Nehmen Sie sich Zeit, Madame», sagte Laviolette, «wir sind ganz Ohr, und wir haben liberale Ansichten.»

«Es ist bestimmt nicht das erste Mal, dass Sie so eine banale Geschichte hören; aber ich habe mit siebzehn geheiratet und ich habe mit sechsunddreißig angefangen zu leben, vor... sechs Monaten... Aber denken Sie bloß nicht, dass es schwer war, nicht zu leben. Um mich herum sah ich nur Frauen sterben, die nicht gelebt hatten: meine Mutter, meine Tanten... Ich glaubte, es wäre das allgemeine Los. Und es war lächerlich, denn während dieser ganzen Zeit lebte ich neben dem Menschen, der diese Leere hätte ausfüllen können... Ein seltsames Leben, das ich führte: immer nur Feste. Die Leute beneideten uns: ‹Die Lafauries, die Dardoires, die Armoises und der Graf, die feiern doch immer nur Partys und hängen dauernd mit diesem komischen Bildhauer rum.› Diese fünf Männer, die als Kinder schon befreundet waren, taten, als würde nichts anderes existieren: die Frauen nicht und die Kinder nicht und auch die Zeit nicht, die vergeht. Sie liefen von einem Bankett zum andern. Und wir waren drei Frauen, die ihnen folgten, drei Frauen, die auf der Hut waren, die versuchten, auch so zu tun, als wären sie schon als kleine Mädchen befreundet gewesen. Wir tauschten gegenseitig Küchenrezepte und erzählten uns von den intellektuellen Meisterleistungen unserer Kinder... Und trotzdem... Wenn wir diese Hülle aufgerissen hätten... Wir gehörten alle drei einer Spezies an, die im Aussterben begriffen ist: Mädchen, die eine Mitgift in die Ehe einbringen. Mit uns hatten unsere Männer das Nützliche mit dem Angenehmen verbunden. Wir waren zuverlässige Frauen. Und ich dachte mir immer: ‹Soll das tatsächlich alles sein in meinem Leben, dieses seichte, hirnlose Treiben, bin ich nicht doch ein wenig mehr wert?› Es gab ein Licht in diesem Tunnel, und das war Hélios. Irgendwann war mir klar geworden, dass er etwas mehr Format als unsere Männer hatte. Manchmal ertappte ich ihn dabei, wie er sie mitleidig ansah, wenn sie über ihre Autos redeten...» Das Wort «Auto» sprach sie in einem Tonfall aus, der zwanzig Jahre Verachtung enthielt. «Ich fühlte mich zu ihm hingezogen... Ich wollte mit ihm reden, aber er wich immer aus. Außerdem misstrauten ihm die vier anderen. Und dabei war er so hässlich...»

«Hässlich, sagen Sie?», fiel der Richter ein.

«Na ja... Er hatte eine eingefallene Brust... Mit seinem Kopf, der hoch auf den schmalen Schultern saß, glich er einem Geier. Manchmal verschwand er für sechs Monate, wegen seiner Ausstellungen. Wenn er zurückkam, zeigte er uns Fotos. Bei all seiner Hässlichkeit war er immer von einem Haufen wunderschöner Frauen umgeben... Sidoine... er war so etwas wie ein Fenster zur Außenwelt...»

Sie schwieg. Sie schmiegte ihren Kopf in die Tierfelle.

«Man macht sich sein eigenes Elend nicht bewusst», fuhr sie fort, «man sagt sich: ‹Hunger, Krieg, Krankheit, was ist im Vergleich dazu dein armseliger Fall? Du wirst doch nicht die ganze Welt damit langweilen?› Und dann eines Tages – es war in Larche – stand ich auf einer Brücke über einen Bergbach gebeugt. Ich blickte auf das schwindelerregend tosende Wasser. Und auf einmal war es regungslos und die Brücke begann nach hinten zu fliehen, mit einer unglaublichen Geschwindigkeit... mit mir oben drauf, wie ein Strohhalm, *alleine*.»

Sie ließ dieses letzte Wort ausklingen, als würde es sie, seit diesem Tag, noch immer verblüffen.

«An diesem Tag», fuhr sie fort, «habe ich beschlossen, mich in Zukunft um mich zu kümmern, um meinen eigenen Willen, fast zwanzig Jahre zu spät... Es ist nicht wahr: Das Schicksal kommt einen niemals holen...»

«Hermerance...», murmelte Laviolette abwesend.

«Ach, Hermerance!», rief Fabienne.

Sie verdrehte die Augen und schüttelte ihr Haar wie eine Mähne.

«Mit Hermerance war es immer dasselbe. ‹Nein, meine Liebe, was soll ich Ihnen sagen? Ich habe noch nie so eine ruhige Zukunft gesehen! Gesundheit, Wohlstand... Ein schöner Herzkönig...› Das war Paterne. Sie beschrieb ihn mir ganz genau. Ich hatte den Verdacht, dass man sie dafür bezahlte, dass sie immer nur ihn sah!»

Sie hielt ihr Glas hin und verlangte noch ein wenig Cognac. Aber sie nahm sich kaum Zeit zu trinken, so stark war ihr Bedürfnis weiterzureden. Die Worte, die sie schon zu lange zurückgehalten hatte, sie kamen aus ihrem Mund wie eine Lawine. Als hätte sich die Verteidigungsrede vor einem ewigen Gericht in ihr aufgestaut.

«Noch am nächsten Tag machte ich mich auf den Weg nach Bel-Air... Als ich ankam, war Sidoine nicht in seinem Atelier. Ich meine, er war nicht hier», verbesserte sie sich. Sie warf einen angsterfüllten Blick in die Dunkelheit, wo man nicht einmal mehr die verstümmelten Statuen erkannte.

«Hören Sie ihn nicht?», rief sie. «Ich glaube, er antwortet mir.»

«Niemand antwortet Ihnen», sagte der Richter, «das ist der Wind im Kamin. Und der Cognac. Ich sollte Ihnen vielleicht...»

Er streckte die Hand aus.

«Nein!», rief sie. «Lassen Sie ihn mir. Er ist wie eine Wärmflasche auf meiner Brust... Also, an diesem Abend habe ich nach ihm gerufen, und er hat mir auch geantwortet, von da oben...» Mit einer Kopfbewegung deutete sie zur Treppe. «Er rief, ich solle nach oben kommen... Alle Türen standen offen, außer der einen, hinter der er redete. Sie war angelehnt. Ich stieß den Flügel auf... Der Ofen bullerte... Die Kastanienbäume vor den Fenstern waren vom Wind zerzaust... – Ich beschreibe Ihnen, was ich zuerst gesehen habe. Sidoine saß im Schneidersitz auf dem Bett und zeichnete. Ich hörte das Kratzen der Kohle auf dem festen Zeichenkarton. Auf dem Parkettboden stand eine nackte Frau, die mir den Rücken zuwandte. Sie hielt eine Geige samt Bogen so in der Hand, als würde sie sie gleich wieder unter ihr Kinn nehmen. Sie hatte – nochmals sage ich Ihnen, was ich zuerst gesehen habe – sie hatte niedliche Grübchen über dem Hintern. In diesem Augenblick hat sie sich umgedreht und ich habe sie erkannt...»

Es schien, als ob der Name, den sie aussprechen wollte, auf ihren Lippen erlosch. Der Richter lauschte. Er hörte, wie sie «Elvire» flüsterte.

Er räusperte sich.

«Es handelt sich demnach um die verstorbene Ehefrau von Félicien Dardoire, unserem zweiten Opfer», sagte er, «die Frau, die, wenn ich mich recht erinnere, in ihrem Wagen umgekommen ist, vor etwa drei Monaten – war das nicht so?»

«Vor etwa drei Monaten», wiederholte Fabienne. «Es war gestern... Aber ich glaube, dass ich sie als jemanden erkannt habe, der mir bis dahin immer nur verkleidet begegnet war. Verkleidet als Ehefrau von Félicien Dardoire, stolz auf ihre entzückenden Kinder von zwölf und fünfzehn Jahren... Normalerweise hatte sie ihr schwarzes Haar streng zu einem Knoten hochgesteckt... Normalerweise hatte sie ein Gesicht, das so aussah, als würde sie es mit Kernseife waschen. Ich habe mich immer gefragt, wie es das aushielt... Sie blickte mich lächelnd an... mit einem Lächeln ohne Scham. ‹Nun ja, meine Liebe, ich bin es!›, sagte sie zu mir. ‹Sidoine hat behauptet, ich wäre schön genug, um ein Marmorbild abzugeben, und ich war schwach genug, ihm zu glauben...›

‹Als sie Ihre Stimme erkannt hat›, sagte Sidoine, ‹wollte sie sich anziehen, aber ich habe sie davon abgehalten... Ach! Warum nicht mal was Unerwartetes!, wie der alte Gide sagt.› Dann hat Elvire gefragt: ‹Schockiert?› Und ich habe ‹Nein› geantwortet, ohne nachzudenken. Mit ihrem Geigenbogen streifte sie meine Augenbrauen und sagte: ‹Haben Sie etwa endlich kapiert? Dann hätten Sie aber lange gebraucht...› Und dann fing sie an, sich lässig vor mir anzuziehen...» Plötzlich klang Fabiennes Stimme brüchig. «Sie schlüpfte in ihren Mantel und in ihre Schuhe, gleichzeitig, als ob sie sie nicht berühren würde. Und um das Gleichgewicht zu halten, stützte sie sich auf meine Schulter. Ich weiß nicht, was für eine Wirkung mein Blick auf sie hatte. Sie wandte sich von mir ab und sagte zu Sidoine: ‹Glauben Sie, dass ich fröhlich bin, weil ich ungezwungen bin? Da irren Sie sich! Ich bin todtraurig. Ich gehe nach Hause, und ich würde gern bleiben.›

Ich folgte ihr auf den Flur... Warum? Ich war gerade angekommen, um mir bei Sidoine Trost zu holen, und dafür hatte ich dreißig Kilometer zurückgelegt, ich konnte doch jetzt nicht schon weggehen wollen… Und trotzdem lief ich hinter Elvire her, als wäre es ein Sog… Buchstäblich: *Ich verstand nicht, was ich fühlte*. Ich stand regungslos auf dem Treppenabsatz und betrachtete ihren Gang. Und hinter mir – ich wusste es – stand Sidoine und beobachtete mich… Mein Mund war ganz trocken. Wie ich es schaffte, ihr auf Wiedersehen zu sagen, weiß ich nicht. Ich zweifle, dass meine Stimme überhaupt vernehmbar war. Elvire ist gegangen… Ich habe gehört, wie sie wegfuhr… Ich stand da und genoss – ja, ich genoss – dieses Gefühl von Leere, als Sidoine hinter mich trat und mir zuflüsterte: ‹Soll ich Ihnen sagen, was Sie fühlen?› ‹Nein!›, rief ich, aber trotzdem hörte ich sein eindringliches Flüstern. ‹Sie begehren sie›, sagte er. Ich antwortete, wie jede Frau es getan hätte: ‹Sie sind verrückt!› Aber Sidoines Worte hatten ein sichtbares Bild geschaffen – das ich vor mir verborgen halten konnte, solange es noch unausgesprochen blieb – ein sichtbares Bild… Sidoine lief um mich herum wie ein Kobold. ‹Aber ja doch!›, sagte er. ‹Die Natur schafft Wunder! Sie erwartet Sie da, wo Sie sie nicht erwarten! Vergessen Sie Ihre Moral, sie gehört schlichtweg in den Müll! Und denken Sie an die Worte des Evangeliums: Es ist später, als ihr denkt! Später! Viel später!› Er schleppte mich in die Bibliothek. Forschend betrachtete er die Regale, von oben bis unten. Er rang die Hände: ‹Wenn da drin doch nur etwas wäre, das die Macht hätte, Sie zu überzeugen!› Dann auf einmal kam ihm eine Idee, er nahm dieses kleine Buch heraus und reichte es mir. ‹Hier!›, sagte er. ‹Es ist sehr unausgereift, aber in Ihrem Alter können Sie sich noch dafür begeistern! Nehmen Sie es und, ich bitte Sie, kommen Sie mir als ein bewusstes Wesen zurück!›

Er begleitete mich zur Tür, und seine Hände, die mich nicht berührten, zeichneten – fast zitternd – die Umrisse eines Körpers um mich herum, meines Körpers, den ich aber im Zentrum seiner Gesten nicht erkannte.»

Sie hielt inne, zog fröstelnd die Felle hoch, befeuchtete sich die Lippen mit dem Cognac und führte ihre sinnliche Nase über das plumpe Glas. Sie schaute sie abwechselnd an.

«Ich würde gern…», sagte sie.

Chabrand stand auf und griff nach seinem Zigarettenetui.

«Ja», sagte sie zufrieden. «Danke, genau das wollte ich.»

Ein paarmal zog sie an der Zigarette. Man hörte das leise Brodeln des Safts, der aus einem Holzscheit sickerte.

«Glauben Sie, dass ich mich nicht für wahnsinnig gehalten habe? Aber natürlich! Ich habe mich den Tatsachen nicht gebeugt, ohne zu kämpfen… Und sie, glauben Sie, dass sie nicht gekämpft hat? Mit der Kraft der Verzweiflung haben wir gekämpft und letztlich ohne triftigen Grund… Bis zu dem Tag in Revest-des-Dames, wo das Schicksal uns erneut einander gegenübergestellt hat und wo wir es gewagt haben, uns anzusehen, bis unser Blick uns zu –»

«Elvire», unterbrach sie Laviolette, «hat von diesem Abend einen Champagnerkorken aufbewahrt. Sie hat Ihnen auch einen Brief geschrieben, den Sie nie erhalten haben…»

«An diesem Abend habe ich es gewagt, während man uns die Mäntel reichte, ihr das Buch zuzustecken. Ich hatte es immer bei mir – es ist so klein… Ich flüsterte ihr ins Ohr: ‹Ich leihe Ihnen dieses Buch. Ich habe etwas darin unterstrichen.› Meine Bewegungen waren so unsicher, dass ich ihre Tasche verfehlt habe. Sie bückte sich rasch und hob es auf, ohne etwas zu sagen. Dann reichte sie mir meinen Mantel, und als sie ihn mir über die Schultern gleiten ließ, streifte ihr Atem meinen Nacken und sie flüsterte mir zu: ‹Ich gehe am Freitag zu Hélios.›»

«Hat jemand gesehen, dass Sie ihr das Buch gereicht haben?», fragte der Richter.

«Das müssen Sie doch am besten wissen, ob mich jemand gesehen hat…»

Sie stand auf, ließ die Felle fallen und griff nach der Petroleumlampe; ohne zu zögern ging sie auf die Statue mit den Grübchen zu, die Laviolette so nachdenklich gestimmt hatte. Fabienne hielt die Lampe hoch und beleuchtete sie. Die beiden Männer waren ihr Schritt für Schritt gefolgt.

«Ich kann es einfach nicht glauben», stöhnte sie, «dass das alles ist, was von ihr übrig bleibt…»

Sie berührte den Stein.

«Vorige Nacht», fuhr sie fort, «bin ich hierher gekommen und habe vor diesem kalten Abbild geweint. Mein Gott, war das kalt!»

«Kommen Sie!», sagte Laviolette. «Gehen wir zurück ans Feuer...»

Sie ließ sich gehorsam führen. Chabrand nahm ihr die Lampe aus den Händen. Sie setzten sie wieder auf das Sofa, so vorsichtig, dass sie die Luft dabei anhielten. Das Wichtigste hatte sie noch nicht gesagt. Das ganze Geheimnis war noch in ihr verborgen. Jetzt galt es, sich ganz zurückzunehmen. Sie schenkten ihr noch einen Tropfen Cognac ein, denn sie hielt ihr Glas hin; dann fing sie wieder an zu reden.

«Ich versuchte, ihr neues Gesicht mit dem in Einklang zu bringen, das ich seit fünfzehn Jahren kannte, wenn wir von unseren Kindern redeten und von unserer Marmelade. Umsonst... Die frühere Elvire hatte sich aufgelöst. Und die neue – da hätte sich schon eine Kluft rund um Bel-Air öffnen müssen, um mich daran zu hindern, sie an jenem Freitag zu besuchen. Aber glauben Sie, dass ich fröhlich war, als ich hinging?... Ich atmete mit offenem Mund, ich war leer, meine Knie waren weich... Sie war schon da, als ich eintrat. Sie sprach mit Sidoine. Als sie mich sah, drehte sie sich rasch um, als wolle sie flüchten. Aber Sidoine hielt sie am Handgelenk fest. Er hat sie mir buchstäblich zugeführt. Und er hat meine Hand genommen... Haben Sie seine Hände schon mal berührt? Alles, was sich in mir sträubte, hat sich auf der Stelle beruhigt. Er flüsterte: ‹Hört mal, ihr geht doch nicht einer Tragödie entgegen, sondern einer Entdeckung. Ihr werdet euch gegenseitig entdecken... Nach dieser Erfahrung werdet ihr von innen heraus strahlen, die Zwänge, zu denen ihr zurückkehrt, werden euch plötzlich ganz leicht vorkommen...›»

Sie erschauerte und blieb fast eine Minute lang stumm. Sie sahen ihr an, dass sie gerade eine Tote aus dem Nichts zurückbeschwor und sie wieder ins Leben zurückrief auf diesen Fellen, die sie mit ihren Wangen streichelte.

«Er irrte sich», fuhr sie fort, «und wir hatten mit Recht Angst... Wir gingen geradewegs auf die Hölle zu, alle drei... Er führte uns die Treppe hinauf, er in der Mitte, jede von uns beiden an einer Hand. Er sprach ganz sanft mit uns, wie mit zwei scheuen Pferden, die sich vor einem Schatten erschreckt hatten... Er führte uns in sein Zimmer. Er hatte Feuer gemacht. Er hatte Tierfelle gekauft, die ich nicht identifizieren konnte, die aber herrlich weich anzufassen waren. Er sagte: ‹Jetzt kann ich nichts mehr für euch tun›, und ist hinausgegangen...»

«Nein», sagte Laviolette, «er ist nicht hinausgegangen... Er hat es nur vorgetäuscht. Er ist leise wieder hereingekommen und hat sich mit seinem Zeichenblock hinter den chinesischen Wandschirm gesetzt.»

«Ja», flüsterte Fabienne, «das hat er getan. Wahrscheinlich nicht sofort, vielleicht nicht beim ersten Mal... Wir fühlten uns vollkommen allein und in Sicherheit... Man sagt, dass glückliche Stunden schnell vorübergehen, aber sie schienen uns im Gegenteil unendlich lang...»

Sie hielt inne und hörte auf die Stille, als versuche sie diese Momente wieder herbeizuzaubern, die das Haus hinter seinen Mauern gehütet hatte.

«Es dauerte bis zu ihrer letzten Sauferei und bis zum ersten Hasen, den sie geschossen hatten», sagte sie. «Das muss um den dritten Oktober gewesen sein. Sie sind hierher gekommen, um ihn zuzubereiten!» Ihr Zeigefinger war auf den Kamin gerichtet, genau auf die Stelle, wo der Steinguttopf in der Glut gestanden hatte, in jener Nacht. «Es war der einzige Kamin, der groß genug war... Ich weiß nicht, was sie zu fünft getrunken haben... Sie können sich ja vorstellen, der erste Hase der Jagdsaison! Sie müssen ziemlich besoffen gewesen sein... Wenn sie getrunken hatten, sprachen sie immer von den Frauen. Dann erzählten sie sich von ihren Heldentaten. Unseren Männern bekam der Alkohol nicht gut, bei jedem Treffen kamen sie irgendwann auf unsere Gefühlskälte zu sprechen. Es war dieses Leitmotiv gewesen, das Sidoine nachdenklich gemacht hatte... An diesem Abend haben sie wieder damit angefangen, aber Sidoine hatte zu viel getrunken. Er hatte es satt, immer dasselbe Geschwätz zu hören. Er ist in ein großes Gelächter ausgebrochen und hat gerufen: ‹Was? Kalt? Nicht mit mir! Ich werde euch mal was zeigen! Ihr werdet staunen!› Er lief zur Treppe. Er war so betrunken, dass er auf allen vieren hinaufstieg. Und dann kam er mit den Zeichnungen zurück…»

Sie verbarg ihr Gesicht in den Händen.

«Es muss schrecklich gewesen sein!», rief sie und schüttelte ihr Haar. «Das waren wir! Wir, so wie wir waren und wie seine Vorstellung uns sah! Übermalte Skizzen und auf Anhieb gelungene Zeichnungen. Alles durcheinander. Sie wollten ihn umbringen. Sie haben es nicht geschafft. Sie haben es nicht einmal geschafft, ihm seine Zeichnungen abzunehmen. Sie waren alle viel zu betrunken…»

«Aber woher zum Teufel wissen Sie das?», fragte der Richter. «Sie waren gar nicht dabei…»

«Paterne hat es mir am nächsten Tag erzählt, in Anwesenheit von Léone. Ich sehe ihn noch… Er war purpurrot, aber kaum mehr als sonst. Er aß stumm, aber plötzlich hat er mich voller Hass angestarrt. ‹Léone›, sagte er, ‹deine Mutter ist eine…› Ich legte meine Gabel ab. Ich wollte antworten, was genau weiß ich übrigens nicht mehr. Am Ende dieser wenigen Worte sah ich die Freiheit. Aber Léone ist mir zuvorgekommen. Sie hat ihm tief in die Augen gesehen und hat ihm geantwortet: ‹Na und?› – ‹Na hör mal› hat er gesagt, ‹du weißt ja gar nicht, was das ist! Ich werd's dir erklären!› Léone ist aufgestanden. Er hat ihr befohlen, sich zu setzen. Und dann fing er an, von dem Abend zu erzählen. So habe ich erfahren, was Sidoine von uns gewollt hatte. Dass wir nur sein Spielzeug gewesen waren…» Ein langer Seufzer hob ihre Brust. Sie warf das Haar zurück. «Von da an… war es die Hölle. Elvire hat mich am nächsten Tag angerufen, um mir zu sagen, dass wir uns nicht mehr sehen dürften. ‹Warum?›, habe ich geschrien, so laut, dass Léone aus ihrem Zimmer kam. Sie hat mir geantwortet: ‹Meine Kinder! Mein Gott, wenn sie es wüssten! Mein Gott, man wird sie mir wegnehmen! Nein! Ich flehe dich an! Wir dürfen uns nicht mehr sehen!› Aber es hat alles nichts genutzt. Die Hetzjagd hatte schon begonnen. Dardoire hat ihr gedroht, ihren Kindern alles zu erzählen, wenn sie ihm nicht ihre gesamten Anteile an den hundert Hektar Côte de Provence überlassen würde. Chantesprit war der Erste, der sofort kapierte. Elvire hatte eigenes Vermögen und es blieb ihr Hoffnung. Er hat Sidoine eine Zeichnung geklaut. Er hat sie Elvire gezeigt. Er würde Fotos davon machen, sagte er ihr, um sie ihren Kindern zu schicken. Das alles hat sie mir am Telefon gesagt… Dardoire schickte sie zu Armoise, damit der ihr erklärt, was er von ihr erwartete. Der traute seinen Augen nicht, so buckelig, wie er auch war: eine Frau zu sehen, die sich so ‹wegwirft›, sagte er. Er sagte ihr: ‹Sie werden sehen, mit mir wird es anders sein! Wenn du mir gehörst, werde ich dafür sorgen, dass Dardoire im Unrecht ist und dass du deine Kinder behalten kannst.› Sie hörte nichts anderes mehr als: ihre Kinder, das Verhältnis zu ihren Kindern! Denk an deine Kinder! Gott bewahre, wenn das deine Kinder wüssten!»

Fabienne hielt inne, streckte fordernd ihr Glas hin, und als Chabrand sie bedient hatte, leerte sie es in einem Zug.

«Eines Tages», sagte sie «kam sie mir in der Hauptstraße entgegen. Sie ist auf der Stelle umgekehrt… Sie war nicht wieder zu erkennen. Sie war mager und sah ganz verstört aus. Am Abend hat sie mich angerufen.»

Dicke Tränen liefen über ihre schönen Wangen.

«Und Ihr Mann?», fragte Laviolette.

«Er schonte mich. Er hatte eine große Neubepflanzung in Angriff genommen. Noch zwei Monate brauchte er mich als Bürgin für den Crédit Agricole. Aber… wie soll ich Ihnen das sagen? Er triumphierte in seinem Zorn, manchmal rieb er sich die Hände… Ich hatte das Gefühl – aber ich täuschte mich –, dass die Dinge sich beruhigen würden; und da kam eines Abends der letzte Anruf von Elvire. ‹Ich werde mich umbringen!›, sagte sie. Dann fügte sie noch hinzu: ‹Ich komme von Sidoine. Ich habe ihm gesagt, er soll mir die Zeichnungen zurückgeben, dann stünde ich ihm zur Verfügung, wenn er es wolle. Er hat mich ausgelacht. Ich kann nicht mehr!, hat er gesagt. Und selbst wenn ich noch könnte! Ich brauche euch für mein Meisterwerk. Elvire, du wirst unsterblich sein! Und Fabienne auch! Hast du gesehen wie gut getroffen eure Gesichter auf diesen Zeichnungen sind? In der Bronzeplastik, an der ich gerade arbeite, werden sie noch ähnlicher sein. Ich werde eure Züge vereinigen! – Jawohl, hörst du Fabienne? Er hat gesagt: Ich werde eure Züge vereinigen! Fabienne, ich bitte dich, lass das nicht zu! Bring ihn um! Du bist doch so stark!›

Drei Tage später ist sie mit ihrem Wagen den Col des Garcinets hinuntergefahren und hat sich in den Abgrund gestürzt. An dieser Stelle konnte es sozusagen nicht schief gehen...»

Sie wollten sie unterbrechen, eine Frage stellen, aber sie holte nicht einmal Luft.

«Also bin ich vorige Nacht hierhergekommen. Ich wollte Sidoine anflehen, das Werk zu zerstören... Ich hätte mich zu seinen Füßen geworfen, ich wäre seine Sklavin geworden.»

«Und wenn er nicht gewollt hätte?», sagte der Richter.

Sie senkte den Kopf.

«Ja. Ich hätte ihn umgebracht. Ich glaube, ich hätte ihn umgebracht... Aber er war nicht da. Also bin ich heute Abend wieder gekommen... Ich weiß nicht, *wie* ich hierher gekommen bin... Die Straße ist spiegelglatt... Ich hatte einen Hammer mitgenommen... Ich schwöre Ihnen, wenn ich Sidoine begegnet wäre, hätte ich ihn umgebracht... Und als ich dann ankam, ist das Licht meiner Scheinwerfer auf dieses schneebedeckte Ding gefallen... Man konnte die Umrisse nicht erkennen, aber ich wusste, was es war... Ich habe nicht weiter nachgedacht... Ich habe Ihren Wagen gar nicht gesehen. Ich war von Elvires letztem Wunsch besessen, aber nun war das nicht wieder Gutzumachende geschehen: Bald würde alle Welt – auch ihre Kinder – ihre Züge in dieser Skulptur erkennen. Da habe ich den Hammer genommen, den Schnee von Elvires Gesicht weggewischt und zugeschlagen, ich habe nur noch drauflosgeschlagen...»

«Eigentlich...», seufzte Laviolette, «da Sie sie liebten... da Sie sie rächen wollten, ihren letzten Wunsch erfüllen wollten...

Eigentlich hatten Sie alle Gründe der Welt, um sie allesamt umzubringen...»

«Wahrhaftig!», rief sie heftig.

Plötzlich ging das Licht wieder an. Sie entdeckten ihre neuen Gesichter, die nun von einem nie mehr auszulöschenden Einverständnis geprägt waren.

«Und trotzdem», flüsterte sie, «habe ich es nicht getan. Ich konnte es gar nicht tun.»

«Was soll das heißen, Sie konnten es gar nicht tun?»

Sie schüttelte den Kopf.

«Nein. Ich konnte es nicht. Ich muss Ihnen noch etwas erzählen... Aber geben Sie mir noch eine Zigarette.»

Chabrand gehorchte.

«Es war so...», erklärte Fabienne. «Am Abend bevor mein Mann starb, ist Dardoire zu uns gekommen. Er hatte nicht seinen üblichen Wagen. Er fuhr einen Diane Mehari, einen kleinen Geländewagen. Wir hatten gerade zu Abend gegessen. Von weitem schon hat er nach Paterne gerufen. Er schnaufte, er war rot... Dardoire hat sofort gesagt: ‹Paterne! Ich komm nur auf einen Sprung vorbei. Ich muss dich dringend sprechen, aber nur kurz, ich habe im Handschuhfach fünfundzwanzig Kapseln zur Raubwildbekämpfung, die ich dem Jagdaufseher bringen muss. Das ist mir gar nicht geheuer. Wenn jemand...› Den Rest habe ich nicht gehört. Mein Mann hat ihn sofort in sein Büro geholt und ich bin zurück ins Esszimmer gegangen, um abzuräumen... Ich bin allein zurückgeblieben... allein...»

Sie wiederholte dieses Wort, als würde sie plötzlich zweifeln, als hätte sie ein wichtiges Detail vergessen und würde versuchen, sich genauer zu erinnern. Aber sie gab es auf und fuhr fort:

«Ich war allein zurückgeblieben, und während ich aufräumte, führten meine Gedanken einen wahren Veitstanz auf... Wenn ich die beiden Männer, die dort hinter der Wand redeten, mit einem Knopfdruck hätte aus der Welt schaffen können, ich hätte keine Sekunde gezögert. Also... Die fünfundzwanzig Kapseln... Die fünfundzwanzig Kapseln... Ich ging hinaus. Ich öffnete die Tür des Mehari, suchte im Handschuhfach. Es war leer...»

«Es war leer...», wiederholte der Richter. «Das wird Ihnen niemand glauben.»

«Nein», sagte Fabienne. «Das wird mir niemand glauben.»

«Nehmen wir an, wir würden Ihnen glauben. Haben Sie an dem Tag etwas gesehen, was Sie entlasten könnte?»

«Nein, nichts. Als ich ins Haus zurückkam – die Tür war offen –, traten sie gerade aus dem Büro. Paterne sagte: ‹Um sicherzugehen, müssen wir Hermerance anrufen.› Als sie mich sahen, schwiegen sie. Dardoire ist wieder in seinen Mehari gestiegen und davongerast.»

«Warten Sie!», sagte Laviolette. «Hat er in das Handschuhfach geschaut, bevor er losgefahren ist?»

«Nein. Ich habe genau hingeschaut, denn ich war darauf gefasst, dass er es tun würde.»

«Und er hat es nicht getan. Aber nach Ihren Worten zu schließen, machten die Kapseln und das, was er Ihrem Mann sagen wollte, ihm doch gleichermaßen Sorgen. Was für ein Fortbewegungsmittel benutzt Ihre Tochter Léone?»

«Wenn ich ihn nicht brauche, nimmt sie meinen Wagen. Sonst hat sie ihr Fahrrad.»

«Und an diesem Tag?»

«Sie war mit dem Fahrrad unterwegs. Ich habe sie wegfahren sehen, während ich den Tisch abwischte.»

«Und während der Zeit, als Dardoire bei Ihnen war, ist Ihnen da nicht ein Detail aufgefallen – außer dass Ihre Tochter weggefahren ist –, das Ihnen helfen könnte? Irgendein kleiner Zwischenfall? Jemand, der vorbeigekommen ist? Ein Gespräch? Ein ungewöhnliches Geräusch? Die Tür des Mehari zum Beispiel, während Dardoire mit Ihrem Mann im Büro war?»

«Jemand der vorbeigekommen ist? Jetzt, wo Sie mich fragen... Vielleicht doch! Ich habe einen Motor gehört... Ich erinnere mich, denn, obwohl ich in Gedanken versunken war, habe ich mich gefragt, ob es sich um eine Kettensäge oder ein Mofa handelt...»

Der Richter machte einen Schritt auf sie zu.

«Wir suchen nach einem Moped- oder vielleicht einem Geländemotorradfahrer. Haben Sie so eine Maschine gesehen?»

«Nein», antwortete Fabienne zerstreut. «Aber warten Sie… Neulich, an dem Abend, als ich hierher kam… Vielmehr als ich wegfuhr… Auf dem kleinen Weg, bevor ich in die Straße nach Sigonce einbog, da bin ich so einem Motorrad begegnet. Ich habe den Fahrer im Licht meiner Scheinwerfer gesehen… Er trug einen Integralhelm…»

«War er rot? Mit einem Abziehbild, einem goldenen Stern?»

«Vielleicht, aber wissen Sie, ich war mit den Gedanken woanders.»

«Haben Sie nicht gesehen», fragte Laviolette, «ob er um die Taille so ein Ding da trug?»

Er zog den Postgürtel hervor und hielt ihn Fabienne vor die Nase, ohne sie aus den Augen zu lassen. Sie zuckte nicht mit der Wimper.

«Nein», sagte sie deutlich.

«Madame», seufzte Laviolette, «ich muss Sie bitten, aufzustehen und einen Augenblick Ihren Mantel auszuziehen. Entschuldigen Sie mich bitte, es dauert nicht lange.»

Als sie so vor ihm stand in ihrem eleganten Kleid mit den zartblassen Farben, fühlte er sich von der Vollkommenheit ihrer Formen eingeschüchtert.

«Verzeihen Sie bitte», sagte er.

Er legte ihr das Beweisstück um die Taille. Er führte den Riemen in die Schlaufe und zog daran, um den Dorn durch eins der Löcher zu stecken. Der Richter beobachtete die Szene mit Interesse. Laviolette rollte den Ledergürtel, den er ihr wieder abgenommen hatte, zusammen und drehte sich zu ihm um.

«Nein!», sagte er schlicht, «es besteht kein Anlass…»

~ 17 ~

«Ein Bündel von Vermutungen…», murmelte Laviolette. «Und allen Grund der Welt… Und doch!»

Die Fußgänger in der Hauptstraße hielten Abstand von diesem Mann, der Selbstgespräche führte.

In Manosque duftete es angenehm nach Lammbraten und Kalbsroulade. In den Konditoreien standen die Naschsüchtigen Schlange bis auf den Gehsteig hinaus. Sonntags aß man nicht wenig in dieser Stadt, die in einer gediegenen Langeweile erschlaffte, sobald die Schulkinder sie nicht mehr belebten.

Der Kommissar blieb einen Augenblick an der Ecke des Platzes stehen, um sich die große Menschenansammlung vor der Kirche Saint-Sauveur anzusehen, in der gleich die Messe gelesen wurde. Die Menge war so dicht, dass Laviolettes geliebte Gespenster keinen Raum für sich fanden. Es waren lauter neue Gesichter. Die Manosquer von einst waren ohnehin durch die kleine Seitentür der Rue Voland hineingegangen: Sie hatten Schwerwiegendes auf dem Gewissen und fürchteten den Zorn Gottes. Sie waren vorsichtig und gedrungen. Heutzutage sahen die Gläubigen ganz anders aus: Sie waren schlank, lächelten zuversichtlich und waren begleitet von Frauen, deren Blick eher komplizenhaft als keusch schien. Sie waren andernorts geboren und benutzten bewusst das prunkvolle Hauptportal. Mehr als in jedem anderen Teil der Stadt waren hier die Einheimischen und gleichzeitig der provenzalische Akzent verschwunden. Manosque war zu einer x-beliebigen Stadt geworden.

Eine Weile bewunderte Laviolette diese radikale Veränderung, ehe er in das Haus von Hermerance eintrat. Er schloss die

Tür hinter sich und ließ zunächst einmal das Treppenhaus auf sich wirken. Auf den großen, rautenförmigen Fliesen, auf denen er stand, hatte er das Gefühl, er könnte die letzten fünfzig Jahre einfach vergessen. Aber nein, es gelang ihm nicht! An der tragenden Mauer lehnten vier oder fünf ineinander verhängte, Motorräder, deren grelle Farben leuchteten. Ein paar Unvorsichtige hatten ihre roten Helme am Gepäckträger hängen lassen, auf die Gefahr hin, dass jemand sie klaut.

Laviolette warf einen zerstreuten Blick darauf. In dieser Stadt gab es wahrscheinlich mindestens tausend solcher Räder. Dies war noch nicht das ersehnte Indiz, das den Fall aufklären würde.

Schwerfällig stieg er die Treppe hinauf, noch immer hatte er Fabiennes Gesicht vor Augen.

Er klingelte bei Hermerance. Sie rief, er solle eintreten, sie sei beschäftigt. Er drehte am rautenförmigen Metallknopf, der ihn an Bel-Air erinnerte; er stammte wohl aus der gleichen Zeit. Er trat in die Küche. Hermerance saß am Tisch, über die ausgebreitete Tageszeitung gebeugt, und kreuzte Zettel für die Pferdewetten an.

«Ach, du bist es?», rief sie. «Machst du mit?»

«Wobei?», fragte Laviolette.

«Bei der Dreierwette, bei was denn sonst!»

Er ließ sich ihr gegenüber auf einen Stuhl fallen.

«Ich habe Fabienne Lafaurie festgenommen…», verkündete er.

«Aha!», erwiderte Hermerance. «Du hast Fabienne festgenommen!»

Sie stand auf.

«Entschuldige», sagte sie, «ich muss mein Perlhuhn begießen. Cordélie macht sich gerade schön… Sie ist zu einer Verlobung eingeladen, heute Abend, mit ihrer Freundin Léone. Ich bin übrigens ganz froh! Sie hat ihre Prüfung bei der Post bestanden. Also kann sie dort arbeiten, wie ihr Vater. Verstehst du…»

Sie redete wie ein Wasserfall und hob dabei den Deckel eines schwarzen gusseisernen Topfes. Das Brodeln im Topf übertönte ihre Stimme. Zugleich verbreitete sich im Zimmer der unvergleichliche Geruch von im Freien gezüchtetem Geflügel.

«Jemand von Bourne liefert sie mir!», rief Hermerance. «Ha, entschuldige! Nur mit Mais und Kleie gefüttert!»

Sie setzte sich wieder hin, faltete ihre Zettel und stapelte sie sorgfältig neben der Zeitung auf.

«Es scheint Sie nicht zu erschüttern», sagte Laviolette. «Aber Sie kennen sie doch ziemlich gut, diese Fabienne Lafaurie?»

«Weißt du, in meinem Beruf muss man stets einen kühlen Kopf bewahren.»

«Sie kannten auch Elvire Dardoire sehr gut, und Sie wussten natürlich, dass die beiden…»

«Oho», rief Hermerance, als wäre ihr jemand auf den Fuß getreten, «weißt du, ich bin von einer anderen Generation. Wenn ich diese außergewöhnliche Herzdame in den Karten der beiden sah, dachte ich immer nur an Freundschaft!»

«Ja, aber… Sie haben behauptet, Sie würden immer nur die Wahrheit sagen. Wenn die Ehemänner Sie besuchen kamen, mussten Sie ihnen doch von dieser Herzdame erzählen. Gab es die dann auch in deren Karten?»

«Weißt du, gewöhnlich sorgten sie sich nur um ihre Frauen, um zu erfahren, ob sie bald Witwer sein würden! Aber Vorsicht! Diese Männer hatten einen Sinn für Eigentum, und als sie das erfahren haben… Mein Gott! Ein Skandal! Was habe ich mir nicht alles anhören müssen! Sie haben mich beschuldigt, die beiden zusammengebracht zu haben, sie haben behauptet, ich wäre eine Puffmutter! Und was weiß ich noch alles! Sie haben mich ganz krank damit gemacht. Danach haben sie gegreint, sie seien jetzt gehörnt. Dardoire habe ich regelrecht weinen sehen! Weißt du, sie waren Jäger, und Jäger verzeihen solche Dinge selten… Die arme Elvire hat mich zwei Wochen nach dem Skandal besucht… Sie war völlig gebrochen, nicht wieder zu erkennen. Ich habe den Tod in ihrem Spiel gesehen, aber ich habe ihr natürlich nichts davon erzählt.»

«Und Fabienne? Hat sie Sie auch besucht?»

«Fabienne? Ja. Kurz vor Paternes Tod ist sie wieder gekommen. Sie hatte Ringe unter den Augen. Sie hat zu mir gesagt: ‹Geschlagen hat er mich. Kannst du dir das vorstellen, mich! Ich habe mich schlagen lassen! Hermerance, ich glaube ich werde ihn umbringen. Jetzt ist es so weit, er oder ich! Er ist bereit, mich gehen zu lassen, aber vorher soll ich ihm alles übertragen, was ich besitze. Siehst du ihn tot, Hermerance? Sag? Siehst du ihn tot?› Sie wollte, dass ich ihr die Karten lege. Ich konnte gar nicht anders. An diesem Tag habe ich Dinge gesehen, mein Gott! Ich habe versucht, es ihr zu verheimlichen, aber sie starrte nur noch auf das Spiel und sie kannte ja den Sinn der Kombinationen. Beide haben wir Paterne tot gesehen. Aber... das war nicht das einzig Seltsame in Fabiennes Karten, und das hab ich ihr nicht gesagt...»

Sie stand auf, um in ihrem Topf herumzurühren. Als sie sich wieder setzte, starrte sie Laviolette lange an, mit einem Blick, der schon nicht mehr ganz von dieser Welt war.

«Es gibt etwas», sagte sie verträumt, «etwas Seltsames... Ich weiß nicht, ob ich es dir sagen soll, denn... angeblich bist du skeptisch, aber du ziehst aus allem Nutzen. Und das gehört nicht mehr zu deinen Ermittlungen, verstehst du? Aber was soll's, du weißt jetzt so viel über diese arme Fabienne, und da du sie ohnehin schon verhaftet hast...»

«Nein, sie ist vorläufig festgenommen, das ist nicht das Gleiche.»

«Na ja, jedenfalls, als ich ihr die Karten gezogen habe, da hab ich ihren toten Ehemann gesehen und eine ganze Menge Geld... Wirklich eine Menge! Eine riesige Menge!... Und dazu noch diese Herzdame, die mich schon jahrelang neugierig gemacht hatte und die ich immer als gute Freundschaft interpretiert habe...»

«Na und? Es war Elvire. Das wissen wir jetzt.»

«Nein», sagte Hermerance streng. «Elvire war tot. Tote Herzen sind keine Herzen mehr. Die Karten sind eindeutig: Die Paare lösen sich auf, wenn ein Teil stirbt.»

«Ach ja?», sagte Laviolette.

Sie sahen sich einen Augenblick aufmerksam an.

«Ja dann...», fuhr er fort, «wenn sie sich schon mit einer anderen Herzdame beschäftigte... Wann hat dieser Besuch stattgefunden?»

«Vor zwei Wochen. An einem Mittwoch.»

«Das heißt, einen Tag vor Paternes Tod. Wenn die Karten die Wahrheit sagen, hatte Fabienne also schon Trost gefunden. Also ist ihr Motiv, das – wie wir dachten – darin bestand, ihren Mann und jeden, der an Elvires Tod schuld war, zu strafen, nicht mehr gültig.»

Hermerance schüttelte den Kopf.

«Man sieht, dass du ein Mann bist! Ich habe Frauen gesehen, die ein paar Schritte neben dem Sarg, in dem ihr verstorbener Mann – oder ihr Liebhaber – lag, mit ihrem Cousin ins Bett gingen und danach wieder vor Verzweiflung heulten! Und es war echte Verzweiflung! Du müsstest wissen, ob das bei Männern genauso häufig ist, ist es das? Ich kenne das Herz der Frauen ganz gut, musst du wissen. Man kann sehr wohl zwei Dinge auf einmal lieben, das eine so heftig wie das andere! Eine Liebe muss nicht unbedingt die andere auslöschen.»

«Doppelt genäht hält besser, nicht wahr?», sagte Laviolette höhnisch.

«Das kann sehr wohl vorkommen!», sagte Hermerance stur.

Plötzlich starrte sie auf einen Gegenstand, den Laviolette im Eifer des Gesprächs aus seiner Manteltasche gezogen und auf die Sonntagsausgabe des *Provençal* gelegt hatte. Es war der Ledergürtel der Briefträgeruniform.

«Mein Gott!», rief sie. «Es brennt an!»

Sie stand hastig auf, um das Perlhuhn zu wenden, das in seinem Topf brutzelte. Dann setzte sie sich wieder zu Laviolette.

«Was ist das?», fragte sie und deutete mit einer Kopfbewegung auf den Gegenstand.

«Das sehen Sie doch. Ein Lederkoppel. Ich wollte Sie fragen, ob Sie es nicht zufällig schon gesehen haben, man kann ja nie wissen!»

Er erklärte ihr, wo er es gefunden hatte. Hermerance nahm es in die Hände, drehte es um, rollte es auf und verdrehte schließlich die Augen.

«Ein altes Stück», sagte sie, «das ist mindestens dreißig Jahre alt... Nein, ich habe es noch nie gesehen.»

Laviolette stand auf und seufzte.

«Na gut, dann bleibt mir nur noch eine Frage. Die gleiche wie die, die ich Ihnen schon letzte Woche gestellt habe: An jenem Freitag nach Paterne Lafauries Tod ist Félicien Dardoire hierher gekommen und ist nur zwei Minuten geblieben...»

«Woher weißt du, dass er nur zwei Minuten geblieben ist?»

«Cordélie ist mir hinterhergelaufen, um es mir zu sagen.»

«Dieses Miststück!», zischte Hermerance.

«Na und, warum war er hier?»

«Ach, nichts!», rief Hermerance und zuckte die Achseln. «Was soll er mir schon gesagt haben? Seit dem Tod seiner Frau lebte dieser Mann zwischen Verzweiflung, Schuldgefühl und Erleichterung. Was das Herz betrifft, hatte es ihm nichts genutzt. Kurz gesagt, er wollte wissen, wie lange er betrogen worden war und wie lange die Geschichte zwischen Fabienne und Elvire gedauert hatte. Du kannst dir nicht vorstellen, wie wichtig diese Frage der Dauer sein kann für betrogene Männer.»

«Und Sie haben ihm geantwortet?»

«Anhand der Karten, ja. Die haben unmissverständlich geantwortet: ‹Etwas mehr als einen Monat.› Und er ist froh und erleichtert wieder weggegangen.»

Sie seufzte.

«Nur dass ich die Herzdame in den Spielen der beiden schon vor Jahren gesehen hatte.»

«Und das alles in zwei Minuten?»

«Wenn dieses Biest von Cordélie es sagt!», knurrte sie.

Laviolette stand auf und ging langsam zur Tür. Er legte die Hand auf den rautenförmigen Türknopf, besann sich aber anders. Er blieb stehen, unentschlossen und zutiefst verwirrt. In seinem Kopf kreisten drohende Gedanken wie ein aufgescheuchter Bienenschwarm.

Plötzlich machte er auf dem Absatz kehrt und ging noch einmal auf Hermerance zu.

«Was denn noch?», fragte sie beunruhigt.

«Wie oft muss man eigentlich so ein Perlhuhn im gusseisernen Topf umdrehen?», fragte er zerstreut.

«Na ja, etwa alle Viertelstunde...»

«Warum haben Sie es dann zweimal in zehn Minuten umgedreht?»

«Aber... das ist ganz mechanisch... Weißt du, manchmal tut man Dinge...»

«Ja. Aber manchmal tut man auch Dinge, um sich Zeit zum Überlegen zu lassen...» Er setzte sich wieder ihr gegenüber. «Als ich ankam», fuhr er fort «haben Sie mir etwas über Ihre Urenkelin erzählt...»

«Ich habe dir erzählt, dass sie zu einer Verlobung geht.»

«Aber Sie haben mir auch gesagt, mit wem sie da hingeht...»

«Mit Léone. Siehst du, ich verschweige dir nichts...»

«Léone Lafaurie?»

«Ja, klar...»

«Kennen sich die beiden schon lange?»

«Sie sind Klassenkameradinnen. Sie sind zusammen in eine Privatschule gegangen.»

«Zusammen in eine Privatschule...», wiederholte Laviolette. «Das haben Sie mir noch nie erzählt.»

«Du hast mich ja nie gefragt. Außerdem frage ich mich, warum dich das hätte interessieren sollen?»

«Nein», gab Laviolette zu, «das interessiert mich eigentlich nicht. Aber Sie haben mir noch etwas anderes erzählt...»

«Mein Gott! Willst du mich ausquetschen? Was habe ich dir denn noch erzählt?»

Er nahm den Kopf zwischen die Hände, um nachzudenken.

«Sie haben mir gesagt, dass sie ihre Prüfung bestanden hat.»

«Ja, stimmt.»

Laviolette sah Hermerance tief in die Augen, aber ihr Blick verschwand im Geflecht der Äderchen und Runzeln. Sie saßen sich fast eine Minute lang gegenüber, Auge in Auge. In das

Brutzeln des Perlhuhns hinein, das immer wieder explosionsartig ausbrach, hörte man hinten in der Wohnung unter einer geräuschvollen Dusche jemanden singen: «Dein Koloss steht auf tönernen Füßen.»

«Und dann?», fragte er leise.

«Was, dann?»

«Was haben Sie dann erzählt?»

«Oh», seufzte sie, «ich hab so viel geredet... Ich hätte dir niemals so viel erzählen sollen...»

«Sie haben gesagt: ‹Ich bin ganz froh. Sie hat ihre Prüfung bei der Post bestanden. Also kann sie dort arbeiten, wie ihr Vater...›»

Während er dies sagte, zog er erneut den alten Gürtel heraus und legte ihn vor sich auf den Tisch. Hermerance warf einen Blick darauf, dann sah sie Laviolette direkt in die Augen. Sie setzte sich auf ihrem Stuhl ein wenig zurück. Sie sah ihn an, aber ihr Blick hatte etwas Fliehendes, als suche sie nach einem Detail, das sie vor Laviolette verbergen wollte.

«Bist du verrückt oder was? Meine Urenkelin! Sie soll vier Männer umgebracht haben, die ihr nichts getan haben? Und warum, wenn ich fragen darf?»

Ohne sie aus den Augen zu lassen, hatte Laviolette die Tarotkarten zu sich hergeschoben, die immer noch auf dem Tisch lagen. Er stapelte sie zu einem kleinen Haufen, klopfte die Kanten auf die polierte Nussbaumplatte.

«Ich beschuldige niemanden», seufzte Laviolette, «aber... würden Sie in meiner Anwesenheit die Karten für Cordélie legen?»

Er hatte das Spiel vor Hermerance auf den Tisch gelegt, als fordere er sie auf abzuheben. Sie starrte auf das kleine, etwas schmutzige Häufchen, mit dem sie – und zwar nicht schlecht – ihren Lebensunterhalt verdiente. Dieses Kartenspiel, das so vielen Leuten ein Schicksal enthüllt hatte, von dem sie besser weiterhin nichts gewusst hätten, kam ihr plötzlich feindselig vor, als hätte es in all seiner Bedeutungslosigkeit zerstörerische Kräfte. In der Seele der Greisin lauerte ein schadenfrohes Grinsen, als hätte sich gerade das Schicksal gemeldet: Siehst du? Ich hab's ja gewusst!

«Cordélie!», rief Hermerance. «Cordélie!»

Man hörte sie barfuß über den Flur laufen. Sie erschien auf der Türschwelle. Unter dem Handtuch, das sie sich um den Kopf gewickelt hatte, schien ihr Gesicht winzig wie eine Faust, es war das Gesicht eines jungen Mädchens mit Schmollmund, das kaum in der Pubertät war. Aber unter dem durchbrochenen BH und dem feuerroten Höschen war ihr Körper schon der einer Frau. Ihr Gesicht war sonnengebräunt, safranfarben, sie hatte hohe Wangen und grüne Augen. Bei ihrer ersten und einzigen Begegnung ein paar Tage davor hatte Laviolette im Schatten des Flurs das Eigenartige dieser Augen nicht bemerkt. Heute, wo er zwei Meter von ihr entfernt war, sah er sie im hellen Mittagslicht viel deutlicher. Die beiden Iris waren verschieden groß. Außerdem waren sie nicht rund, wie bei den meisten Menschen, sondern bildeten eine senkrechte Ellipse.

Sie stieß einen kleinen Schrei aus, als sie Laviolette erblickte.

«Du hättest dich anziehen können!», knurrte Hermerance.

«Du hast so laut gerufen! Ich dachte, dir wäre was passiert...»

«Es ist mir auch was passiert... Der da...», ächzte sie und deutete mit dem Finger auf Laviolette, «der ist gekommen, um uns Schwierigkeiten zu machen...»

Laviolette nahm den Gürtel, der auf dem Tisch lag.

«Von jetzt an», sagte er, «werden Sie schweigen und ich rede.»

Er ging auf Cordélie zu und hielt ihr den Gürtel hin.

«Erkennen Sie das hier?»

«Nein, warum?», antwortete sie.

Sie sah ihn mit einem zarten Lächeln an; sie schien sich der Durchsichtigkeit ihrer Unterwäsche nicht bewusst zu sein, und die Grübchen ihrer frisch mit Kernseife gewaschenen Wangen schimmerten auf ihrer makellosen Haut.

«Egal! Legen Sie ihn um Ihre Taille!», befahl Laviolette.

«Aber...»

«Tun Sie, was ich Ihnen sage!»

Cordélie griff vorsichtig nach dem Riemen und platzierte ihn mit einer anmutigen Bewegung auf ihren Hüften.

«Hui! Ist das kalt!», rief sie.

Sie ließ das Ende des Riemens in die Schnalle gleiten und zog ihn bis zur letzten der fünf Messingösen an, wo sie den Stift der Schnalle durchsteckte.

«Steht er mir gut?», fragte sie lachend.

Das Täschchen mit der Aufschrift P.T.T. hing jämmerlich auf Cordélies Oberschenkel herab; mit der Schnalle auf der Höhe ihrer Scham erinnerte das alte, hässliche und schmutzige Lederstück an ein erotisches Folterinstrument.

«Nein!», knurrte Laviolette und schüttelte den Kopf.

Er zeigte mit dem Finger auf Cordélies hübschen Nabel.

«Da!», befahl er. «Enger! Jemand hat neulich ein zusätzliches Loch in dieses Ding gemacht, viel weiter hinten als die fünf Ösen. Es ist ein einfaches Loch, wahrscheinlich mit einer Messerspitze gebohrt, man kann es kaum sehen, weil es nicht oft benutzt wurde und weil sich das Leder jedes Mal wieder schließt, wenn man den Stift herauszieht... Und genau in diesem Loch werden Sie jetzt den Gürtel befestigen...»

Cordélie schaute zu ihrem Bauch hinunter, ihre Hände tasteten das Leder ab und hielten an einer winzigen Lücke.

«Hier?», fragte sie.

Laviolette nickte.

Cordélie gehorchte und stach den Stift durch das zusätzliche Loch.

«So!», sagte sie. «Gefalle ich Ihnen so?»

«Cordélie!», flüsterte Hermerance. «Es ist jetzt nicht der richtige Zeitpunkt zum Spaßen...»

Laviolette hörte die Greisin atmen. Es schien, als ob die Luft sich mühsam, mit einem röchelnden Geräusch, einen Weg durch ihre Lungen bahnte.

«Hoffentlich kratzt die mir jetzt nicht ab», dachte er. Aber er hielt sich nicht lange mit diesem Gedanken auf. Er schaute fasziniert auf Cordélies Hüften. Der abgewetzte Riemen schien jetzt nicht mehr obszön. Das matte Messing der Schnalle versuchte sogar zu blitzen. Er passte ihr so gut, dass die Taille des jungen Mädchens noch wohlgeformter wirkte.

Laviolette trat etwas zurück, um das Ganze zu betrachten.

«Das ist es...», sagte er. «In Anbetracht der Tatsache, dass der Mörder wohl Jeans trug, ist es genau das...»

«Nein», flüsterte Hermerance. «Nein... Gib dir keine Mühe... In der Nacht, in der Dardoire umgekommen ist, war Cordélie in ihrem Zimmer... Sie kann nicht aus der Wohnung, ohne an meiner Tür vorbeizugehen, und die ist immer offen, und ich schlafe fast nie... Am Abend, als Chantesprit umgebracht wurde, war ich hier... Ich hatte zwei wohlhabende Geschäftsleute hier sitzen, die mich in einer wichtige Angelegenheit um Rat gebeten haben. Wenn es sein muss, sage ich auch die Namen... Wir haben bis ein Uhr geredet. Der Bedeutendere von beiden, ja genau, der hatte sich einen Sessel aus dem Esszimmer geholt, und er blockierte damit den ganzen Flur! Cordélie hätte über ihn wegsteigen müssen, um rauszugehen. Das ist die einzige Tür. Außer der der Rumpelkammer, aber da liegt das ganze Brennholz davor aufgestapelt... Gib dir keine Mühe... Und sogar für Paternes und Armoises Tod werde ich dir beweisen, dass Cordélie nicht dabei sein konnte... Weißt du, ich bin hier eine angesehene Person. Und außerdem bin ich fünfundneunzig. Wenn du mir Scherereien machst...»

«Och, das weiß ich wohl!», seufzte Laviolette.

Er öffnete den Gürtel eigenhändig und nahm ihn von Cordélies Taille. Sie sah ihm dabei zu, ohne die geringste Verlegenheit, mit einem Mona-Lisa-Lächeln, das ihm etwas spöttisch vorkam.

«Was haben Sie vor», schien dieses Lächeln zu bedeuten, «mit Ihrem Sadistenriemen?»

«Ich weiß das alles», wiederholte Laviolette, «aber Cordélie, Sie haben doch ein Moped?»

«Ja», antwortete Cordélie ruhig. «Es steht unten im Eingang.»

«Und unter Ihrem Handtuch», fuhr er fort, «haben Sie doch

hübsche goldene Locken, die länger als dreißig Zentimeter sind?»

Statt zu antworten, lockerte Cordélie ihr Handtuch und schüttelte den Kopf. Ihr Haar bildete eine goldene Sonne um ihr Gesicht.

«Vielleicht sind Sie es… Vielleicht sind Sie es nicht… Aber man wird Ihnen ein Haar oder zwei von Ihrem hübschen Kopf abschneiden. Man wird das Moped über einem großen Papier rütteln und alles, was dabei herunterfällt, im Labor untersuchen lassen. Der Rest geht mich dann nichts mehr an, Gott sei Dank…»

«Ein Bündel von Vermutungen», dachte er. «Das alles ist so zerbrechlich. Ein Anwalt wird das einfach abschütteln, wie den Staub vom Moped… Und das Motiv? Hast du überhaupt an das Motiv gedacht, wo du doch sonst so versessen darauf bist?»

«Aber ich bitte dich, denk doch mal nach!», rief Hermerance. «Warum hätte sie das getan?»

«Ich behaupte nicht, dass sie es getan hat. Ich werde mir sogar Mühe geben, das Gegenteil zu beweisen, denn das ist meine Art vorzugehen: Ich versetze mich in die Lage des Anwalts und ich versuche, die ganze Konstruktion der Beschuldigungen zu zerstören… Wenn es mir gelingt… Nun ja, wenn es mir wirklich gelingt…»

Er hatte der schönen Cordélie den Rücken zugedreht und ging zur Tür.

«Wenn es mir gelingt», fuhr er fort, «bleibt Fabienne Lafaurie im Gefängnis. Schließlich ist sie diejenige, die am meisten von den Morden profitiert, und ihre Alibis sind ziemlich schwach…»

Er wollte die Hand auf den Griff legen, als Cordélie plötzlich mit einem riesigen Satz zwischen ihm und dem Türflügel stand. Sie keuchte. Sie war blass geworden. Laviolette schlug der Duft dieses plötzlich vor Erregung glühenden Körpers ins Gesicht. Sie hatte die Arme vor der Tür ausgebreitet und sah ihn starr an aus ihren seltsamen, ellipsenförmigen Iris.

«Haben Sie Fabienne festgenommen?», sagte sie leise.

«Cordélie», rief die Urgroßmutter, «misch dich da nicht ein! Was geht dich das an?»

«Haben Sie sie festgenommen?», wiederholte Cordélie, ohne auf den Befehl zu achten.

Laviolette nickte mehrfach. Gleichzeitig trat er ein wenig zurück, denn der Abstand zwischen ihm und Cordélie war äußerst gering, und in diesem kaum bekleideten Körper spürte er auf einmal eine reißende Energie, die jeden Mann umwerfen konnte. Er sah, wie die Muskeln am Hals hervortraten, wie sich die Fäuste ballten und der flache Bauch sich wie ein Schutzschild anspannte.

Vielleicht eine Minute lang blieben sie so stehen. Dann kam ein langer Seufzer über Cordélies Lippen und sie flüsterte:

«Sie haben gewonnen. Ich war es!»

Laviolette sah sie ein paar Sekunden lang mit tiefem Mitleid an; dann sagte er:

«Kommen Sie, ziehen Sie sich einen Bademantel oder irgendetwas über... Ich halte es nicht mehr aus, Sie so zu sehen, und Sie werden sich noch eine Erkältung holen.»

Noch Jahre danach erinnerte er sich Wort für Wort an diesen Satz, schon als er ihn aussprach, bereute er ihn.

«Eine Erkältung!»

Sie lachte höhnisch, aber sie gehorchte. Laviolettes Beine versagten ihm buchstäblich den Dienst und er setzte sich Hermerance gegenüber, die sich inzwischen in eine Salzsäule verwandelt hatte. Ganz mechanisch wollte er ihr die Hände tätscheln, um sicherzugehen, dass sie nicht das Zeitliche segnete, aber sie zog sie zurück, als hätte ein Reptil sie berührt.

«Das alles wird die Toten nicht wieder zum Leben erwecken», murmelte Laviolette.

Cordélie kam zurück. Sie trug ein schwarzes chinesisches Kleid, und auf der Seide erkannte Laviolette die prächtigen Motive, die den Wandschirm in Sidoine Hélios' Zimmer schmückten.

«Aber...», rief er.

«Ja», sagte Cordélie sehr ruhig, «er hat es mir eines Abends geschenkt… An einem Herbstabend… Nachdem ich für ihn Modell gesessen habe. Er sagte, ich wäre die Einzige, die würdig wäre, es zu tragen… Ich weiß, was er mir gesagt hat!»

«Hat er Sie geliebt?»

«Nein. Er hat mich bewundert. Hélios hat nie jemanden geliebt, aber er hat viele bewundert… Und seinetwegen ist das alles passiert.»

«Wollen Sie lieber, dass ich Sie mitnehme?», fragte Laviolette. «Wenn Sie nicht vor Ihrer Urgrossmutter sprechen möchten…»

«Nein, nein! Jetzt habe ich angefangen. Wenn ich etwas will, dann muss es sofort sein… Meine Urgroßmutter? In ihrem Alter lässt man sich ohnehin von nichts mehr erschüttern, außer von seinem eigenen Tod.»

Hermerance sah sie leidend an und atmete schwer, als ob sie sagen wollte, dass sie nicht mehr lange zu leben habe. Aber ihr altes Herz weigerte sich, auf Kommando nachzulassen.

«Sei still, Cordélie!», flehte sie. «Sei still! Sag nichts mehr! Ich werde dich da rausholen!»

«Zu spät», antwortete Cordélie. «Glaubst du vielleicht, dass ich Fabienne für mich büßen lasse? Fabienne…», wiederholte sie.

Sie ließ sich gegenüber von Laviolette, neben ihrer Urgroßmutter, auf einen Stuhl fallen und starrte ins Leere, als würde sie dort ihr ganzes Schicksal lesen können.

«An dem Tag… bin ich völlig ungelegen gekommen… Ich kam wie immer, um Léone zu besuchen… Gerade in dem Augenblick, als Paterne wegging. Er stürmte aus dem Haus. Er sah immer aus wie ein wilder Stier… Er stieg in sein Auto und schlug die Tür zu. Er fuhr mit quietschenden Reifen davon. Fast hätte er mich dabei überfahren. Ich musste zur Seite springen. Sein Gesicht war dunkelrot angelaufen, fast schon violett. Die Türen des Hauses standen offen. Niemand war zu sehen. Ich habe gerufen. Dann hörte ich ein leises Stöhnen… Ich bin ins Wohnzimmer gegangen. Fabienne lag zusammengekauert auf dem Sofa. Sie hat geflüstert: ‹Ich flehe Sie an, erzählen Sie

Léone nichts davon… Er hat mich geschlagen… Ich habe ihm meine Vollmacht verweigert, und dann hat er mich geschlagen. Es war das erste Mal… Ich hätte ihn umbringen sollen… Aber ich wusste nicht wie…› Sie schnappte nach Luft und saß wie ein Häufchen Elend neben mir, es war ein schlimmer und rührender Anblick. Sie war keine Frau mehr, nur noch geballter Schmerz… Ich bin in die Küche gegangen und habe Arnika geholt, um ihre Prellungen damit einzureiben. Sie jammerte: ‹Er hat mir einen Fußtritt ins Kreuz gegeben…› Da hab ich ihr gesagt, sie solle ihr Kleid ausziehen… Ich habe sie abgetupft, die wunden Stellen versorgt. Sie hatte Blutergüsse am ganzen Körper. Mindestens ein Dutzend Fußtritte hatte er ihr verpasst, blindlings. Sie ist lange reglos sitzen geblieben und hat nur immer wieder gesagt: ‹Danke.› Ich habe sie in den Arm genommen wie ein kleines Kind, um sie zu trösten. Und dann hat sie mir ihre Geschichte erzählt. Vom Anfang bis zum Ende. Sie hat um Elvire geweint. Dabei sagte sie immer wieder: ‹Aber Sie können das nicht verstehen!› Und ich habe ihr geantwortet: ‹Glauben Sie wirklich?› Dann haben wir uns in die Augen gesehen. Ich habe ihr die Tränen abgewischt, ganz behutsam. Und… ich war auf einmal wie gelähmt. Ich hätte sie loslassen sollen, aber ich konnte mich nicht dazu entschließen. Mir wurde plötzlich klar, dass ich für sie der ideale Trost sein konnte, durch mich würde sie vergessen können und vor allem… Ich wollte es auch für mich…»

«Cordélie, du bringst mich um!», stöhnte Hermerance. «Ist so was möglich?»

«Ich versuche dir zu erklären, warum ich mich stellen muss. An diesem Nachmittag hat Dardoire uns überrascht… Oh, wir waren nicht umschlungen. Unsere Hände berührten sich kaum. Aber er muss es an unseren bestürzten Gesichtern gemerkt haben. Ich ahnte, dass er einen Riesenskandal daraus machen würde. Ich konnte mir sofort vorstellen, dass sie mit ihr das Gleiche machen würden, was sie Elvire angetan hatten, alles, was sie mir erzählt hatte und was die arme Frau in den Selbstmord getrieben hatte… Also habe ich beschlossen, sie zu beschützen… Ich war fest entschlossen, dafür zu sorgen, dass niemand ihr etwas antat – auch wenn ich nicht wusste, wie ich das anstellen sollte… Ich war mit Léone befreundet, also würde meine Anwesenheit niemanden überraschen. Ich sagte mir immer wieder: ‹Er wird sie umbringen…› Ich beobachtete ihn von weitem, diesen Paterne, der mich nie gemocht hatte. Jedes Mal, wenn er mich sah, knurrte er mir einen angewiderten Gruß entgegen. Und drei Tage später, ich war gerade bei Léone, kam Dardoire mit seinem Mehari angebraust. ‹Er hat sie wieder geschlagen›, erzählte sie mir. ‹Jeden Tag schlägt er sie, und zwar auf die Brüste. Am Ende kriegt sie noch Krebs…› Diese Worte waren wie lauter Stiche für mich. Wir waren im Schlafzimmer, das Fenster war offen. Ich hatte mein Moped an die Mauer gelehnt. Dardoire ist gekommen und hat Paterne gerufen und hat gesagt: ‹Ich komm nur auf einen Sprung vorbei. Ich muss dich dringend sprechen. Ich habe im Handschuhfach fünfundzwanzig Kapseln zur Raubwildbekämpfung. Das ist mir gar nicht geheuer. Wenn jemand…› Als ich das hörte, sind mir zwei Dinge klar geworden: Erstens, dass er gekommen war, um Paterne zu erzählen, dass er mich mit Fabienne erwischt hatte. Und zweitens, dass es ein Mittel gab, um Paterne daran zu hindern, Fabienne zu zerstören, vorausgesetzt, ich ging geschickt vor.»

«Das war also das erste Mal, dass Sie daran dachten, Paterne Lafaurie umzubringen?»

«Ja, erst an diesem Tag. Aber unverzüglich! Es war wie eine Erleuchtung. Eine Selbstverständlichkeit. Ich habe mich von Léone verabschiedet, weil sie ans Telefon gehen musste. Im Büro hörte man Dardoire laut reden. Ich habe meinen Namen gehört. Ich dachte: ‹Mein Gott, diesmal wird er sie umbringen!› Ich habe den Wagen geöffnet, ohne zu überlegen. Ich habe ein bisschen herumgestöbert und die Schachtel gefunden, dann bin ich mit ihr weggelaufen.»

«Wann war das?»

«Am Mittwoch.»

«Am Abend vor Paternes Tod?»

«Ja genau. Am Abend vor seinem Tod. Ich habe die ganze

Nacht mit dieser Schachtel an meinem Busen geschlafen… Ich dachte: ‹Mein Gott, hoffentlich macht er sie bis morgen nicht fertig…›»

«Aber woher wussten Sie, wie man mit diesen Kapseln umgeht?»

«Ich wusste, worum es sich handelte. Mein Onkel war Förster, und als ich klein war, durfte ich mitgehen, wenn er die Fuchsköder auslegte. Aber ich wusste natürlich nicht, wie man bei einem Menschen vorgehen musste… Ich verließ mich auf den Zufall. Ich dachte: ‹Eine Flasche, die er irgendwo liegen lässt, aus der er trinkt, wenn er arbeitet. Es genügt, wenn ich ihm nachspioniere…› Und so bin ich am nächsten Tag zum Gut zurückgekehrt und habe Lafaurie gesehen, wie er seine Apfelbäume spritzte – ich beobachtete ihn zwischen den Bäumen. Irgendwann hat er eine Pause gemacht. Er ist von seinem Traktor abgestiegen. Wie ein Stier ist er zu seinen Arbeitern gerannt, um sie zu beschimpfen. Ich dachte: ‹Jetzt oder nie!› Léone hatte mir gezeigt, wie man Apfelbäume spritzt. Ich wusste, wo sich die Pumpe an dem Sprühgerät befand. Ich habe den Deckel des Filters abgeschraubt. Ich habe sieben Kapseln auf das Gitter gelegt und wieder zugedreht…»

«Aber wo hatten Sie diese Kapseln aufbewahrt?»

«Ich hatte an den Gürtel meines Vaters gedacht. Er war ganz praktisch: In der kleinen Tasche konnte ich die Schachtel verstecken. Ich zitterte… Ich dachte: ‹Es klappt, es klappt nicht…›»

«Und es hat geklappt…», seufzte Laviolette. «Und niemand hat Sie gesehen. Niemand hat Sie erkannt.»

«Es war niemand in der Nähe des Traktors. Nur Autos auf der Straße, die mit über hundert Stundenkilometern vorbeirasten. Und… Ein Integralhelm, ein alter Gürtel von der Post. Das war alles, was man sehen konnte. Wer würde schon einen Telegrammboten verdächtigen? Wer würde sich an so was erinnern?»

«Und von da an…»

«Ja, von da an. Dardoire hatte uns erwischt… Ich konnte

nicht anders. Und außerdem, dieser Typ... Er ließ sich von Hermerance die Karten legen, um zu erfahren, wie viele Hasen er während der Jagdsaison erlegen würde. Den konnte ich noch nie riechen... Und jetzt, wo ich diese Kapseln besaß... Es war fast so einfach wie ein Knopfdruck. Er konnte so kräftig sein, wie er wollte. Mit drei, vier Kapseln würde ich ihn erwischen, dessen war ich mir sicher... Ich habe ihn auf kleinem Feuer geröstet, die ganze Nacht lang... Als ich ihn erwischte, wusste er auch warum...»

«Und der Notar?»

In ihrer Redseligkeit hatte sich ein wenig Speichel an Cordélies Mundwinkel gebildet; nun blickte sie Laviolette an, als sehe sie ihn zum ersten Mal, als würde sie aus einem Traum erwachen, als würde sie gleich fragen: «Mein Gott, was rede ich hier?»

«Der Notar?», wiederholte sie. «Aber...»

In ihrem Blick lag ein winziges Zögern. Sie bewegte ihre seltsamen Pupillen von rechts nach links, als mache ihr eine verquere Idee plötzlich zu schaffen.

«Ach ja!... der Notar!», rief sie. «Haben Sie das nicht kapiert? Ich wusste, dass diese Kerle die ganze Zeit zusammenhockten. Sie klebten geradezu aneinander. Sie sagten sich alles. Den Beweis hatte ich ja schon! Was Sidoine den vier anderen über Elvire und Fabienne erzählt hatte! Sie waren echte Freunde. Sie kannten sich seit dem Kindergarten. Können Sie sich das vorstellen? Seit dem Kindergarten! Was der eine wusste, wusste der andere auch. Nein, da durfte kein Einziger am Leben bleiben. Außerdem... waren sie alle an Elvires Tod schuld. Und Fabienne hatte Elvire geliebt. Und ich liebte Fabienne. Ich wollte nicht, dass sie mit ihr das Gleiche tun... Und ich musste schnell handeln... Ich wusste nicht, wie lange die Kapseln noch wirken würden...»

«Der Staatsanwalt hatte Recht», seufzte Laviolette. «Sie hatten Angst, dass das Gift sich verflüchtigen könnte.»

Er stand auf und ging zweimal in der Küche auf und ab. Die Atmosphäre erschien ihm auf einmal völlig irreal: mitten am

Tag, mit der Glocke im Hintergrund, die das Ende der Messe läutete; das Perlhuhn, das leise in seinem Topf weiterschmorte; dieses Mädchen mit dem glatten Gesicht, das mir nichts dir nichts all diese Männer umgebracht hatte, ohne dass sich bei ihr, auf ihrer Haut, an ihrer Seele, irgendetwas verändert hätte. Aber seitdem sie aufgehört hatte zu reden, seit ungefähr dreißig Sekunden, waren ihre Züge auf einmal in einer seltsamen Abwesenheit erstarrt. Sie hatte ihre Hände in den Taschen des chinesischen Kleids vergraben. Sah sie ihre Zukunft? Es schien Laviolette, als werde ihr blitzartig klar, welch unentrinnbarer Mechanismus in Gang gekommen war und dass er ihr für immer die Freiheit rauben würde, wie eine Flamme, die ausgeblasen wird.

«Und Sidoine Hélios?», fragte er hastig, um sie ihrer Träumerei zu entreißen.

Sie sah ihn ein paar Sekunden lang schweigend an. Ihr Blick war verwirrt. Dann nahm sie endlich die rechte Hand aus der Tasche und legte den Zeigefinger auf die Lippen:

«Ein Meisterwerk!», flüsterte sie.

Ihr Zeigefinger senkte sich, aber sie hielt die Hand weiter vor den Mund, als wolle sie ein unanständiges Lachen unterdrücken, das eine bestimmte Erinnerung an Hélios in ihr geweckt hätte.

Und dann hörte Laviolette das entsetzliche Geräusch von Glas, das zerbissen wird.

Er warf sich über den Tisch. Hermerance kreischte entsetzt auf. Laviolette hatte Cordélie an den Schultern gepackt. Aber er sah sogleich ihre mit Blut besprenkelten Lippen. Der schreckliche Geruch von Blausäure ließ ihn zurückschrecken. Cordélies ellipsenförmige Pupillen wurden plötzlich runder, als würden sie zum ersten Mal die wahren Dimensionen der Welt entdecken.

Langsam sank sie zu Boden, neben ihren Stuhl, die Seide ihres schönen schwarzen Kleides raschelte leise.

Hermerance klapperte mit den Zähnen, aber als Laviolette ihr zur Hilfe eilen wollte, bemerkte er, dass sie sich schon wieder mit beiden Händen auf ihren Stock gestützt hatte, dass sie sich darauf einstellte, auch diesen Schicksalsschlag zu überwinden. Es gibt Wesen, die dafür geschaffen sind zu überleben, nur damit sie nachher erzählen können…

«Sie hätten in ihre Karten sehen müssen.»

«Das hab ich doch!», jammerte die alte Frau. «Ich habe alles gesehen. Ihre Mutter hat schon den Verstand verloren! Alles, was sie dir erzählt hat, hat sie erfunden. Sie ist nie in eine Frau verliebt gewesen…»

«Hermerance… Sie haben mir doch selbst erzählt, dass sich unter Fabiennes Karten noch eine weitere Herzdame befand…»

«Das ist wahr», sagte sie und verbarg ihr Gesicht in den Händen. «Mein Gott, es ist wahr… Und diese Dame war auch in Cordélies Spiel. Ich habe dich vorher belogen… Dardoire kam mich besuchen, um mir zu erzählen, dass Cordélie eine Affäre mit Fabienne hatte, dass Paterne geschworen hatte, die beiden umzubringen… Um mir das zu sagen, brauchte er nicht mehr als zwei Minuten… Und den Gürtel… den habe ich natürlich erkannt. Er gehörte ihrem Vater… Er hatte ihn als Andenken aufbewahrt… Als Andenken an die Zeit, als er bei der Post als Telegrammbote angefangen hatte… Aber warum? Warum?», schrie sie. «Musste sie deswegen morden?»

Laviolette drückte ihr die Hände.

«Die Liebe, wissen Sie», sagte er, «die Liebe ist wie der Blitz: Sie zerstört auf gut Glück…»

In der Wohnung roch es plötzlich angebrannt. Es war das Perlhuhn. Hermerance entriss sich Laviolettes Händen und stürzte zum Herd, um den Topf vom Feuer zu nehmen. In ihrem alten, mit Dramen voll gestopften Kopf schien es ihr genau so wichtig, ein Mittagessen zu retten, das sie nie essen würde, wie über Cordélies sterblichen Überresten zu trauern.

~ 18 ~

«AUF JEDEN FALL», sagte Laviolette, «hat sie ihrer Freundin Léone einen verdammt guten Dienst geleistet: Mittlerweile ist dieses Mädchen Gold wert: die Lebensversicherung ihres Vaters und der Landsitz Chantesprit. Und dennoch glaube ich – Gott verzeih mir –, dass für Cordélie dies alles ein Spiel war…»

«Sie sind ein Zyniker.»

«Ich versuche mich in sie hineinzuversetzen, und ich glaube, es hätte mir auch Spaß gemacht… Denken Sie an die Waffe, die der Zufall ihr geliefert hatte… Ich bin sicher, dass sie am Anfang nicht daran geglaubt hat… Als Cordélie die Kapseln in das Sprühgerät gesteckt hat, war sie auf dieses Resultat nicht gefasst.» «Ich kann es immer noch nicht glauben…», sagte der Richter. «Und die Experten sind skeptisch.»

«Weil es schwierig ist, sich ein zwanzigstel Gramm vorzustellen, und Cordélie hatte ganz schön zugelangt: Sieben Kapseln im Filter ergeben mehr als vier Gramm, das heißt, mehr als achtzig Mal die vorgeschriebene Dosis!»

«Aber draußen an der Luft!»

«So ist es aber, oder wir müssen annehmen, dass Lafaurie beim Gedanken an seine Familie an Kummer gestorben ist. Es muss sehr aufregend gewesen sein, das Leben einfach so anzuhalten, wie man eine Pendeluhr anhält. Ganz sauber, ohne Blutvergießen… Ein Mann fällt in sich zusammen, lautlos, unbeschädigt wie ein Hampelmann. Und mit siebzehn neigt man dazu, Mensch und Hampelmann zu verwechseln.»

«Sie war ein Ungeheuer mit Schlangenhaaren, eine Medusa…», sagte der Richter nachdenklich.

«Eine Medusa, ja, aber als Meerjungfrau verkleidet!... Und sie spielte wie ein Kind, das Ostereier versteckt.»

«Da kann ich Ihnen nicht so ganz folgen...», sagte Chabrand.

«Nun, mein lieber Richter, ich möchte ja keine bösen Erinnerungen wachrufen, aber... wir beide, Sie und ich, wir sind vor nicht allzu langer Zeit schon einmal einem Mörder begegnet, der zu spielen schien...»*

Bel-Air empfing die beiden wie zwei alte Freunde, stolz und fröhlich lag es da in der aufgehenden Sonne.

Das Haus war vom ersten Tag an die Wiege des Dramas gewesen, und doch schien es, als ob seine Mauern schon alles vergessen hätten. Die Tür mit den zwei Flügeln war jetzt versiegelt, aber auf dem flachen Areal zwischen den Kastanienbäumen erglänzte, als wäre es über Nacht dem Boden entsprungen, das letzte Bekenntnis von Sidoine Hélios.

Wie eine grüne Eidechse nach der Häutung schimmerte das Werk im Glanz seiner Jungfräulichkeit. Nur ein paar Tage, dann würde der Bronzeschimmer bereits anfangen, stumpf zu werden.

Es waren zwei entschieden überlebensgroße zweideutige Körper, waagrecht Kopf an Fuß, wie die Königinnen eines Kartenspiels, die gespreizten Beine umeinander geschlungen. Es waren keine schönen, klassischen, makellosen Körper. Hélios' Genie hatte es geschafft, die Erosion des Alterns sichtbar zu machen. Und doch war es eine Art Bewegung, ein in seinem verhaltenen Drängen ergreifender Lebensschwung, der sie erfüllte. Sie stemmten sich vom Sockel ab, in dem sie an wenigen Punkten verankert waren, als würde die Umarmung sich in den Himmel hinein fortsetzen. Die steigende Sonne verlieh den Gesichtszügen der beiden Köpfe, die so weit auseinander wie verloren wirkten, eine unbeschreibliche Sanftheit, und es war unmöglich, in den Licht- und Schattenspielen zwischen dem Ausdruck von Schmerz und Genuss zu unterscheiden.

* Anspielung auf «Das Zimmer hinter dem Spiegel», 2000 (A. d. V.)

Chabrand auf der einen und Laviolette auf der anderen Seite musterten die Gesichter und versuchten, die Züge von Elvire – die sie nur von den Fotos der Polizeiakte kannten – und die von Fabienne darin zu erkennen, der einzigen Überlebenden des Dramas. Sie stützten sich mit beiden Händen auf die Bronzeschultern und neigten sich über die breiten Münder, die dreimal so groß wie ihre eigenen waren, wie über eine Quelle oder einen Spiegel. Und ihnen wurde klar, dass Sidoine Hélios in diese beiden Köpfe alle Sinnenfreuden, alle Glückseligkeit gelegt hatte, die er selbst nie gekannt hatte. Noch nie war ein Gesicht auf der Welt mit solchen Zügen versehen gewesen. Sie entstammten Sidoines Phantasie.

«Aber warum...», sagte der Richter, «warum wollte Fabienne nur eines davon zerstören?»

«Es muss für sie allein erkennbar gewesen sein, an einem bestimmten Detail, von dem nur sie wusste, aber sie glaubte, nun wäre es für jeden sichtbar.»

«In diesen Köpfen wird ein Kind jedenfalls nie seine Mutter erkennen.»

«Wissen Sie, was ich glaube?», sagte Laviolette. «Dass das Schicksal diese ganze Geschichte in Szene gesetzt hat, um Hélios einen Tod zu gewähren, der seines Genies würdig ist...»

«Sie sind also sicher, dass er tot ist?»

«Bevor Cordélie ihre letzte Bewegung machte, die ich übrigens nie vergessen werde, habe ich sie gefragt: ‹Und Sidoine?› Ihre Antwort lautete: ‹Ein Meisterwerk›, und sie hat dabei einen Finger auf ihren Mund gelegt. Ich habe mir überlegt, was das bedeuten könnte, und ich glaube, jetzt weiß ich es. Und wenn Sie die Akte noch genau im Kopf haben, dann müssten Sie es auch wissen. Erinnern Sie sich? Als wir Werner, den Metallgießer, verhört haben, hat er gesagt: ‹Als ich auf die Gussform geklettert bin, war die Sperrholzplatte, die die Öffnung abdeckte, mit einem schweren Marmorkopf festgeklemmt. Ich habe daraus geschlossen, dass er nicht am Arbeiten war und dass er die Öffnung abgedeckt hatte, damit kein Staub reinkommt, wie er das immer machte.› Und als ich Werner gefragt habe, ob ihm sonst nichts aufgefallen sei, hat er mir nach langem Überlegen geantwortet: ‹Doch, ein merkwürdiger Geruch nach Marzipan.› Das ist auch in unserer Akte vermerkt.»

Er wollte die Zigarette anzünden, die er sich gedreht hatte, dann schien er aber seine Meinung zu ändern; lange musterte er das Figurenpaar und betätigte schließlich doch das Feuerzeug.

«Letztendlich war er ein Künstler», sagte er. «Für ihn zählte einzig und allein das Werk! Ich weiß nicht, wie sie ihn umgebracht hat. Befand er sich in der Gussform, oder hat sie ihn reingeworfen, nachdem sie ihn umgebracht hatte? Er war leicht wie eine Feder, dieser Sidoine. Danach hat sie die Öffnung abgedeckt. Dann kam Werner mit seinen Gehilfen, die haben die Form nach draußen gebracht und die flüssige Bronze über Sidoines Leiche gegossen. Das meinte sie mit ‹Meisterwerk›. Niemand würde jemals diese Leiche finden!»

Er klopfte mit einem Fingerknöchel gegen die Erzmasse, als würde Hélios im nächsten Moment «Herein!» rufen.

«Er ist da drin», fuhr er fort, «wahrscheinlich im dichtesten Teil der Gussmasse: Zuerst hat ihn die flüssige Bronze hochgetrieben und dann gleichsam im Schwebezustand festgehalten, als er genau so schwer geworden war wie sie, selbst die Überreste seines Gewebes konnten die Oberfläche wahrscheinlich nicht erreichen – stellen Sie sich die Masse vor! Was von ihm übrig war, hat sich vermutlich in einer Spirale zusammengeringelt, so wie er es im Leib seiner Mutter gewesen war. Wahrscheinlich war das sein größter Wunsch: genau in dem Moment in seinem Wirken zu erlöschen, als er anfing, sich zu wiederholen. Cordélie hat ihn vermeintlich getötet, aber ihm damit erlaubt, sich selbst zu erfüllen. Denn wir werden keinem Menschen je erzählen, was wir über den Tod dieses Mannes wissen, nicht wahr, verehrter Richter? Sonst müsste nämlich dieses Meisterwerk zerstört werden…»

Aber der Richter dachte nicht an Sidoine. Er sprach wie für sich selbst.

«Sie war wahrscheinlich noch undurchsichtiger, als ihre Geschichte es nahe legt. Ich hätte gern…»

Ein schläfriger Wind wiegte die hohen Wipfel der Bäume um Bel-Air; unter ihren schwarzen Girlanden zeichnete sich das besonnte Sigonce in harmonischem Umriss gegen die Berge ab.

Die beiden Männer setzten sich auf die mit Salbei bewachsene Böschung, um den Blick zu genießen. Beide waren sie in sonderbare Gedanken vertieft, sie sagten kein Wort mehr.